家藏文库

杜牧诗选

〔唐〕杜牧 著　　张立敏 注析

中州古籍出版社
·郑州·

图书在版编目(CIP)数据

杜牧诗选 /（唐）杜牧著；张立敏注析. —郑州：中州古籍出版社，2016.1（2021.12重印）
（家藏文库）
ISBN 978-7-5348-5776-8

Ⅰ.①杜… Ⅱ.①杜…②张… Ⅲ.①唐诗－诗集 Ⅳ.①I222.742

中国版本图书馆 CIP 数据核字（2015）第 277851 号

JIACANG WENKU：DU MU SHIXUAN

家藏文库：杜牧诗选

选题策划	卢欣欣　赵发杰
约稿统筹	卢欣欣
责任编辑	梁瑞霞
责任校对	苏晓园
封面设计	王　歌
版式设计	曾晶晶

出 版 社	中州古籍出版社（地址：郑州市郑东新区祥盛街27号6层　邮编：450016　电话：0371-65723280）
发行单位	河南省新华书店发行集团有限公司
承印单位	郑州印之星印务有限公司
开　　本	640 mm×960 mm　1/16
印　　张	19 印张
字　　数	220 千字
版　　次	2016 年 1 月第 1 版
印　　次	2021 年 12 月第 2 次印刷
定　　价	29.00 元

本书如有印装质量问题，请与出版社调换。

前　言

晚唐诗歌星空中，李商隐与杜牧璀璨夺目，光彩照人，当时人们提及二人一下子就联想到伟大诗人李白、杜甫，故赠以"小李杜"称号。双子星座中的李商隐，在《杜司勋》一诗中说"刻意伤春复伤别，人间惟有杜司勋。"惊叹杜牧为抒情高手。在历史的星空中，杜牧的影响日渐深远，光焰不减。曾季狸盛赞他的绝句为唐朝第一①，全祖望在《杜牧之论》中说："杜牧之才气，其唐长庆以后第一人耶！读其诗、古文辞，感时愤世，殆与汉长沙太傅相上下。"（《鲒埼亭集外编》）李慈铭在《越缦堂日记》中称他的诗歌"力求新生，亦讲古法，故晚唐诸名家中，尤为铮铮"，称他为"晚唐第一人"。然而这个被称为晚唐第一人、才华堪比贾谊的杜牧，在人生道路上却没有这么幸运，当时和后世乃至今天，人们在推崇他的同时，仍然对其存在着误解。

一

杜牧（803~853），这位出生于显宦世家的官宦子弟，虽然一生只有

---

① 曾季狸《艇斋诗话》："绝句之妙，唐则杜牧之，本朝则荆公，此二人而已。"

50余个年头，却经历了唐朝德、顺、宪、穆、敬、文、武、宣八个朝代，生活道路坎坷曲折。

杜牧，字牧之，京兆万年（今陕西西安）人，唐德宗贞元十九年（803）出生于长安一个仕宦之家。京兆杜氏在唐代为显赫世家，这个家族向前可以追溯到西汉时期的御史大夫杜周、晋朝征南大将军杜预。杜牧的曾祖杜希望在唐玄宗时期为鸿胪卿，历官至凉州节度使，封襄阳公；祖父杜佑历任唐德宗、顺宗、宪宗三朝宰相，封岐国公；长自己几岁的堂兄杜悰日后官运亨通，官拜宰相。在《冬至日寄小侄阿宜诗》中，杜牧骄傲地说："我家公相家，剑佩尝丁当。旧第开朱门，长安城中央。"不幸的是在他10多岁时，祖父杜佑、父亲驾部员外郎杜从郁相继去世，家道中落。在《上宰相求湖州第二启》中，诗人回忆道：

某幼孤贫。安仁旧第置于开元末，某有屋三十间而已。去元和末，酬偿息钱，为他人有，因此移去。八年中，凡十徙其居。奴婢寒饿衰老者死，少壮者当面逃去，不能呵制。止有一竖，恋恋悯叹。挈百卷书，随而养之，奔走困苦，无所容归，死于延福私庙，支拄欹坏而处之。长兄以一驴游丐于亲旧，某与弟颛食野蒿藿。寒无夜烛，默念所记者，凡三周岁。

记忆中，家产被变卖，8年中10次搬家。兄弟三人，长兄沦为乞丐，自己与弟弟杜颛挖野菜度日。其中三年，家中没有蜡烛照明，只好默记白天读过的内容。或许是家庭生活的巨大反差与这段悲惨日子，养成了杜牧"刚直有奇节，不为龊龊小谨"（《新唐书·杜牧传》）的性格与勤勉好学的精神。杜牧20多岁时，就已经读了《尚书》《毛诗》《左传》《国语》以及前朝史书，树立了"平生五色线，愿补舜衣裳"（《郡斋独酌》）的远大抱负，写下《阿房宫赋》及《感怀诗》，表现出一个20多岁青年罕有的卓绝的政治见解。

唐文宗大和二年（828）正月，杜牧26岁，参加了在东都洛阳举行的进士考试，名列第五。三月，在长安又中贤良方正能直言极谏科，授弘文馆校书郎、试左武卫兵曹参军。"两枝仙桂一时芳"（《赠终南兰若僧》），轰动一时。此时诗人踌躇满志，意气风发。这一年十月，沈传师出镇江西，杜牧入江西幕府。四年（830），又跟随沈传师入宣歙幕府。七年（833），沈传师入京为吏部侍郎，杜牧应淮南节度使牛僧孺之请，任淮南节度府推官后转掌书记，深受器重。其间遍游江南名胜，留下了"杜郎俊赏"（姜夔《扬州慢》）的美名和不少风流韵事。

大和九年（835），杜牧由扬州调往京城，任监察御史。敏感的诗人看到长安潜伏着政治危机，就移疾分司东都。果然，十一月，甘露之变爆发，官场震荡。其弟弟杜颛在扬州害眼病，为了给弟弟治病，他告假百日，前往扬州。唐制，假满百日，依例去官，杜牧辞官。开成二年（837），他带着弟弟前往观察使崔郸幕府做殿中侍御史、宣歙观察判官。一年后，被任命为左补阙。次年，又为膳部员外郎，转比部。武宗会昌二年（842），诗人40岁，因为宰相李德裕排挤，出为黄州刺史，后移池州、睦州。对于这次出任，杜牧愤慨地说："会昌之政，柄者为谁？忿忍阴污，多逐良善。牧实忝幸，亦在遣中。"（《祭周相公文》）诗人在官邸"往往自抚己，泪下神苍茫"（《郡斋独酌》），悲叹命运的捉弄。宣宗大中二年（848），由于宰相周墀的器重，内迁为司勋员外郎。在京期间，他著《孙子注》一书，献与周墀，渴望大展宏图。可是朝中奸邪当道，他先后两次请求外放。终于在大中四年（850），转为吏部员外郎，出为湖州刺史。此时的杜牧，变得异常消沉，他说自己"行乐及时时已晚，对酒当歌歌不成"，"高人以饮为忙事，浮世除诗尽强名"（《湖南正初招李郢秀才》）。一年后，杜牧回长安，任考功郎中、知制诰。次年（852），迁中书舍人。就在这一年，年仅50余岁的诗人离开了人世。弥留之际，诗人焚烧了自己的诗稿。

杜牧最后的官职是中书舍人，故人称杜舍人、杜紫微，又因居所称杜樊川。50余年中，诗人童年享受着世家子弟的快乐舒适生活，家中富有藏书，受博学的祖父影响，形成了读书学习的习惯。家族的荣光，促使他萌发了远大的志向。然而10多岁以后，一度陷入困顿之中。在饥饿与搬家过程中，诗人刻苦读书。26岁进士及第，春风得意，似乎展开了一条通达的仕宦之途。然而由于种种原因，做了10年幕僚，又受到宰相李德裕排挤，做了7年刺史。好不容易李德裕被贬，回朝任职，可叹并不得意，又因家境困难，请求外放。总之，其仕途不顺，衰运连连。诗人的性格、思想、诗歌创作也随之发生了变化，呈现出丰富多彩的样态，具有复杂多变的内容。

二

杜牧诗文兼善，在唐代不多见，而诗歌成就尤其突出。洪亮吉说："有唐一代，诗文兼擅者，惟韩、柳、小杜三家。"（《北江诗话》卷二）又说：

> 杜牧之与韩、柳、元、白同时，而文不同韩、柳，诗不同元、白；复能于四家外，诗文皆别成一家，可云特立独行之士矣。①

---

① 洪亮吉：《北江诗话》卷一。

潘德舆说杜牧的诗歌成就在李商隐之上：

> 牧之非徒以绮罗铅粉擅长者，史称其刚直有大节，余观其诗，亦伉爽有逸气，实出李义山、温飞卿、许丁卯诸公上。①

诗歌艺术成就的取得，离不开理论的自觉、辛勤的耕耘，以及生活的历练。喜爱读书的杜牧有着极高的文学素养和文学感受能力，对于诗歌史和当朝诗歌创作有着深刻的认识，形成了自己的创作理论，并且苦心造诣，孜孜不倦。在《献诗启》中，他说："某苦心为诗，本求高绝，不务绮丽，不涉习俗，不今不古，处于中间。"或许为了成就其永恒的名声，上天给予杜牧坎坷多难的世俗生活。

杜牧的诗歌是他所处时代的反映和自己独特经历的折射。从这些优美的诗歌中，我们看到了一个充满幻想与激情、志向远大、心系国家的诗人逐步走向消沉，甚至在官职升迁的途中，依旧喜忧参半，不知道是应该赴任还是应该归隐。

从"秦地少年多办酒，已将春色入关来"（《及第后寄长安故人》）中，我们读到了他中进士时的踌躇满志。唐文宗大和元年（827），沧州用兵，诗人表示深切关注，写出"关西贼男子，誓肉房杯羹。请数系虏事，谁其为我听"（《感怀诗一首》），流露出请缨杀敌的愿望和不能随军出征的苦闷。即使是仕途不顺利，遭受排挤，诗人依然坚守着"平生五色线，愿补舜衣裳"（《郡斋独酌》）的理想抱负，发出"臣实有长策，彼可徐鞭笞"（《雪中书怀》）的声音，时刻准备着为朝廷为国家出谋划策。但是残酷的社会现实，使诗人逐渐意识到明哲保身的意义，告诫自己"浅深须揭厉，休更学张纲"（《除

---

① 潘德舆：《养一斋诗话》卷十。

官归京睦州雨霁》），要灵活处理政务，免得惹祸。后来，诗人甚至借酒消愁，纵情声色，在《遣怀》一诗中，他写道：

  落魄江南载酒行，楚腰肠断掌中轻。十年一觉扬州梦，赢得青楼薄幸名。

唐文宗大和九年（835），杜牧离开淮南节度使幕府入京。壮年本是有所作为的时期，诗人却十载流落江南，其间处处饮酒消愁，浪迹青楼。十年过去了，掐指头一盘点，只在青楼留下名声，真是恍如梦境。诗人回顾了自己在扬州放荡不羁的生活，抒发了落魄无为的感慨，或者是一种自嘲。这里面，有感慨，有悔恨，也有无奈，弥漫着哀愁。

当然，官宦生活并非没有一丝欢欣。大中五年（851），诗人为湖州刺史，入山监督采茶，写下《题茶山》。诗人用轻快明媚的笔调，描绘出茶山美丽而富于祥瑞气氛的景色，茶叶的美好，人们制茶时的虔诚，表达了自己监督采茶的责任与使命感。"等级云峰峻，宽平洞府开"，景色描摹如画；"拂天闻笑语，特地见楼台"，欢快神圣，虽说是暮春景色最为让人伤感，可是这里哪有一丝哀伤的影子！面对如此美好的景色，诗人难以克制自己的游兴，直到"俯首入尘埃"，才发现原来还在人间。诗人将茶山写得恍如仙境，尤其是在暮春三月这个时节。《村行》是一首描写赴任途中的诗歌：

  春半南阳西，柔桑过村坞。娉娉垂柳风，点点回塘雨。褰唱牧牛儿，篱窥茜裙女。半湿解征衫，主人馈鸡黍。

开成四年（839）二月，杜牧赴京师任左补阙，经过南阳，乡村的秀丽景象与淳厚民风，使人感受到一丝惬意和温暖。诗人按捺不住内心的欣喜，写下了这首赞歌。春天柔嫩的柳条在轻风中呈现出婀娜姿态；细雨轻轻地落入池塘，如同婴儿回归母亲怀抱，轻柔亲切。在这优美的景色中，身披蓑衣的牧童唱着欢快的歌曲，穿着茜裙的女子在篱笆间悠闲地踱步。尽管是陌生人来避雨，村民们也是热情地杀鸡待客。诗歌写出了南阳乡村的美景与淳厚民风，是一首民风民俗的颂歌。

杜牧天生酷爱山水风光，而在人生不如意时，山水花鸟成为安慰灵魂的绝好伴侣。《山行》是一首描写枫叶的著名诗篇：

远上寒山石径斜，白云生处有人家。停车坐爱枫林晚，霜叶红于二月花。

这是一首山水诗，也是一幅山旅行程图，通过描写山中秋景，表达了诗人对于秋天的喜爱。首句写山高路窄，白云从上面涌起，可见山的巍峨险峻，使人能感受到丝丝寒意，极力突出了山的高峻。可是这种地方，也有人家居住。自己也久久停留，是因为喜欢傍晚的红叶。虽说山高、路远、天冷，可是诗人却十分惬意，毫无困顿之意，也不急着赶路，只因为这里的枫叶红了。"霜叶红于二月花"是千古名句，写出了枫叶的勃勃生命力，给人以奋发向上的激励。诗歌虽然用了衬托、对比等手法，读来却令人感到自然天成，毫无雕饰之感。

杜牧还写了大量咏史诗，寄寓哀思，感慨历史得失，委婉含蓄地讽刺社会现实。在华清宫与骊山，诗人陷入无尽的愁绪中，唐玄宗、杨贵妃的欢歌笑语，秋雨中唐明皇的哭泣，犹在眼前、耳畔，诗人反思社会治乱的经验教训，批判统治者的荒淫无度。长江岸边，赤壁矶前，沙滩上因浪花冲洗而露出的一个兵器，锈迹斑斑，诗人谛视良久，想到自己的人生经历，不由得发出"东风不与周郎便，铜雀春深锁二乔"(《赤壁》)的浩叹。在吴王宫殿遗址，诗人想象着巍峨行宫，慨叹"千秋万古无消息，国作荒原人作灰"(《悲吴王城》)。夜色朦胧中，江畔飘来的歌声，一下子惊醒了诗人，他立马想起陈朝的灭亡，倾诉了"商女不知亡国恨，隔江犹唱后庭花"(《泊秦淮》)的忧患意识。

杜牧的诗歌，富于才气，"气俊思活"(胡震亨《唐音癸签》卷八引《吟谱》)，清韵悠扬，"雄姿英发"(刘熙载《艺概》卷二)，而论史诗议论大胆，常常发前人所未发，精警动人。

三

杜牧现存的诗歌有400多首，见于诗人外甥裴延翰编辑的《樊川文集》以及宋朝人补编的《樊川外集》《樊川别集》中。诗歌内容涵盖面广，从题材的角度说，大致有时事诗、咏怀诗、咏史诗、咏物诗、记游诗、咏人诗及艳情诗七类，而各类诗中均不乏名篇佳构。不少诗人学习借鉴他的诗歌，甚至直接将杜牧的诗句化入自己的作品中。如沈存中化用"凭君莫射南来雁，恐有家书寄远人"(《赠猎骑》)句意，"作《拱辰乐府》，曰'弯弓不射云中雁，归雁而今不寄书'"(程大昌《演繁露续集》卷四)。黄庭坚在《蓦山溪》中，将《赠别二首》之一中的"娉娉袅袅十三余"句，改为："婷婷袅袅，恰近十三余。"

自唐朝时，杜牧的诗作就不断进入各种选本中。如唐韦庄《又玄集》，五代韦縠《才调集》，宋李昉、徐铉等《文苑英华》，清曾国藩《十八家诗钞》等。20世纪以来，杜牧诗选不断出现，如缪钺《杜牧诗选》(人民文学出版社，1957)、周锡馥《杜牧诗选》(广东人民出版社，1984)、朱碧莲《杜牧选集》(上海古籍出版社，1995)、吴在庆《杜牧诗文选评》(上海古籍出版社，2002)、曹中孚《杜牧诗赏析》(广东人民出版社，2003)、罗时进《杜牧集》(凤凰出版社，2007)、胡可先《杜牧诗选》(中华书局，2009)等。

由于杜牧诗歌在流传过程中不断有他人诗作混入，以往一些选本中难免有他人作品掺杂。这次编选杜牧诗歌，就是在汲取前贤研究成果（尤其是吴在庆《杜牧集系年校注》）的基础上，选取经过历代时贤考证确实为杜牧所作的诗歌作品197题225首，分唐文宗大和年间诗、唐文宗开成年间诗、唐武宗会昌年间诗、唐宣宗大中年间诗、年代待考诗五部分，其中有年代可考的117题，年代不可知的80题。原则上杜牧代他人所写之作、纯粹应酬之作、格调过于消沉之作不选。因而，从某种意义上说，这是一本反映杜牧精神面貌的诗歌精华。从内容上看，诗歌除了注解之外，附有简明的艺术鉴赏与评析。在选注评析过程中，折中前贤，尽可能解决注释中遇到的难题。其中，不乏一得之愚。如《偶题》：

甘罗昔作秦丞相，子政曾为汉辇郎。千载更逢王侍读，当时还道有文章。

这首诗题为"偶题"，实际上通过对历史名人事迹的反思来鞭策自己。首句用甘罗十二岁做宰相的讹传为典故，次句用刘向的典故。"千载更逢王侍读"，从诗意来看也是用典，可是究竟说的是谁，无从知晓。经考证，我们认为这里写的是徐摛，他曾为晋安王侍读，如此全诗方能解释得通。

这次选编评注杜牧诗集，是应中州古籍出版社副总编卢欣欣女士所托。

在研读杜牧诗文、筛选诗歌，以及撰写阶段，得到了她的大力支持。由于学养和时间问题，疏忽错误之处一定不少，如有指出，则是幸事。

张立敏

目 录

唐文宗大和年间诗

感怀诗一首 1
及第后寄长安故人 7
寄牛相公 8
偶游石盎僧舍 9
和宣州沈大夫登北楼书怀 11
扬州三首 12
牧陪昭应卢郎中在江西宣州佐今吏部沈公幕罢府周岁公宰
　昭应牧在淮南縻职叙旧成二十二韵用以投寄 14
送杜颙赴润州幕 17
赠别二首 18
张好好诗并序 20
遣怀 23

唐文宗开成年间诗

题敬爱寺楼 …… 25
洛中二首 …… 26
洛阳长句二首 …… 27
洛中送冀处士东游 …… 29
洛中监察病假满送韦楚老拾遗归朝 …… 32
陕州醉赠裴四同年 …… 33
润州二首 …… 34
杜秋娘诗并序 …… 36
将赴宣州留题扬州禅智寺 …… 43
题宣州开元寺 …… 44
大雨行 …… 45
送沈处士赴苏州李中丞招以诗赠行 …… 46
题宣州开元寺水阁 …… 49
念昔游三首 …… 50
宣州开元寺南楼 …… 51
宣州送裴坦判官往舒州时牧欲赴官归京 …… 52
初春雨中舟次和州横江裴使君见迎李赵二秀才同来因书四韵兼寄江南许浑先辈 …… 53
自宣州赴官入京路逢裴坦判官归宣州因题赠 …… 54
自宣城赴官上京 …… 56
和州绝句 …… 57
题乌江亭 …… 58

题横江馆 · · · · · · 59
村行 · · · · · · 60
往年随故府吴兴公夜泊芜湖口今赴官西去再宿芜湖感旧伤怀
　　因成十六韵 · · · · · · 61
商山麻涧 · · · · · · 63
商山富水驿 · · · · · · 64
丹水 · · · · · · 66
题武关 · · · · · · 67
除官赴阙商山道中绝句 · · · · · · 68
题商山四皓庙一绝 · · · · · · 69
汉江 · · · · · · 71
送牛相公出镇襄州 · · · · · · 72
李甘诗 · · · · · · 73
送陆洿郎中弃官东归 · · · · · · 77
襄阳雪夜感怀 · · · · · · 79
冬至日寄小侄阿宜诗 · · · · · · 80

唐武宗会昌年间诗

题青云馆 · · · · · · 84
罢钟陵幕吏十三年来泊湓浦感旧为诗 · · · · · · 86
奉和门下相公送西川相公兼领相印出镇全蜀诗十八韵 · · · · · · 87
入商山 · · · · · · 91
奉陵宫人 · · · · · · 92

早雁	93
郡斋独酌	94
自遣	98
题桐叶	100
题安州浮云寺楼寄湖州张郎中	102
雨中作	103
赤壁	104
云梦泽	106
题桃花夫人庙	107
题木兰庙	108
齐安郡晚秋	109
雪中书怀	110
东兵长句十韵	112
寄浙东韩乂评事	115
皇风	117
即事黄州作	118
池州送孟迟先辈	119
秋浦途中	124
重送	125
题齐安城楼	126
送刘秀才归江陵	127
赠张祜	128
酬张祜处士见寄长句四韵	130
九日齐山登高	131

登池州九峰楼寄张祜 ……………………………… 132

残春独来南亭因寄张祜 …………………………… 133

春末题池州弄水亭 ………………………………… 134

新定途中 …………………………………………… 136

泊秦淮 ……………………………………………… 137

登九峰楼 …………………………………………… 138

朱坡绝句三首 ……………………………………… 139

唐宣宗大中年间诗

寄内兄和州崔员外十二韵 ………………………… 141

睦州四韵 …………………………………………… 143

昔事文皇帝三十二韵 ……………………………… 144

正初奉酬歙州刺史邢群 …………………………… 148

寄珉笛与宇文舍人 ………………………………… 149

秋晚早发新定 ……………………………………… 151

除官归京睦州雨霁 ………………………………… 152

汴河阻冻 …………………………………………… 153

寄沣州张舍人笛 …………………………………… 154

江南怀古 …………………………………………… 155

今皇帝陛下一诏征兵不日功集河湟诸郡次第归降臣获睹圣功
　　辄献歌咏 …………………………………… 156

奉和白相公圣德和平致兹休运岁终功就合咏盛明呈上三相公
　　长句四韵 …………………………………… 158

李侍郎于阳羡里富有泉石牧亦于阳羡粗有薄产叙旧述怀
　　因献长句四韵 ··· 159
奉送中丞姊夫俦自大理卿出镇江西叙事书怀因成十二韵 ····· 160
中丞业深韬略志在功名再奉长句一篇兼有咨劝 ············· 163
奉和仆射相公春泽稍愆圣君轸虑嘉雪忽降品汇昭苏即事书成
　　四韵 ·· 164
长安杂题长句六首 ··· 165
新转南曹未叙朝散初秋暑退出守吴兴书此篇以自见志 ····· 170
将赴吴兴登乐游原一绝 ·· 172
将赴湖州留题亭菊 ··· 173
题白蘋洲 ··· 174
寄李起居四韵 ·· 175
题茶山 ··· 176
茶山下作 ··· 177
入茶山下题水口草市绝句 ·· 178
书怀寄中朝往还 ·· 178
八月十二日得替后移居雪溪馆因题长句四韵 ················· 179
赴京初入汴口晓景即事先寄兵部李郎中 ······················· 180
岁日朝回口号 ·· 182
早春阁下寓直萧九舍人亦直内署因寄书怀四韵 ············· 183

年代待考诗

闻庆州赵纵使君与党项战中箭身死长句 ······················· 185

独酌 ………………………………………… 186
出宫人二首 ……………………………… 187
湖南正初招李郢秀才 …………………… 189
赠朱道灵 ………………………………… 190
惜春 ……………………………………… 192
过骊山作 ………………………………… 193
史将军二首 ……………………………… 194
过勤政楼 ………………………………… 196
过华清宫绝句三首 ……………………… 197
登乐游原 ………………………………… 199
春申君 …………………………………… 200
读韩杜集 ………………………………… 201
自贻 ……………………………………… 203
长安秋望 ………………………………… 204
长安送友人游湖南 ……………………… 204
独酌 ……………………………………… 206
西江怀古 ………………………………… 206
江南春绝句 ……………………………… 207
忆齐安郡 ………………………………… 208
题魏文贞 ………………………………… 209
街西长句 ………………………………… 210
少年行 …………………………………… 211
故洛阳城有感 …………………………… 212
送薛种游湖南 …………………………… 213

郑瑾协律 …… 214

寄崔钧 …… 215

柳长句 …… 216

鸂鶒 …… 217

鹦鹉 …… 219

夏州崔常侍自少常亚列出领麾幢十韵 …… 220

帘 …… 222

寄题甘露寺北轩 …… 223

闺情 …… 224

偶题 …… 225

有怀重送斛斯判官 …… 227

少年行 …… 228

哭韩绰 …… 230

怀钟陵旧游四首 …… 231

台城曲二首 …… 233

咏歌圣德远怀天宝因题关亭长句四韵 …… 235

汴河怀古 …… 236

冬至日遇京使发寄舍弟 …… 237

寄题宣州开元寺 …… 238

寄李播评事 …… 239

洛阳 …… 240

寄唐州李玭尚书 …… 241

别家 …… 242

雨 …… 243

宫词二首 …… 244

悲吴王城 …… 245

秋感 …… 246

叹花 …… 247

山行 …… 248

赠猎骑 …… 249

秋夕 …… 250

闻角 …… 251

华清宫 …… 252

望少华三首 …… 253

宫人冢 …… 254

寄浙西李判官 …… 255

寄杜子二首 …… 257

羊栏浦夜陪宴会 …… 258

边上晚秋 …… 259

青冢 …… 260

边上闻笳三首 …… 261

经阌乡城 …… 262

并州道中 …… 263

渔父 …… 264

长安夜月 …… 265

春怀 …… 266

逢故人 …… 267

闲题 …… 268

金谷园…………………………………………………… 268

隋宫春…………………………………………………… 270

杜鹃……………………………………………………… 271

闻蝉……………………………………………………… 272

酬许十三秀才兼依来韵………………………………… 273

江楼晚望………………………………………………… 274

即事……………………………………………………… 275

七夕……………………………………………………… 276

南楼夜…………………………………………………… 277

主要参考文献…………………………………………… 279

唐文宗大和年间诗

感怀诗一首
时沧州用兵

高文会隋季①,提剑徇天意②。扶持万代人③,步骤三皇地④。圣云继之神,神仍用文治⑤。德泽酌生灵⑥,沉酣薰骨髓⑦。旄头骑箕尾⑧,风尘蓟门起⑨。胡兵杀汉兵⑩,尸满咸阳市⑪。宣皇走豪杰⑫,谈笑开中否⑬。蟠联两河间⑭,烬萌终不弥⑮。号为精兵处⑯,齐蔡燕赵魏⑰。合环千里疆,争为一家事⑱。逆子嫁虏孙,西邻聘东里。急热同手足⑲,唱和如宫徵⑳。法制自作为㉑,礼文争僭拟㉒。压阶螭斗角㉓,画屋龙交尾㉔。署纸日替名㉕,分财赏称赐㉖。刓隍歍万寻㉗,缭垣叠千雉㉘。誓将付屠孙㉙,血绝然方已㉚。九庙仗神灵㉛,四海为输委。如何七十年㉜,汗赧含羞耻㉝?韩彭不再生㉞,英卫皆为鬼㉟。凶门爪牙辈㊱,穰穰如儿戏㊲。累圣但日吁㊳,阃外将谁寄㊴?屯田数十万㊵,堤防常慑惴㊶。急征赴军须㊷,厚赋资凶器㊸。因隳画一法㊹,且逐随时利。流品极蒙龙㊺,网罗渐离弛㊻。夷狄日开张㊼,黎元愈憔悴㊽。邈矣远太平㊾,萧然尽烦费[50]。至于贞元末[51]，风流恣绮靡[52]。艰极泰循来[53]，元和圣天子[54]。元和圣天子，英明汤武上[55]。茅茨覆宫殿[56]，封章绽帷帐[57]。伍旅拔雄儿[58]，梦卜庸真相[59]。勃云走轰霆[60]，河南一平荡[61]。继于长庆初[62]，燕赵终舁襁[63]。携妻负子来，北阙争顿颡[64]。故老抚儿孙[65]，尔生今有望。茹鲠喉尚隘[66]，负重力未壮。坐幄无奇兵[67]，吞舟漏疏网[68]。骨添蓟垣沙[69]，血涨滹沱浪[70]。只云徒有征[71]，安能问无状[72]。一日五诸侯[73]，奔亡如鸟往。取之难梯天[74]，失之易反掌。苍然太行路[75]，翦翦还榛莽[76]。关西贱男子[77]，誓肉虏杯羹[78]。请数系虏事[79]，谁其为我听。荡荡乾坤大[80]，曈曈日月明[81]。叱起文武业[82]，可以豁洪溟[83]。安得封域内，长有扈苗征[84]。七十里百里[85]，彼亦何尝争[86]？往往念所至[87]，得醉愁苏醒。韬舌辱壮心[88]，叫阍无助声[89]。聊书感怀韵，焚之遗贾生[90]。

[注释]

①高：指唐高祖李渊。文：指唐太宗李世民，谥号文武大圣大广孝皇帝，简称文皇帝。会：正当，正逢。隋季：隋朝末年。②提剑：提着宝剑，比喻起兵。此典出自汉高祖刘邦，《史记·高祖本纪》载刘邦语："吾以布衣提三尺剑取天下，此非天命乎？名乃在天，虽扁鹊何益？"徇：遵从，遵循。天意：上天的旨意。③扶持：拯救，救助。④步骤：追随，效仿。《晋书·桓温传》："复欲立奇功于赵魏，允归望于天人；然后步骤前王，宪章虞夏。"三皇：传说中上古三帝王，有伏羲、神农和黄帝，伏羲、神农和女娲，伏羲、神农和燧人，伏羲、神农和祝融，天皇、地皇和泰皇以及天皇、地皇和人皇等不同说法。⑤文治：用文教礼乐治理国家。⑥德泽酌生灵：意思是用德来滋润人民。酌，饮，喝。生灵，人民。⑦沉酣薰骨髓：

使人民进入像醇酒熏入骨髓般的沉酣状态。⑧旄头骑箕尾：昂宿到了箕宿和尾宿的上面，呈跳跃之势，古人认为这是兵乱的征兆。旄头指二十八星宿中的昂宿，箕和尾指箕宿和尾宿。⑨风尘蓟门起：此句指玄宗天宝末年安禄山在幽燕起兵造反。风尘，战乱。蓟门，蓟丘，今在北京德胜门外，唐玄宗时是安禄山的管辖地。⑩胡兵：安禄山叛军大多是少数民族人，故称胡兵。汉兵：唐军。⑪咸阳：秦朝的都城，今陕西咸阳市东北一带，这里代指唐朝的都城长安。⑫宣皇：指唐肃宗李亨，谥号为文明武德大圣大宣孝皇帝。走豪杰：率领豪杰。走，使动用法。⑬谈笑：形容平定叛乱时的从容淡定。开中否：扭转危机的局面。否，卦名，在《易经》中为闭塞的意思。⑭蟠联：盘踞联结。两河：河南、河北两道。⑮烬萌终不弭：指安史之乱的残余势力死灰复燃，难以消除。烬萌，余烬又燃烧起来。弭，停止。⑯号为精兵处：安史之乱后号称势力最强的地方。⑰齐蔡燕赵魏：春秋战国时期的五个国名，这里指安史之乱后的淄青、昭义、卢龙、成德、魏博五大藩镇。⑱一家事：自家的利益。⑲急热：关系火热。⑳唱和：彼此呼应。宫徵(zhǐ)：古代五音中的宫音和徵音。㉑法制自作为：私自制定法令。㉒礼文争僭(jiàn)拟：争相越权，擅用皇帝的礼乐制度。㉓压阶螭斗角：叛乱的藩镇擅自采用螭头装饰殿阶。㉔画屋：带有彩绘的房屋。龙交尾：龙的尾巴缠结。指藩镇首领的宫室效仿帝王宫殿，画尾巴互相缠结的龙。㉕署纸：签发公文。替名：废除签名。唐代一般官员发公文前要签名，只有皇帝诏书才用玉玺，所以废除签名也是僭越行为。㉖赐：古代皇帝赏给臣下东西称"赐"，这里指藩主张狂越礼，赏给手下财物也称"赐"。㉗刳隍：挖掘城隍。谳(hǎn)：贪婪的欲望。寻：长度单位，一般相当于八尺。㉘缭垣：城墙。雉：古代城墙长三丈、高一丈称一雉。㉙孱(chán)：弱小，单薄。㉚血绝：从此断绝后代。㉛九庙：古代帝王原本立七庙祭祀祖先，东汉末年王莽篡位后，增加了黄帝太初祖庙和帝虞始祖昭庙，后代一直沿用。㉜ 七十年：从唐玄宗天宝十四年（755）安史之乱爆发到唐敬宗宝历二年（826）李同捷谋反，共七十余年时间。㉝ 汉赩（xì）：汗颜。赩，赤色。㉞ 韩彭：汉高祖时的杰出将领韩信与彭越，为汉朝建立立下汗马功劳。㉟ 英卫：唐太宗时期的两位名将李勣与李靖。李勣封英国公，李靖封卫国公。㊱ 凶门：北门，古代将领受命出征，凿凶门而出，以表示决战到底的必死之心。㊲ 穰（ráng）穰：众多的样子。㊳ 累圣：唐玄宗之后的唐代其他皇帝。但：只。日吁：每日忧愁叹息。㊴ 阃（kǔn）外：将领在京城之外的管辖地。寄：托付。㊵ 屯田：戍守在外的将士开垦荒地，以获得军饷和税粮。㊶ 堤防：边防。慑惴：忧虑不安。㊷ 急征：迅速征敛财物。军须：即军需，军队需要的各种物资。㊸ 厚赋：高额的赋税。资：资助，供给。凶器：兵器。㊹ 因：于是。隳（huī）：毁坏。画一法：统一的制度。《汉书》卷三十九："萧何为法，讲若画一。"㊺ 流品：官员的等级。蒙龙（máng）：庞杂，杂乱。㊻ 网罗：法令制度。离弛：松懈，松弛。㊼ 夷狄：边远的少数民族。开张：扩张，扩大。㊽ 黎元：黎民百姓。憔悴：生活困窘。㊾ 邈矣：遥远。㊿ 萧然：扰乱，不安定。(51) 贞元：唐德宗李适年号，785 年至 805 年。(52) 风流：社会风气。恣：放纵。绮靡：浮华奢侈。(53) 艰极泰循来：困难到了极点，太平安康的日子就来了。循，循环。古人认为物极必反，循环往复。(54) 元和：唐宪宗李纯年号，806 年至 820 年。(55) 汤武：商汤与周武王，古代的圣君。(56) 茅茨：茅草和芦苇。覆：覆盖。相传上古时尧住这样的草房。这里比喻唐宪宗用度节俭。(57) 封章绽帷帐：汉文帝非常节俭，用大臣奏章外面的封套做宫殿的帷帐。这里比喻唐宪宗用度节俭。封章，奏章外面的封套。绽：缝制。(58) 伍旅：队伍。拔雄儿：选拔勇士。(59) 梦卜庸真相：商王武丁梦见圣人，派人前去寻找，得到了正在砌墙的傅说，任用为相;周文王因占卜,得到了在渭水垂钓的姜子牙,任用为相。两人都是历史上的贤相。这里指唐宪宗任用裴度、武元衡等有真才实干的人为宰相。⑥勃云:突然涌起的云,形容唐军声势迅疾浩大。轰霆:迅雷,响雷。⑥河南一平荡:河南道的割据势力都被唐军平定。⑥长庆:唐穆宗李恒年号,821年至824年。⑥燕赵终异襁(yú)襁(qiǎng):燕赵的割据势力也来归顺。异襁,这里指抱着襁褓中的婴儿。⑥北阙:宫殿北面的城楼。顿颡(sǎng):叩头。⑥故老:年长而有见识的人。⑥茹鲠喉尚隘:比喻力不从心。茹,吃。鲠,鱼骨头。隘,狭窄。⑥坐幄:坐在四周用布围成的帐幕之中。⑥吞舟漏疏网:网中漏掉的大鱼,比喻反叛的藩镇势力。⑥骨添蓟垣沙:因蓟门一带的叛乱又增加了兵士的死亡。蓟垣,蓟门一带,卢龙军盘踞在此,长庆元年军中都知兵马使朱克融造反。⑦血涨滹(hū)沱浪:此句指长庆元年成德军大将王庭凑叛乱。滹沱,滹沱河,在河北省西部。⑦徒有征:只有征战的口号。⑦无状:罪大不可言。⑦五诸侯:指征讨王庭凑的魏博、横海、昭义、河东、义武五节度使田布、乌重允、刘从谏、裴度、陈楚。⑦难梯天:比登梯子上天还难。⑦苍然:苍茫。⑦蓊蒻:狭窄。榛芥:乱木丛生。⑦关西贱男子:杜牧家在京兆万年即今陕西西安,当时又没有做官,所以这样自称。关西,潼关以西。⑦誓肉胔杯羹:意谓发誓以平定叛乱为己任。肉,动词,吃肉。杯羹,一杯浓汤,见《史记·项羽本纪》:"当此时,彭越数反梁地,绝楚粮食,项王患之。为高俎,置太公其上,告汉王曰:'今不急下,吾烹太公。'汉王曰:'吾与项羽俱北面受命怀王,曰"约为兄弟",吾翁即若翁,必欲烹而翁,则幸分我一杯羹。'"⑦数:陈述,列举。系虏:捉拿叛军。⑧荡荡:辽阔空旷。⑧瞳瞳:明亮。⑧叱:大声呼喊。文武业:周文王和武王成就的事业。⑧谿:开阔,宽敞。洪溟:大海。⑧扈苗:上古时的两个部族。《吕氏春秋》记载,夏启在甘泽征服了有扈。《墨子》载三苗大乱,禹奉天命征伐之。⑧⑤七十里百里:商汤曾以七十里之地,周文王以百里之地起家,统一了天下,建立王朝。⑧⑥彼亦何尝争:指商汤和周文王以德服人,何尝用武力来争夺?⑧⑦往往念所至:常常想起自己所处的时代。⑧⑧韬舌:不说话。⑧⑨叫阍:叩宫门,意思是向朝廷献计献策。⑨⑩贾生:西汉贾谊。《汉书·贾谊传》记载,天下初定,诸王擅自越礼,贾谊数次上书陈说政事,希望有所建树。

[评析]

  这首诗是杜牧作品中有年代可考的最早的一首,时为唐文宗大和元年(827)。头年(唐敬宗宝历二年)四月,治所在今河北沧州一带的横海军节度使李全略去世,其子李同捷不服从朝廷调遣,据沧州叛乱。当年八月,朝廷命乌重胤等七道兵讨伐。安史之乱后的唐朝,虽然号为一统,但是藩镇割据,战祸连连,民生凋敝。横海军叛乱是当时形势的一个缩影。25岁的诗人忧心所感,奋笔疾书,写下这首五言长诗,表达了对大唐一统的渴望,对藩镇跋扈的不满,对民生困苦的关怀及报效祖国的壮志与志不获骋的焦虑,从此世人对这个贵游子弟刮目相看。

  这是一首政治抒情长诗,共106句,530字。起笔渲染唐取天下,建立伟业,洋溢着乐观与敬仰之情。继而写安史之乱带来的触目惊心的乱象,用形象逼真的笔触为藩镇割据的景象做了一个速写,随后写地方诸侯叛乱与平乱历史,颂扬元和、长庆年间的胜利,痛惜唐敬宗宝历年间战祸又起。卒章抒怀,渴望盛世再现,盼望请缨杀敌,然而现实生活中却是以酒浇愁,"得醉愁苏醒",忧思难平;隐忍不言而又不能,呼天抢地而无人应。其心思,却只为了"叱起文武业,可以豁洪溟",实现祖国和平统一、圆国家富强梦。可叹无人知晓,无奈中只好将表达心曲的诗稿焚烧,祭奠那汉代的贾谊，向千年前的古人一诉情怀。所幸，来年四月，大军获胜，斩李同捷。

诗歌气势豪迈奔放，笔墨跌宕，波澜万千。融史入时，铺陈议论抒情相间，是晚唐长诗中的杰作，堪与杜甫《北征》、李商隐《行次西郊作一百韵》媲美。清代翁方纲说："小杜《感怀诗》，为沧州用兵作，宜与《罪言》同读。《郡斋独酌》诗，意亦在此。王荆公云：'末世篇章有逸才。'其所见者深矣。"（《石洲诗话》卷二）

及第后寄长安故人①

东都放榜未花开②，三十三人走马回③。秦地少年多办酒④，已将春色入关来⑤。

[注释]

① 及第：科举考试中选。因为榜上的题名有甲乙次第，故名及第。隋唐时期考中进士都称为及第，明清时期则只用于殿试的一甲前三名，称赐进士及第，也省称及第。故人：老朋友。② 东都放榜：唐文宗大和二年（828），礼部进士考试移到东都洛阳进行，正月考试，二月放榜，此时花还没有开。③ 三十三人：当年及第的进士总数。走马：唐代进士及第后有在长安城内骑马看花的习俗。④ 秦地：长安。多办酒：准备酒宴，唐代进士及第后，朝廷会多次赐宴，所有进士都参加。⑤ 入关：双关语。指春色进入潼关到了洛阳，又指进士考试后再通过吏部的关试，然后才能走马上任。

[评析]

　　唐文宗大和二年（828）二月，诗人进士及第，列第五。26岁的杜牧一听说这个消息，急忙写下这首诗，寄回长安家中报喜。诗歌跳动着喜悦的气息，洋溢着踌躇满志的情怀。虽然花儿还没有开放，可是报喜的家书已经带来了春色，真是喜不自胜。

寄牛相公①

　　汉水横冲蜀浪分②，危楼点的拂孤云③。六年仁政讴歌去④，柳远春堤处处闻。

[注释]

　　①牛相公：牛僧孺，字思黯，牛李党争中牛党的领袖。在唐宪宗元和三年（808）的科场案中，所作策文触犯了当时的宰相李吉甫，很久不得志，埋下牛李党争的隐患。穆宗在位时，中书令韩弘死了，皇帝派人清理其财产，发现了韩弘给人送贿赂的清单，只有在牛僧孺名下，有某月日，送钱千万，牛僧孺不接纳的记载，牛僧孺因此获得穆宗的格外赏识。文宗大和年间，牛僧孺再次入相，因处理吐蕃事不当告退。武宗时，李吉甫的儿子李德裕任宰相，牛僧孺几度被贬。宣宗即位，形势又大为变化，李党被清理，牛僧孺官复太子少师。牛僧孺一生好学，作诗有文采，著有《玄怪录》。②汉水：汉江。蜀浪：长江。汉江在鄂州与长江交汇，鄂州是武昌军节度使的治所。大和四年（830），牛僧孺由武昌军节度使升兵部尚书同平章事，即入京为相。③危楼：高楼。点的：白色的小点儿。④六年

仁政：牛僧孺于唐敬宗宝历元年（825）任武昌军节度使，在武昌军节度使任上共六年。讴歌：歌颂。去：离开。

[评析]

　　唐文宗大和四年（830）正月，牛僧孺由武昌军节度使入京为兵部尚书同平章事，杜牧在江西沈传师幕中，写诗庆贺。诗歌中汉水如此有气势，在它的"横冲"之下蜀浪分流，高楼高耸入云，诗人以景物描写，巧妙地称颂牛僧孺任宰相，位高权重。后两句又用轻快的笔调，颂扬他任节度使期间政绩卓著。诗歌起到了送人远行、颂人政声的双重作用。赞美而不阿谀，含蓄而得体，是颂歌中的佳作。

偶游石盎僧舍①
宣州作

　　敬岑草浮光②，句沚水解脉③。益郁乍怡融④，凝严忽颓坼⑤。梅颗暖眠酣⑥，风绪和无力⑦。凫浴涨汪汪⑧，雏娇村幂幂⑨。落日美楼台，轻烟饰阡陌⑩。潋绿古津远⑪，积润苔基释⑫。孰谓汉陵人⑬，来作江汀客⑭。载笔念无能⑮，捧筹惭所画⑯。任嚣偶追闲⑰，逢幽果遭适⑱。僧语淡如云，尘事繁堪织。今古几辈人，而我何能息？

[注释]

　　① 石盎：今宣城敬亭山石盎寺。② 敬岑：敬亭山，在今宣城北。唐李白《独坐敬亭山》："众鸟高飞尽，孤云独去闲。相看两不厌，只有敬亭山。"

浮光：反射的光。③句：句溪，在今宣城东。因溪流曲折迂回，故有此名。沚：水中小岛。《诗经·秦风·蒹葭》："溯洄从之，道阻且右。溯游从之，宛在水中沚。"解：融化，消散。北魏贾思勰《齐民要术·水稻》："二月冰解。"④益：逐渐。《汉书·苏武传》："武益愈，单于使使晓武。"郁：茂密繁多。乍：恰好。怡融：怡悦舒畅。⑤凝严：严寒。颓圻（chè）：消散，逝去。⑥梅颣（lèi）：梅花的花苞。暖眠酣：暖暖地睡得正香，形容花苞在暖风中尚未开放的样子。⑦风绪和无力：风丝温柔和煦。⑧凫：野鸭或家鸭。汪汪：广阔充盈的样子。⑨雏：初生的禽鸟。幂（mì）幂：烟雾浓密笼罩的样子。⑩饰：修饰，装饰。⑪潋：水波荡漾。津：渡口。⑫积润：积累日久变得湿润。释：浸渍。《礼记·内则》："欲濡肉，则释而煎之以醢。"⑬汉陵：杜牧家在杜陵，是汉宣帝陵寝所在，故以汉陵人自称。⑭江汀：江边。⑮载笔：携带文具记录王事。《礼记·曲礼上》："史载笔，士载言。"⑯筹：记数用的用具。《北史·王勇传》："州颇有优劣，文令探筹取之。"⑰任辔：信马，任马随意走。辔，马辔头，代指马。⑱逢幽：到了幽静之地。

[评析]

　　唐文宗大和五年（831）春，杜牧在宣州沈传师幕上，游览敬亭山，感受到初春万物复苏的勃勃生机，而诗人时年29岁，正处于渴望梦想实现价值的年纪。诗人用细腻的笔触写出新春景象，绿草浮光，梅花似乎绽放又似乎才酣睡，尽管春风柔和似不着力，但是春天的禽鸟安闲优雅，即使是夕阳西下，楼台亭阁也是那么美好。由于诗人的轻松惬意与奋发向上，自然界的勃勃生机呈现出更加旺盛的生命力；自然的生机，又给人以奋发向上的力量。诗歌情景交融，清新活泼，积极向上。

和宣州沈大夫登北楼书怀①

兵符严重辞金马②,星剑光芒射斗牛③。笔落青山飘古韵④,帐开红旆照高秋。香连日彩浮绡幕⑤,溪逐歌声绕画楼。可惜登临佳丽地⑥,羽仪须去凤池游⑦。

[注释]

①沈大夫:江西观察使沈传师。②兵符:调遣军队的凭证,借指兵权。严重:严肃庄重。辞金马:汉代宫中有金马门,此指离开京城。③星剑光芒射斗牛:晋代张华看见天空中的斗宿和牛宿之间常常有紫气,一同观看的雷焕说这是宝剑的精气,于是张华让雷焕任丰城令。雷焕到了丰城,让人挖掘监狱地基,果然有宝剑龙泉、太阿埋在那里。④古韵:古诗的韵味。⑤日彩:太阳的光彩。南朝梁沈约《为南郡王舍身疏》:"弟子树因旷劫,向报兹生,托景中璇,联华日彩。"绡幕:薄纱做的帘帐。唐沈佺期《凤箫曲》:"八月凉风动高阁,千金丽人卷绡幕。"⑥佳丽地:风景秀丽的地方。三国魏曹植《赠丁仪王粲》:"壮哉帝王居,佳丽殊百城。"⑦羽仪:仪仗队中用羽毛装饰的旌旗,这里代指沈传师。

[评析]

沈传师于唐文宗大和二年(828)十月为江西观察使,大和七年(833)四月入京为吏部侍郎。此诗约作于大和三年(829)至六年(832)间。诗人赞颂了沈传师的政绩、才华,描绘了江西的如画风景,称扬他必定会再入京师，官职升迁。"笔落青山飘古韵"，赞颂沈传师才华过人，诗兴飘逸；同时又是对沈传师原作的赞美，称其气势浩荡，落笔不凡。

扬州三首

其 一

炀帝雷塘土①，迷藏有旧楼②。谁家唱水调③，明月满扬州。骏马宜闲出④，千金好暗投⑤。喧阗醉年少，半脱紫茸裘⑥。

其 二

秋风放萤苑⑦，春草斗鸡台⑧。金络擎雕去⑨，鸾环拾翠来⑩。蜀船红锦重⑪，越橐水沉堆⑫。处处皆华表⑬，淮王奈却回⑭。

其 三

街垂千步柳，霞映两重城⑮。天碧台阁丽，风凉歌管清。纤腰间长袖，玉佩杂繁缨⑯。柂轴诚为壮⑰，豪华不可名⑱。自是荒淫罪，何妨作帝京⑲。

[注释]

①雷塘：隋炀帝死后葬于扬州城北平岗，称雷塘。②迷藏有旧楼：隋炀帝在扬州建造的楼，因为楼阁众多，内部曲折相连通，使人常常迷路，所以称迷楼。③水调：隋炀帝巡幸江都时，做了一首《水调河传》。乐师王令言听了对他的弟子说，有去声而没有回韵，皇帝恐怕回不来了。后来

果如其言。④骏马宜闲出：贵游子弟骑着宝马四处闲逛。⑤千金好暗投：形容一掷千金挥霍无度。⑥裘：皮衣。⑦放萤苑：指隋炀帝的宫殿。隋炀帝曾经命人搜集萤火虫，夜出游山的时候放出来，光耀山谷，十分壮观。⑧斗鸡台：在扬州广阳门北。相传隋炀帝到斗鸡台，恍惚之中仿佛遇见了南朝的亡国皇帝陈后主，陈后主还称隋炀帝为殿下。⑨金络：金丝带。⑩鸾环：用翠鸟的羽毛做成的环形饰物。拾翠：捡拾翠鸟的羽毛。⑪蜀船红锦重：装满了红色锦缎的蜀地船只行驶起来十分沉重。隋炀帝开通大运河后，各地丝绸锦缎大量运往洛阳。而隋炀帝游扬州，用五彩锦缎做船帆，没风的时候，就把五彩锦缎缠在龙舟的柱子上，让人拉着前进。⑫越橐：汉代陆贾出使南越的时候，南越王赵佗赐给他一个装满珍宝的袋子，后来就用"越橐"泛指藏宝的袋子。⑬华表：用丁令威化鹤升天的典故。旧题陶潜撰《搜神后记》卷一载："丁令威，本辽东人，学道于灵虚山，后化鹤归辽，集城门华表柱。时有少年，举弓欲射之，鹤乃飞，徘徊空中而言曰：'有鸟有鸟丁令威，去家千年今始归。城郭如故人民非，何不学仙冢累累。'"⑭淮王：西汉刘邦之子刘长封淮南王，其子刘安袭封。刘安喜欢讲学、炼丹、文艺，著有《淮南子》。汉代有刘安成仙的说法。如应劭《风俗通义·正失》载："俗说淮南王安招致宾客方术之士数千人，作《鸿宝苑秘》枕中之书，铸成黄白，白日升天。"⑮两重城：内城和外城。⑯缨：冠上的带子。⑰柂（duò）轴：隋炀帝游玩时乘坐的船只。柂，船舵。⑱名：说出。⑲帝京：京都。隋炀帝到了扬州以后，天下大乱，道路不通，炀帝非常害怕，不敢回去，又梦见两个小孩子说：住在这里是死，离开也是死，还不如去乘船渡江。于是炀帝下令在南京建丹阳宫，准备迁往那里，但是丹阳宫还没建成他就被杀了。

[评析]

这首诗作于唐文宗大和八年（834），杜牧在牛僧孺淮南节度使幕为掌书记。掌书记一职相当于今天的机要秘书，深受器重。唐代商业发达，出现了许多繁华的都市，扬州尤为繁华。诗歌展示了扬州歌舞升平繁华豪奢的景象，甚至连仙人淮南王刘安都想来此一游；同时透过繁华的都市生活，诗人清醒地批判了隋炀帝的荒淫无道。而组诗第一首开头引出隋炀帝在扬州所建的迷宫般的建筑，第三首点明他"自是荒淫罪"，历史老人在扬州展示了奇异的繁华与衰败。

牧陪昭应卢郎中在江西宣州佐今吏部沈公幕罢府周岁公宰昭应牧在淮南縻职叙旧成二十二韵用以投寄①

燕雁下扬州②，凉风柳陌愁③。可怜千里梦，还是一年秋。宛水环朱槛④，章江敞碧流⑤。谬陪吾益友⑥，祇事我贤侯⑦。印组紫光马⑧，锋芒看解牛⑨。井间安乐易⑩，冠盖悭依投⑪。政简稀开阁⑫，功成每运筹⑬。送春经野坞，迟日上高楼。玉裂歌声断⑭，霞飘舞带收。泥情斜拂印⑮，别脸小低头。日晚花枝烂，红凝粉彩稠。未曾孤酩酊⑯，剩肯只淹留⑰。重德俄征宠⑱，诸生苦宦游⑲。分途之绝国⑳，洒泪拜行辀㉑。聚散真漂梗㉒，光阴极转邮㉓。铭心徒历历，屈指尽悠悠㉔。君作烹鲜用㉕，谁膺仄席求㉖？卷怀能愤悱㉗，卒岁且优游㉘。去矣时难遇㉙，沽哉价莫酬㉚。满枝为鼓吹㉛，衷甲避戈矛㉜。隋帝宫荒草，秦王土一丘。相逢好大笑，除此总云浮㉝。

[注释]

①昭应：唐代县名，今陕西西安临潼区。卢郎中：卢弘正，唐代著名诗人卢纶之子。宪宗时期的进士，曾任地方节度府掌书记、监察御史、兵部郎中等职，官至兵部尚书。卢弘正执法严明，善于理财，能从严治军，是唐中后期的著名贤臣。沈公：沈传师。宰：县令。縻职：被职务上的事羁绊，杜牧此时在牛僧孺的淮南节度使幕中。②燕雁：燕和雁都是候鸟，秋天从北方飞到南方过冬。③柳陌：两边种着柳树的道路。唐刘禹锡《踏歌词》："桃蹊柳陌好经过，灯下妆成月下歌。"④宛水：今宣城宛溪。⑤章江：章水，在赣州与贡水汇合称赣江。⑥谬陪：陪同。益友：有益的朋友。⑦祗事：恭敬地侍奉。⑧印组：官印和系印的丝带。⑨锋芒：刀剑的尖端。解牛：《庄子·养生主》中讲庖丁为文惠君解牛，刀在牛的筋骨之间游刃有余，牛分解完了，刀刃却没有损伤，受到文惠君的赞赏。此处用来称赞沈传师处理政事的能力。⑩井闾：市井百姓，古代二十五家为一闾。⑪冠盖：礼帽和车盖，泛指官员的冠服和车子。《史记·魏公子列传》："平原君使者冠盖相属于魏。"惬：愉快。依投：投靠，依附。⑫政简：政治措施简明。开阁：汉代公孙弘由平民起身，数年之后任宰相，他集思广益，建造客馆，开东阁以延纳贤人，传为佳话。后来就用"开阁"指显贵的大臣礼贤下士。唐刘禹锡《答裴令公雪中讶白二十二与诸公不相访之什》诗："玉树琼楼满眼新，的知开阁待诸宾。"⑬运筹：谋划。⑭玉裂：形容歌声清脆动听，如同美玉碎裂的声响。⑮泥情：执着的情意。⑯酩酊：喝醉的样子。⑰剩：多。淹留：停留，滞留。⑱重德：大德，厚德。《汉书·车千秋传》："千秋居丞相位，谨厚有重德。每公卿朝会，光（霍光）谓千秋曰：'始与君侯俱受先帝遗诏，今光治内，君侯治外，宜有以教督，使光毋负天下。'千秋曰：'唯将军留意，即天下幸甚。'终不肯有所言。光以此重之。"

征宠：获得恩宠，征召入京。指沈传师入京任吏部侍郎。⑲诸生：沈传师幕下的幕僚。⑳分途之绝国：分别到了遥远的地方。㉑行辀（zhōu）：出行的车子。辀，车辕。㉒漂梗：随水漂流的桃梗，形容聚散无常。《战国策·齐策三》载，苏秦游说孟尝君说："今者臣来，过于淄上，有土偶人与桃梗相与语。桃梗谓土偶人曰：'子西岸之土也，挺子以为人，至岁八月，降雨下，淄水至，则汝残矣。'土偶曰：'不然，吾西岸之土也，土则复西岸耳。今子东国之桃梗也，刻削子以为人，降雨下，淄水至，流子而去，则子漂漂者当何如耳？'"㉓光阴极转邮：形容光阴飞逝，像邮亭传递文书那样迅速。㉔悠悠：久远的样子。㉕烹鲜：《老子》："治大国若烹小鲜。"意思是治理一个大的国家要无为而治，像烹饪小鱼那样，不去除鱼的肠子，不刮它的鳞片，不然就炖碎了。这里指卢弘正为昭应令，治理一县有方。㉖膺：承、受。反席求：侧坐以待贤良之士。《汉书·陈汤传》："汤曰：'臣闻楚有子玉得臣，文公为之反席而坐。'"㉗卷怀：隐退不仕。《论语·卫灵公》："邦有道则仕，邦无道则可卷而怀之。"愤悱：忧愤，愤慨。㉘辛岁：终年，全年。优游：悠闲自在的样子。《诗经·采菽》："优哉游哉，亦是戾矣。"㉙去矣时难遇：好的时机失去了就再难遇到。㉚沽哉：卖。《论语·子罕》："子贡曰：'有美玉于斯，韫而藏诸？求善贾而沽诸？'子曰：'沽之哉，沽之哉！我待贾者也。'"酬：兑现，实现。㉛满枝：鸟儿。鼓吹：军队中的乐曲。㉜衷甲：衣服里面穿着铠甲。《后汉书·董卓传》："肃以戟刺之，卓衷甲，不入，伤臂，堕车。"㉝云浮：浮云，比喻不值得关心的事。

[评析]

　　此诗作于大和八年（834）秋，时杜牧在牛僧孺幕府任职。这首长诗是了解杜牧在沈传师幕府生活以及与友人交往的重要篇章。诗歌赞颂了沈传师的为政能力与政绩、声望，描绘了与友人纵酒高歌的欢快，以及沈传师入京后幕府解散的情状，抒发了感恩之心、思念之情。"隋帝宫荒草，秦王土一丘。相逢好大笑，除此总云浮"，写出深沉的历史感慨与参透历史风云变幻后的超脱、旷达。

送杜颛赴润州幕①

少年才俊赴知音②，丞相门栏不觉深。直道事人男子业，异乡加饭弟兄心③。还须整理韦弦佩④，莫独矜夸玳瑁簪⑤。若去上元怀古去⑥，谢安坟下与沉吟⑦。

[注释]

① 杜颛：字胜之，杜牧的弟弟。进士出身，授秘书省正字。李德裕罢相，出任镇海节度使，治所在润州，杜颛随从为试协律郎，后来杜颛做过咸阳尉直史馆。② 知音：指赏识杜颛的李德裕。③ 加饭：多吃饭，保重身体。《古诗十九首·行行重行行》："行行重行行，与君生别离。相去万余里，各在天一涯……思君令人老，岁月忽已晚。弃捐勿复道，努力加餐饭。" ④ 韦弦佩：佩带皮绳和弓弦。《韩非子·观行》："西门豹之性急，故佩韦以自缓；董安于之性缓，故佩弦以自急。故以有余补不足，以长续短之谓明主。"后用"韦弦"比喻来自外界的启发和教益。⑤ 矜夸：自矜，夸耀。玳瑁簪：玳瑁做成的簪子，代指幕僚。⑥ 上元：润州的属县，在今南京辖区内。怀古：感念古代的人和事。⑦ 谢安：字安石，号东山，出身世家大族，官至宰相，是东晋著名的政治家和军事家。谢安性情温雅，处事公允，功勋卓著，曾

挫败阴谋篡位的桓温,在淝水之战中大败前秦军队,致使前秦国力顿衰。可惜因功名太盛、声望太高被皇帝猜忌,避祸广陵后生病而死。

[评析]

　　此诗作于唐文宗大和九年(835)春,杜颛赴润州李德裕幕府,经扬州会见杜牧。诗人赞颂弟弟有才干,并提出中肯的意见,希望他不要骄傲自满,要勤读诗书。"直道事人男子业"写出杜颛为人处世的原则是正直、耿直,不走歪门邪道,不阿谀奉迎,从中可以看到杜牧自己的为人原则。

赠别二首

其　一

　　娉娉袅袅十三余①,豆蔻梢头二月初②。春风十里扬州路,卷上珠帘总不如③。

其　二

　　多情却似总无情④,唯觉樽前笑不成⑤。蜡烛有心还惜别⑥,替人垂泪到天明。

[注释]

　　①娉娉袅袅:形容少女体态轻盈而柔美,婀娜多姿的样子。如宋陈师道《木兰花减字》:"娉娉袅袅,芍药枝头红玉小。舞袖迟迟,心到郎边客已知。"十三余:十三岁多一点儿的样子。余,年岁超过一些。汉乐府《陌上桑》:

"二十尚不足,十五颇有余。"②豆蔻:即红豆蔻,花色娇艳,二月初含苞待放,故用来比喻少女。③珠帘:把珍珠穿成串组成的帘子。唐李白《怨情》:"美人卷珠帘,深坐颦蛾眉。但见泪痕湿,不知心恨谁。"④多情:感情丰富,内心真挚。《南史·后妃传下·梁元帝徐妃》:"徐娘虽老,犹尚多情。"无情:没有情义。唐崔涂《春夕》:"水流花谢两无情,送尽东风过楚城。"⑤樽:盛酒器。笑不成:笑不出来。⑥心:与"芯"谐音,双关用法。

[评析]

　　这是写与歌女离别的诗,大概作于大和九年(835)杜牧离开扬州去长安赴监察御史任之时,据说是为善歌的张好好而作。第一首写其美丽姿容,尤其第一句,形容其青春美艳,恰似含苞待放的红豆蔻,成为文学史上的经典名句,屡屡被化用。如宋代著名词人黄庭坚《蓦山溪》:"婷婷袅袅,恰近十三余。"第二首写歌女的情感与心理,表面极力掩饰,离别酒宴上却不肯笑。末尾用双关和拟人手法,以蜡烛之芯与蜡油来形容歌女内心因悲伤而暗自流泪。以烛芯和蜡油来比喻相思之苦,在古典诗歌中很常见,如陈后主《自君之出矣》其五:"自君之出矣,绿草遍阶生。思君如夜烛,垂泪著鸡鸣。"唐代诗人也多有运用,如陈叔达《自君之出矣》:"自君之出矣,红颜转憔悴。思君如明烛,煎心且衔泪。自君之出矣,明镜罢红妆。思君如夜烛,煎泪几千行。"表现的感情都很直接很浓烈。此诗用"蜡烛有心"及"替人垂泪"来委婉展现,情感比较舒缓,更符合诗人的身份及歌女不肯直接表现出忧伤的情境。

张好好诗并序

牧大和三年①，佐故吏部沈公江西幕②。好好年十三，始以善歌来乐籍中③。后一岁，公移镇宣城④，复置好好于宣城籍中。后二岁，为沈著作述师以双鬟纳之⑤。后二岁，于洛阳东城，重睹好好⑥，感旧伤怀，故题诗赠之。

君为豫章姝⑦，十三才有余。翠茁凤生尾⑧，丹叶莲含跗⑨。高阁倚天半⑩，章江联碧虚⑪。此地试君唱，特使华筵铺⑫。主公顾四座⑬，始讶来踟蹰⑭。吴娃起引赞⑮，低徊映长裾。双鬟可高下，才过青罗襦⑰。盼盼乍垂袖⑱，一声雏凤呼⑲。繁弦迸关纽⑳，塞管裂圆芦㉑。众音不能逐，袅袅穿云衢㉒。主公再三叹，谓言天下殊。赠之天马锦㉓，副以水犀梳㉔。龙沙看秋浪㉕，明月游东湖㉖。自此每相见，三日已为疏。玉质随月满㉗，艳态逐春舒㉘。绛唇渐轻巧㉙，云步转虚徐㉚。旌旆忽东下㉛，笙歌随舳舻㉜。霜凋谢楼树㉝，沙暖句溪蒲㉞。身外任尘土㉟，樽前极欢娱。飘然集仙客㊱，讽赋欺相如㊲。聘之碧瑶佩㊳，载以紫云车㊴。洞闭水声远㊵，月高蟾影孤㊶。尔来未几岁，散尽高阳徒㊷。洛城重相见，婥婥为当垆㊸。怪我苦何事，少年垂白须？朋游今在否？落拓更能无㊹？门馆恸哭后㊺，水云秋景初。斜日挂衰柳，凉风生座隅㊻。洒尽满襟泪，短歌聊一书。

[注释]

①大和：唐文宗年号，827年至835年。②吏部沈公：指沈传师，字子言，苏州人。大和二年（828）以尚书右丞出为江西观察使，大和七年（833）任吏部侍郎，大和九年（835）卒。杜牧大和二年到江西做沈传师幕僚。③乐籍：古代官伎在乐部有名籍。④移镇宣城：大和四年（830）九月沈传师移官宣歙节度使，在今安徽境内。⑤沈著作述师：沈传师的弟弟沈述师，官著作郎。此诗杜牧墨迹今存故宫博物院。两鬟：代指千金。东汉辛延年《羽林郎》："胡姬年十五，春日独当垆。长裾连理带，广袖合欢襦。头上蓝田玉，耳后大秦珠。两鬟何窈窕，一世良所无。一鬟五百万，两鬟千万余。"纳之：买做妾。⑥重睹：又看见。⑦豫章：唐代洪州，治所在今南昌。姝：美人。⑧茁：长出，生长。⑨跗：花萼的底部。⑩高阁：指滕王阁，唐高祖李渊之子李元婴任洪州都督时所建。后世将之与湖北黄鹤楼、湖南岳阳楼并称为江南三大名楼。⑪章江：章水，在赣州与贡水汇合称赣江。碧虚：碧空。⑫华筵：盛宴。铺：陈设。⑬主公：指沈传师。⑭踟蹰：缓缓行走。⑮吴娃：吴地的美女。引赞：引导。⑯低佪：徘徊流连。⑰罗襦：绸子做的短衣。⑱盼盼：注视的样子。⑲雏凤：幼小的凤凰。⑳繁弦：急促的乐声。迸：迸断。关纽：乐器上的弦纽。㉑塞管：芦管。㉒袅袅：歌声绵延。云衢：天空，云端。㉓天马锦：沙狐皮裘。沙狐为一种生于沙碛中的狐。《清一统志·奉天府五》："沙狐生沙碛中，身小色白，皮集为裘，在腹下者名天马皮，领下者名乌云豹，皆贵重。"㉔水犀梳：用水犀牛角制成的梳子，是名贵物。㉕龙沙：在南昌城北，是游览胜地。江沙很白，绵延五里而地势高峻，相传居住在这里的人常看见龙迹。㉖东湖：南昌东面的大湖，水与赣江通。㉗玉质：漂亮的身材。㉘艳态：美艳的姿容。舒：舒展，指体态日渐成熟丰满。㉙绛唇：朱唇，红唇。㉚云步：轻盈的脚步。

虚徐：舒缓而闲雅。㉛旌旆忽东下：指沈传师从江西观察使移官宣歙节度使。㉜舳舻：首尾相接的船只。㉝谢楼：南朝齐才子、宣城太守谢朓所建的楼，在宣城北。㉞句溪：宣城东的大溪。因溪流曲折迂回，故有此名。㉟尘土：尘世，尘事。㊱集仙客：指沈传师的弟弟沈述师，曾任集贤校理。集仙是殿名，玄宗时改名集贤殿，开元年间殿中设书院，有学士、直学士、修撰、校理等职。㊲讽赋：作赋。欺：压倒，胜过。相如：西汉著名辞赋家司马相如。㊳聘：娶。碧瑶佩：碧玉佩。㊴紫云车：神仙所乘的车子，这里形容迎娶时车子的华贵。㊵洞闭水声远：比喻张好好嫁给沈述师后，不再和外界人有往来。㊶月高蟾影孤：相传嫦娥逃到月中后，化为蟾蜍。此句形容张好好婚后单纯的生活。㊷高阳徒：酒徒。汉代高阳人郦食其请见刘邦，刘邦对通报的人说他不见儒生。郦食其说自己是高阳的酒徒，不是儒生。于是，刘邦请他进去并重用了他。㊸婥（chuò）婥：美好的身姿。当垆：买酒。㊹落拓：放荡不羁。㊺门馆恸哭：指沈传师之死。杜牧曾为其幕僚，所以称门馆。此句化用典故见《晋书·谢安传》："羊昙者，太山人，知名士也。为安所爱重。安薨后，辍乐弥年，行不由西州路。尝因石头大醉，扶路唱乐，不觉至州门。左右白曰：'此西州门。'昙悲感不已，以马策扣扉，诵曹子建诗曰：'生存华屋处，零落归山丘。'恸哭而去。"㊻座隅：座位的旁边，身边。

[评析]

《张好好诗》是杜牧诗歌中的名篇，作于唐文宗大和九年（835）秋，杜牧在洛阳任监察御史。六年前，杜牧在南昌江西观察使沈传师幕府结识了歌女张好好。当时张好好只有十三岁，音乐才华出众，受沈传师赏识入了乐籍。杜牧参与宴会，经常与其见面。次年，沈传师调任宣歙节度使，杜牧随之南下来到宣城，与她朝夕相见。后二年，她被沈传师的弟弟沈述师纳为妾。大和七年（833），沈传师调京任吏部侍郎，宣城幕府解散。张好好婚后不久，被遗弃洛阳卖酒。张好好的不幸遭遇，沈传师的驾鹤仙去，往日幕府的欢快日子，自己近年的饱受挫折，三十刚出头却已经鬓发斑白，这一切情感于洛阳一个酒家交织发酵。诗人写哀痛悲楚的情感，却以欢快的笔触，追忆了歌女的美丽姿色、歌唱天分、备受宠爱……也许，美好的景象只有在痛苦的追忆中才会闪现。明清之际王夫之说："以乐景写哀，以哀景写乐，一倍增其哀乐！"元代剧作家乔吉将此事演绎为传奇《扬州梦》。

遣　怀①

落魄江南载酒行②，楚腰肠断掌中轻③。十年一觉扬州梦④，赢得青楼薄幸名⑤。

[注释]

① 遣怀：抒发情怀，解闷散心。② 落魄：失意潦倒的样子。③ 楚腰：《韩非子·二柄》："楚灵王好细腰，而国中多饿人。"后来用"楚腰"泛称女子的细腰，代指美女。掌中轻：形容美人之细弱轻盈。汉成帝皇后赵飞燕身姿飘逸，侍女们用手托着玉盘，她就在盘上起舞，故云"掌中轻"。④ 十年一觉：十年时间飞快地过去，犹如睡了一觉一样。⑤ 青楼：指妓院。南朝梁刘邈《万山见采桑人》："倡妾不胜愁，结束下青楼。"薄幸：薄情，负心。

[评析]

　　此诗作于唐文宗大和九年（835），杜牧离开淮南节度使幕府入京。江南十载，处处饮酒消愁，浪迹青楼。十年过去了，掐指头一盘点，只在青楼留下名声，真是恍如梦境。诗人回顾了自己在扬州放荡不羁的生活，抒发了落魄无为的感慨，或者是一种自嘲。这里面，有感慨，有悔恨，也有无奈，弥漫着哀愁。

唐文宗开成年间诗

题敬爱寺楼①

暮景千山雪,春寒百尺楼。独登还独下,谁会我悠悠②?

[注释]

①敬爱寺:在洛阳,唐高宗时期建。②悠悠:忧伤的心情。《诗经·邶风·终风》:"莫往莫来,悠悠我思。"陈子昂《登幽州台歌》:"念天地之悠悠,独怆然而涕下。"

[评析]

此诗作于唐文宗开成元年(836)春。头年,杜牧在长安为监察御史,朝中郑注专权,好友李甘因直言遭贬,诗人见此情形当年七月移疾分司东都。十一月,京城就发生了震惊朝野的甘露之变。这是一首登高咏怀之作,场景阔大,立意冷峭,抒发了诗人难以为外人体味的无尽哀愁。于一个春日黄昏,诗人登上高楼,远望千山皑皑白雪,一丝寒意袭上心头。这不仅仅是春寒,或者更主要的是社会人际的寒冷甚至是跨越古今的历史阴寒,或者是如陈子昂"前不见古人,后不见来者"的凄凉与孤独。

洛中二首

其 一

柳动晴风拂路尘,年年宫阙锁浓春①。一从翠辇无巡幸②,老却蛾眉几许人③?

其 二

风吹柳带摇晴绿④,蝶绕花枝恋暖香。多把芳菲泛春酒⑤,直教愁色对愁肠。

[注释]

① 宫阙:宫殿。浓春:浓浓的春色。② 翠辇:用翠鸟的羽毛装饰的帝王车驾。李贺《追赋画江潭苑》诗之一:"行云沾翠辇,今日似襄王。"巡幸:帝王到来。③ 蛾眉:这里指洛阳宫女。几许:多少。《古诗十九首·迢迢牵牛星》:"河汉清且浅,相去复几许?盈盈一水间,脉脉不得语。"④ 柳带:柳枝细柔如带。⑤ 芳菲:香花。

[评析]

此诗描绘了洛阳景色,缪钺《杜牧年谱》以为其作于唐文宗开成元年(836)。诗人写美好春光中的惆怅,"柳动晴风""摇晴绿",用拟人手法,将风中柳树写得婀娜多姿,柳树是如此欢快,可是人却哀愁万般。第一首诗写宫怨,君王不来洛阳,宫女惆怅万分,"锁浓春"写出大好时光被荒废、幽闭深宫的苦闷。第二首写游人之苦,蝶飞燕舞,手把鲜花,美酒在侧,本应欢欣鼓舞,可是游人连连叫苦、不住地说愁。眼前的洛阳是那么美好,而诗人的心中却是那么凄苦。

洛阳长句二首①

其一

草色人心相与闲②,是非名利有无间③。桥横落照虹堪画④,树锁千门鸟自还⑤。芝盖不来云杳杳⑥,仙舟何处水潺潺⑦?君王谦让泥金事⑧,苍翠空高万岁山⑨。

其二

天汉东穿白玉京⑩,日华浮动翠光生⑪。桥边游女佩环委⑫,波底上阳金碧明⑬。月锁名园孤鹤唳⑭,川酣秋梦凿龙声⑮。连昌绣岭行宫在⑯,玉辇何时父老迎⑰?

[注释]

① 长句:七言诗,相对五言诗句子较长,因此称长句。② 草色人心相与闲:形容自己的心态和秋草苍翠的颜色一样,沉静悠闲。相与,共同,相同。③ 有无间:是与非,名和利,在心中都可有可无。④ 虹堪画:在夕阳的照耀下,横在河上的拱形小桥像彩虹一样,线条清晰可画。⑤ 树锁千门鸟自还:鸟儿飞回到树上,千门万户都紧闭。⑥ 芝盖:车盖,形如灵芝,故称芝盖。这里指帝王的御驾。云杳杳:云朵远在天边,又昏又暗。

⑦仙舟何处：像李膺、郭泰那样的贤士，现在不知乘舟到哪里去了。李膺是东汉名臣，以联合太学生反对宦官专权而名垂青史。李膺出身衣冠望族，为人高傲，不轻易结交他人。但他第一次见到郭泰就大为赏识，于是郭泰名震京师。可是郭泰虽然登了龙门，却没有做官的兴趣，不久就决定回老家。众人送他到河边，李膺让郭泰和他乘一条船，那些儒生们都特别羡慕，把他们俩看成神仙一样。潺潺：水流缓缓的样子。⑧君王谦让泥金事：君王不再封禅，这里指唐皇不再巡幸洛阳。唐代玄宗之前，朝廷曾多次迁都洛阳，但玄宗以后，因为长安富足，很少再迁都。泥金事，指封禅大典。古代帝王在太平盛世时期封禅，要把封禅所用的文书用玉石匣子装起来，用金绳或银绳绑住，上面封上金泥，埋在土里。⑨万岁山：嵩山。⑩天汉东穿白玉京：洛水穿过洛阳向东流去。天汉，银河，这里指洛水。白玉京，洛阳上阳宫有玉京门，这里指洛阳。⑪日华：太阳的光辉。⑫佩环委：俯身行礼时身上的佩饰拖垂到地上。⑬上阳：上阳宫，唐高宗时所建。⑭名园：唐代太宗至玄宗期间多次迁都洛阳，公卿在洛阳修建很多豪华园林。文宗、武宗时期，没有再迁都，所以这些宅邸一片空寂。⑮凿龙声：传说洛阳龙门是大禹所凿。⑯连昌绣岭：连昌宫和绣岭宫，都是唐高宗在河南所建的行宫。⑰玉辇：皇帝的车驾。

[评析]

这两首诗作于唐文宗开成元年（836），杜牧时任监察御史、分司东都。诗歌描绘了东都洛阳的冷清景色，表达了对于君王巡幸的渴盼，对唐朝中兴局面的渴求。"草色人心相与闲，是非名利有无间"，景淡人闲，有一种超脱情怀。方回说："唐自天宝以后，不复驾车东都，此诗有望幸之意。'树锁千门'一句极佳。"（《瀛奎律髓》卷四）有人以为诗歌表达了对唐朝衰败的感叹。

洛中送冀处士东游①

处士有儒术,走可挟车辀②。坛宇宽帖帖③,符彩高酋酋④。不爱事耕稼,不乐干王侯⑤。四十余年中,超超为浪游⑥。元和五六岁,客于幽魏州⑦。幽魏多壮士,意气相淹留⑧。刘济愿跪履⑨,田兴请建筹⑩。处士拱两手⑪,笑之但掉头⑫。自此南走越⑬,寻山入罗浮⑭。愿学不死药⑮,粗知其来由。却于童顶上⑯,萧萧玄发抽⑰。我作八品吏⑱,洛中如系囚⑲。忽遭冀处士⑳,豁若登高楼㉑。拂榻与之坐㉒,十日语不休㉓。论今星灿灿,考古寒飕飕㉔。治乱掘根本㉕,蔓延相牵钩㉖。武事何骏壮㉗,文理何优柔㉘。颜回捧俎豆㉙,项羽横戈矛㉚。祥云绕毛发㉛,高浪开咽喉㉜。但可感鬼神,安能为献酬㉝。好入天子梦,刻像来尔求㉞。胡为去吴会㉟,欲浮沧海舟。赠以蜀马棰㊱,副之胡罽裘㊲。饯酒载三斗㊳,东郊黄叶稠。我感有泪下,君唱高歌酬。嵩山高万尺,洛水流千秋。往事不可问,天地空悠悠。四百年炎汉㊴,三十代宗周㊵。二三里遗堵㊶,八九所高丘。人生一世内,何必多悲愁。歌阕解携去㊷,信非吾辈流。

[注释]

①洛中:洛阳。②挟车辀(zhōu):用手控制车辕。古代大车上的车辕称辕,兵车、田车、乘车上的车辕称辀。《左传·隐公十一年》:"公孙阏与颍考叔争车,颍考叔挟辀以走。"这里形容冀处士学识高超。③坛宇:言谈的范围。《荀子·儒效》:"君子言有坛宇,行有防表,道有一隆。"宽:

宽广。帖帖：安静闲雅的样子。④ 符彩：原指美玉的横向纹理和色彩，常用来比喻人的翩翩风度和美好仪容。唐王勃《采莲赋》："乃有贵子王孙，乘闲纵观，何平叔之符彩，潘安仁之藻翰。"菖菖：高大的样子。⑤ 干：干谒。⑥ 超超：超然出尘，不同凡俗。《南史·刘讦传》："讦超超越俗，如半天朱霞；歊矫矫出尘，如云中白鹤。"浪游：漫游。⑦ 幽魏州：幽州和魏州，在今北京和河北一带。⑧ 淹留：停留，滞留。⑨ 刘济愿跪履：刘济愿意向他请教。刘济，当时的幽州节度使，连任二十多年。跪履，引用张良故事。《史记·留侯世家》："良尝从容步游下邳圯上，有一老父，衣褐，至良所，直堕其履圯下，顾谓良曰：'孺子，下取履！'良愕然，欲殴之，为其老，强忍，下取履。父曰：'履我！'良业为取履，因长跪履之。父以足受，笑而去。良殊大惊，随目之。父去里所，复还，曰：'孺子可教矣。后五日平明，与我会此。'……五日，良夜未半往。有顷，父亦来，喜曰：'当如是。'出一编书，曰：'读此则为王者师矣……'遂去，无他言，不复见。旦日视其书，乃《太公兵法》也。"⑩ 田兴请建筹：田兴请冀处士帮助出谋划策。田兴，魏州的将领。筹，策划。《史记·留侯世家》："臣请借前箸为大王筹之。"⑪ 拱两手：拱手礼，表示尊敬。⑫ 掉头：转头。⑬ 越：唐代时的岭南道，春秋时属百越之地。⑭ 罗浮：罗浮山，在广东省境内，是道教名山。⑮ 不死药：能使人长生不死的药。宋司马光《资治通鉴》卷七："自齐威王、宣王、燕昭王皆信其言，使人入海求蓬莱、方丈、瀛洲，云此三神山在渤海中，去人不远。患且至，则风引船去。尝有至者，诸仙人及不死之药皆在焉。"⑯ 童顶：秃顶。⑰ 萧萧：头发稀疏的样子。玄发：黑发。⑱ 我作八品吏：杜牧当时任监察御史，为正八品下。⑲ 如系囚：像被捆住的囚犯一样。⑳ 遭：遇上。㉑ 豁：豁然。㉒ 拂榻：擦拭坐榻。㉓ 不休：不停。㉔ 考古：考察古代的历史事物。㉕ 掘：穷尽。㉖ 蔓延：扩展，发展。相牵钩:相互牵连。㉗武事:军事。《左传·庄公四年》:"故临武事,将发大命,而荡王心焉。"骏壮:强壮。㉘文理:礼仪。优柔:从容不迫的样子。㉙颜回:字子渊,孔子最欣赏的弟子。俎豆:古代宴饮、祭祀时所用的礼器,俎形如几案,豆类似高足盘。两者经常用来泛指各种礼器。如汉班固《东都赋》:"献酬交错,俎豆莘莘。下舞上歌,蹈德咏仁。"㉚项羽:名籍,勇力过人,胸有大志,秦朝末年起兵,自称楚王,与刘邦争夺天下,失败自尽。㉛祥云绕毛发:吉祥的云彩在头上缭绕。㉜高浪开咽喉:声音洪亮。㉝献酬:敬酒。《诗经·小雅·楚茨》:"献酬交错,礼仪卒度,笑语卒获。"这里指从事干谒,获得名利。㉞好入天子梦,刻像来尔求:指商王武丁梦见贤人傅说,画像找寻之事。《太平御览》卷八十三:"《帝王世纪》曰:武丁即位,谅闇居凶庐,百官总己,听于冢宰,三年不言。既免丧,犹不言。群臣谏武丁,于是思建良辅。梦天赐贤人,姓傅名说,乃使百工写其像,求诸天下。见筑者胥靡,衣褐带索役于虞虢之间,傅岩之野,名说,登以为相,享国五十九年。"㉟吴会:苏州。㊱蜀马棰:蜀地所产的马鞭,是著名特产。㊲胡罽(jì)裘:用外来的毛织品制成的衣裘,又称罽宾裘。晋傅玄《傅子·阙题》:"谢旗,房陵都尉,战有功,太祖赐旗罽裘、豹茵。"㊳饯酒:饯别的阙酒。㊴炎汉:汉以火德王,故称炎汉。魏曹植《徙封雍丘王朝京师上疏》:"受禅炎汉,临君万邦。"㊵宗周:周朝。周是各诸侯国的宗主国,所以称宗周。《诗经·小雅·正月》:"赫赫宗周,褒姒灭之。"㊶遗堵:残存的城墙。㊷阕:乐曲演奏完。汉张衡《东京赋》:"《王夏》阕,《驺虞》奏。"解携:分手,离开。唐杜甫《水宿遣兴奉呈群公》:"异县惊虚往,同人惜解携。"

[评析]

　　这是一首赠别诗，写于唐文宗开成元年（836），杜牧时为监察御史、分司东都。一位姓冀的处士远游苏州，杜牧赋诗赠别。俗话说，乱世多隐士。冀处士精通儒术，富有社会治理策略，连地方军政首脑都对其礼节有加，可见其绝非不通人情、死读经书的儒生。点题赠别之后，突然宕开笔墨，写天地悠悠，沧海变化，于自己的凄苦别绪中，称颂处士洒脱不羁。诗歌情感跌宕起伏，笔力劲健；"论今星灿灿，考古寒飕飕"，气势磅礴。

洛中监察病假满送韦楚老拾遗归朝①

　　洛桥风暖细翻衣，春引仙官去玉墀②。独鹤初冲太虚日③，九牛新落一毛时④。行开教化期君是，卧病神祇祷我知⑤。十载丈夫堪耻处，朱云犹掉直言旗⑥。

[注释]

　　① 病假：杜牧在洛阳任监察御史的时候，曾因为弟弟生病，告假探亲。韦楚老：字寿朋，进士出身，文宗时期曾任拾遗，后来卷入牛李党争，辞官居金陵。两人是好友，同年出生。② 仙官：指韦楚老。玉墀：宫殿前的石阶，借指朝廷。汉武帝《落叶哀蝉曲》："罗袂兮无声，玉墀兮尘生。" ③ 独鹤初冲太虚日：仙鹤最初飞向天空的日子。比喻韦楚老回到朝廷里去。④ 九牛新落一毛时：唐代规定官员请假满一百天就当去官，此句形容自己去官对朝廷而言如九牛一毛，微不足道。语出汉司马迁《报任少卿书》："假令

仆伏法受诛,若九牛亡一毛,与蝼蚁何以异?"⑤神祇:神灵。⑥朱云:字游,西汉人。汉成帝时,张禹是成帝的老师,官丞相。朱云有一次进谏,说张禹是佞臣,成帝大怒要杀他。侍卫拖他下去的时候,他死抱殿槛大声呼喊,结果殿槛都被他折断了。幸好左将军辛庆忌冒死说情救了他。成帝冷静下来,也下令不换断槛,以旌表敢于直言进谏的臣子。掉:挥动。

[评析]

　　这是一首赠别诗,作于唐文宗开成二年(837)春,杜牧时为监察御史、分司东都。尽管自己弟弟害眼病,杜牧为他日日祷告神灵,忧心忡忡,却为朋友进京感到欣喜。"洛桥风暖细翻衣",写出春意盎然,轻柔细腻;春天只是时间性概念,诗人却说朋友进京是受春天的引导,富于诗意又蕴含了前程似锦的祝愿;仙官与独鹤的称呼,同样蕴含了美好的祝福,诗人谦称自己不值得一提,期盼友人入朝后敢于直谏。

陕州醉赠裴四同年①

　　凄风洛下同羁思②,迟日棠阴得醉歌③。自笑与君三岁别,头衔依旧鬓丝多④。

[注释]

　　①陕州:治今河南三门峡市陕州区。裴四:名裴素。大和二年和杜牧一起登贤良方正能直言极谏科,故称同年。裴素做过司封员外郎、翰林学士、中书舍人等。②凄风:寒风。王粲《赠蔡子笃》:"烈烈冬日,肃

肃凄风。"洛下：洛阳。南朝梁刘令娴《祭夫徐悱文》："调逸许中，声高洛下。"羁思：客居他乡的愁思。南朝宋鲍照《绍古辞》："纷纷羁思盈，慊慊夜弦促。"③迟日：春天。《诗经·豳风·七月》："春日迟迟。"棠阴：棠树的树荫。醉歌：醉酒高歌。④头衔依旧：杜牧和裴素时隔三年见面，仍在任监察御史，头衔没有改变。

[评析]

　　此诗作于唐文宗开成二年（837）春。杜牧与同年裴素三年未见，本来会面是欢快的事情，可是却看不到欢欣的影子。美好的春风，也成了"凄风"。诗歌抒发了仕途不顺利的感慨、羁旅他乡的愁绪和黑发变白的悲凉之感。不久前，朝廷政变，官场动荡，二人或许都有些许不安，这种情形下，二人聚会当没有欣喜之色。

润州二首①

其　一

向吴亭东千里秋②，放歌曾作昔年游③。青苔寺里无马迹，绿水桥边多酒楼。大抵南朝皆旷达④，可怜东晋最风流⑤。月明更想桓伊在⑥，一笛闻吹出塞愁⑦。

其　二

谢朓诗中佳丽地⑧，夫差传里水犀军⑨。城高铁瓮横强弩⑩，柳暗朱楼多梦云⑪。画角爱飘江北去⑫，钓歌长向月中闻⑬。扬州尘土试回首⑭，不惜千金借与君。

[注释]

①润州：唐代州名，治所在今江苏省镇江市，玄宗天宝年间曾改名丹阳郡。②向吴亭：在润州城南，又名通吴楼，从此处乘舟沿长江而下，可到吴地。③放歌：放声高歌。④旷达：形容人的心胸开朗、豁达。⑤可怜：令人羡慕、仰慕。风流：洒脱放逸的风度。《后汉书·方术传论》："汉世之所谓名士者，其风流可知矣。"⑥桓伊：字子野，东晋名将，擅长吹笛。宋陈旸《乐书》卷一百四十八记载："长笛六孔，具黄钟，一均，如尺八而长，晋桓子野之所善。"相传桓伊的长笛是蔡邕避难江南时取柯亭上的竹椽做成的，柯亭笛也是著名的典故。⑦出塞：汉乐府曲名。⑧谢朓：字玄晖，南齐著名山水诗人，与南朝宋谢灵运名气相当，诗歌史上称大小谢。谢朓《入朝曲》："江南佳丽地，金陵帝王州。逶迤带渌水，迢递起朱楼。飞甍夹驰道，垂杨荫御沟。凝笳翼高盖，迭鼓送华辀。献纳云台表，功名良可收。"⑨水犀军：用水犀皮装饰甲衣的军队。水犀皮质地坚硬而且凸凹不平，所以适合装饰甲衣。《吴越春秋》中记载春秋时吴王夫差有穿水犀甲的军队十三万人，但越王勾践以为和自己的军事力量相比不算多，决心攻打吴国。润州在春秋时期隶属于吴国。⑩铁瓮：一说润州城由三国时期吴国孙权所建，非常坚固，故称铁瓮城；一说润州城外围的形状有如大瓮，故名。⑪朱楼：华丽的楼台。《后汉书·冯衍传下》："伏朱楼而四望兮，采三秀之华英。"⑫画角：传自西羌的古代管乐器，形如竹筒，表面有彩绘，声音哀厉。画角在军中最常用，除了晨昏时吹响表示时间，还可以用来提振士气，整肃军容。唐陈子昂《和陆明府赠将军重出塞》："晚风吹画角，春色耀飞旌。"江北：长江之北，指扬州。⑬钓歌：钓鱼的人唱的歌。唐

王勃《长柳》:"郊童樵唱返,津叟钓歌还。"⑭尘土:尘事,指往日在扬州潇洒的生活。

[评析]

　　唐文宗大和七年(833),杜牧由宣州幕转任扬州幕,开成二年(837)由扬州转任宣州,其间经过润州。由第二首末句推断,此诗大致作于这两次旅途中。诗发端不凡,"千里秋",意境开阔,诗人撷取的不是一处景观、一朝历史,而是整个镇江风物与历史人文景观,慨叹六朝魏晋风流,平静的江面上,似乎有吴王夫差演练战船的场面,层叠着东吴孙权的事业,回响着风流诗人谢朓的吟诵、桓伊的笛声。而自己往年"放歌曾作昔年游",如今也只能在江边回想当时的马蹄声声;酒楼依旧在,却不见了当年豪饮的场景。不过,回首历史与往事后,诗人表明"不惜千金借与君",宣明为某人出力,此人一定是一个位高权重且在杜牧生活中有重要影响的人物。诗歌于开阔的景色、空旷的历史场景、历史的今昔与个人游赏的今昔对比中,抒情明志。

杜秋娘诗并序

　　杜秋,金陵女也①。年十五为李锜妾②。后锜叛灭,籍之入宫③,有宠于景陵④。穆宗即位⑤,命秋为皇子傅姆⑥,皇子壮⑦,封漳王⑧。郑注用事⑨,诬丞相欲去己者,指王为根⑩,王被罪废削,秋因赐归故乡。予过金陵,感其穷且老,为之赋诗。

京江水清滑⑪,生女白如脂⑫。其间杜秋者,不劳朱粉施⑬。老濞即山铸⑭,后庭千双眉⑮。秋持玉斝醉⑯,与唱金缕衣⑰。濞即白首叛⑱,秋亦红泪滋⑲。吴江落日渡⑳,灞岸绿杨垂㉑。联裾见天子㉒,盼眄独依依㉓。椒壁悬锦幕㉔,镜奁蟠蛟螭㉕。低鬟认新宠㉖,窈袅复融怡㉗。月上白璧门㉘,桂影凉参差㉙。金阶露新重㉚,闲捻紫箫吹㉛。莓苔夹城路㉜,南苑雁初飞㉝。红粉羽林仗㉞,独赐辟邪旗㉟。归来煮豹胎㊱,餍饫不能饴㊲。咸池升日庆㊳,铜雀分香悲㊴。雷音后车远㊵,事往落花时。燕禖得皇子㊶,壮发绿绥绥㊷。画堂授傅姆,天人亲捧持㊸。虎睛珠络褓㊹,金盘犀镇帷㊺。长杨射熊罴㊻,武帐弄哑咿㊼。渐抛竹马剧㊽,稍出舞鸡奇㊾。崭崭整冠佩㊿,侍宴坐瑶池㈠。眉宇俨图画㈡,神秀射朝辉㈢。一尺桐偶人,江充知自欺㈣。王幽茅土削㈤,秋放故乡归。觚棱拂斗极㈥,回首尚迟迟㈦。四朝三十载㈧,似梦复疑非。潼关识旧吏㈨,吏发已如丝㈩。却唤吴江渡,舟人那得知。归来四邻改,茂苑草菲菲㈥⑴。清血洒不尽㈥⑵,仰天知问谁。寒衣一匹素㈥⑶,夜借邻人机。我昨金陵过,闻之为嘘唏㈥⑷。自古皆一贯㈥⑸,变化安能推。夏姬灭两国,逃作巫臣姬㈥⑹。西子下姑苏,一舸逐鸱夷㈥⑺。织室魏豹俘,作汉太平基㈥⑻。误置代籍中,两朝尊母仪㈥⑼。光武绍高祖,本系生唐儿㈦⑽。珊瑚破高齐,作婢春黄糜㈦⑴。萧后去扬州,突厥为阏氏㈦⑵。女子固不定,士林亦难期。射钩后呼父㈦⑶,钓翁王者师㈦⑷。无国要孟子㈦⑸,有人毁仲尼㈦⑹。秦因逐客令,柄归丞相斯㈦⑺。安知魏齐首,见断箦中尸㈦⑻。给丧蹶张辈,廊庙冠峨危㈦⑼。珥貂七叶贵,何妨戎虏支㈧⑽。苏武却生返㈧⑴,邓通终死饥㈧⑵。主张既难测㈧⑶,翻覆亦其宜㈧⑷。地尽有何物?天外复何之?指何为而捉?足何为而驰?耳何为而听?

杜牧诗选 | 37

目何为而窥?己身不自晓,此外何思惟⑧⑤!因倾一樽酒,题作杜秋诗。愁来独长咏,聊可以自贻⑧⑥。

[注释]

① 金陵:今南京之别称。② 李锜:唐宗室子弟,顺宗时为镇海军节度使,宪宗元和二年(807)起兵叛乱,被捉腰斩。③ 籍:登记没收。④ 景陵:唐宪宗。⑤ 穆宗:李恒,唐宪宗第三子,在位四年(820~824)。⑥ 傅姆:保姆。⑦ 壮:长大。⑧ 漳王:穆宗第六子李凑,长庆元年(821)封漳王。⑨ 郑注:以医术得宠于唐文宗的权臣。用事:有权势。⑩ 诬丞相欲去己者,指王为根:指郑注勾结宦官王守澄,诬陷宰相宋申锡图谋拥立漳王为帝,漳王因此被废为巢县公。⑪ 京江:长江流经镇江即京口的一段。⑫ 脂:油脂。《诗经·卫风·硕人》:"手如柔荑,肤如凝脂。"⑬ 不劳:不用。朱粉:化妆用的胭脂和铅粉。⑭ 老濞:刘濞,汉高祖刘邦的侄儿,封吴王。景帝三年(前154年)联合其他诸侯国谋反,史称七国之乱,兵败被诛。这里指李锜,二人均为宗室,分封吴,都谋反朝廷。即山铸:《史记·吴王濞列传》记载:"吴有豫章郡铜山,濞则招致天下亡命者,盗铸钱,煮海水为盐,以故无赋,国用富饶。"⑮ 千双眉:形容后宫美女之多。⑯ 玉斝(jiǎ):圆口三足的玉制酒杯。⑰ 金缕衣:古乐曲名。杜牧自注:"劝君莫惜金缕衣,劝君须惜少年时。花开堪折直须折,莫待无花空折枝。李锜长唱此辞。"⑱ 濞即白首叛:吴王刘濞谋反时六十多岁,头发已白,这里代指李锜叛乱。⑲ 红泪:因为化妆涂彩,流淌下的泪水呈红色,所以红泪特指女子的眼泪。晋王嘉《拾遗记》卷七载薛灵芸(魏文帝宠爱的美人)辞别父母入宫时,用红色的玉唾壶承接泪水,到了京师的时候,泪水凝固如血。⑳ 吴江:京口与扬州之间的那段长江。㉑ 灞岸:灞河之岸。灞河,

渭河支流，源出蓝田县，经西安东注入渭河，汉人送客至此，折柳送别。㉒联裾：即衣衫相碰连，这里形容美人一个挨着一个。裾，衣服的前后襟，泛指衣服的前后部分。㉓盼睐：注视。依依：依恋不舍的样子。㉔椒壁：椒房的墙壁。椒房是用椒和泥涂墙壁的房子，芳香温暖，又有多子的寓意。椒房专指皇后的宫室，也泛指后妃的住所。㉕镜奁（lián）：盛装女子化妆用品的匣子。蛟螭：有角的龙和无角的龙。㉖低鬟：低头、害羞的样子。鬟是女子的环形发髻。㉗窈袅：美好的姿态。融怡：欢乐愉悦。㉘白璧门：汉武帝曾用白璧装饰内殿之门，称白璧门，此处泛指宫殿门。㉙桂影：桂树的影子。参差：不齐的样子。㉚金阶：宫殿前的台阶。重：浓。㉛捻：按。紫箫：紫竹制成的箫。㉜莓苔：苔藓。夹城：唐玄宗时从兴庆宫至芙蓉苑筑的通道。㉝南苑：古长安城曲江西南的芙蓉苑，龙首原禁苑在北，芙蓉苑在南，故称南苑。㉞红粉：宫女。羽林：禁卫军。羽林之名起源汉武帝时，取为国羽翼、如林之盛之意。㉟辟邪旗：上有辟邪神兽的旗幡，天子仪仗队所用。㊱豹胎：豹的胎盘，是珍稀补品。㊲餍饫（yù）：饱足。饴：有滋有味地吃。㊳咸池升日庆：此句指唐穆宗登基。咸池，传说中的天池，太阳升起前在这里沐浴。㊴铜雀分香悲：此句的意思是唐宪宗去世。铜雀，铜雀台，因楼顶有大孔雀而得名。分香，晋陆机《吊魏武帝文》序中写道：东汉末曹操造铜雀台，临终时吩咐诸妾："汝等时时登铜雀台，望吾西陵墓田。"又云："余香可分与诸夫人。诸舍中无为，学作履组卖也。"㊵雷音：车行走时发出的声音，像隐隐而起的雷声一样。后车：随从皇帝的车。㊶燕禖：生子之神高禖。相传有娀氏之女、帝喾之妻简狄在燕子到来那天登上了高禖的祠堂而生商代的祖先契。所以古代帝王在春暖燕来之时祈子。皇子：漳王李凑。㊷壮发：额前丛生的头发。緌（ruí）緌：头发下垂的样子。㊸天人：天子。㊹虎睛珠：像老虎眼睛那么大的珠子。络：

缠裹。褓：襁褓。㊺ 金盘犀镇帷：连着金盘的犀角，用来压住帷帐，使帐幕不动。㊻ 长杨：汉代的长杨宫，因宫中有垂杨数亩而得名，是游猎之所。㊼ 武帐：皇帝休息的地方，设有卫兵武装。弄哑咿：逗孩子玩儿。㊽ 竹马剧：小儿游戏，拿竹枝当马骑。㊾ 舞鸡：斗鸡，唐代诸王间盛行的游戏。㊿ 嶄嶄：整齐的样子。(51) 瑶池：传说中昆仑山上的大池，汉武帝和西王母曾在这里宴饮。此处指宫中宴饮之地。(52) 俨：宛如。(53) 神秀：神采秀发。(54) 一尺桐偶人，江充知自欺：汉武帝晚年患病，江充趁机诬陷太子刘据行巫蛊之术。武帝大怒，太子不安，举兵斩杀江充，事败自缢。这里借指郑注诬陷漳王李凑。 (55) 王幽茅土削：此句指漳王被削去王爵。幽，囚禁。茅土，封地。 (56) 觚棱：宫殿屋角的瓦脊，呈方角棱瓣形状。斗极：北斗星和北极星。 (57) 迟迟：慢慢往前走。(58) 四朝：杜秋娘从入宫至作者作诗之时，经过了宪宗、穆宗、敬宗、文宗四朝。(59) 潼关：在今陕西西安临潼区西南，古称桃林之塞。(60) 丝：白发。(61) 茂苑：花木繁盛的苑囿。(62) 清血：悲伤的泪水。(63) 寒衣：御寒的衣服。素：白绢。(64) 嘘唏（xū xī）：哽咽，抽泣。(65) 一贯：贯穿于事物中的同一道理。《论语 · 里仁》："吾道一以贯之哉！" (66) 夏姬灭两国，逃作巫臣姬：夏姬是春秋时期郑穆公的女儿，嫁给陈国大夫御叔，生下了夏征舒。夏姬与陈灵公私通，夏征舒杀掉了灵公。后来楚国伐陈，夏姬嫁给了襄老，襄老死后她回到了郑国。楚申公巫臣借出使之机娶了她，带着她投往晋国。(67) 西子下姑苏，一舸逐鸱夷：春秋时期，吴越争霸，越王勾践战败，把本国美女西施献给吴王夫差，使之沉迷酒色，最终范蠡辅佐勾践灭吴，带着西施泛舟而去。范蠡号鸱夷子皮。(68) 织室魏豹俘，作汉太平基：薄姬原是魏王豹的侍妾，没入宫中纺织，可巧被刘邦看中，生了汉文帝刘恒，文帝即位实行仁政，奠定了汉朝太平盛世的基础。(69) 误置代籍中，两朝尊母仪：汉景帝的母亲窦太后原是汉高祖时的宫女，吕后将宫女赐给诸王，窦姬偷偷请求宦官将自己置于赵国名册，以临近家乡，却被错置代国的名册中。谁知到了代国颇受代王的宠爱，生下了儿子。后来代王被迎立为文帝，窦姬被封为皇后，其子即景帝。⑦光武绍高祖，本系生唐儿：光武帝刘秀是汉高祖刘邦的后代，但是他的先人却是宫女唐儿所生。唐儿原是景帝之妃程姬的侍儿，景帝召幸程姬，程姬有事不愿去，将唐儿装扮入宫，恰好景帝酒醉，也没有发觉，于是唐儿有孕，生下了长沙定王刘发。刘秀是刘发的后代。⑦珊瑚破高齐，作婢舂黄糜：北齐后主高纬的妃子冯小怜，小字珊瑚。北齐灭亡后，冯小怜得到北周代王的宠爱，几乎将代王妃杀死。后来隋文帝又把她赐给代王的兄长李询，李询的母亲命她穿布裙舂米，逼她自尽。⑦萧后去扬州，突厥为阏氏：隋炀帝的萧皇后在隋炀帝被弑后逃到聊城，被窦建德俘虏，突厥阏氏为隋义成公主，得知后将萧皇后接到了突厥。⑦射钩：春秋时期，齐国公子纠与小白争位，管仲最初追随公子纠，射中了小白的衣带钩。后来小白即位为齐侯，任命管仲为相，且称他为仲父。⑦钓翁王者师：姜子牙在渭水垂钓，周文王打猎路过和他谈话，十分投机，于是命他为相。⑦无国要孟子：孟子讲述三代仁义之道，而当时各国忙于征伐，所以都不接受他的学说。要，邀请。⑦有人毁仲尼：有人要诋毁孔子。《论语·子张》："叔孙武叔毁仲尼。子贡曰：'无以为也。仲尼不可毁也。他人之贤者，丘陵也，犹可逾也。仲尼如日月也，无得而逾焉。人虽欲自绝也，其何伤于日月乎？多见其不知量也。'"⑦秦因逐客令，柄归丞相斯：李斯是楚国上蔡人，在秦为客卿。秦王想把诸侯招募的外地人都驱逐出去，李斯上书进谏，不但没有被赶走，反而受到重用。秦统一后，李斯为丞相。⑦安知魏齐首，见断箦中尸：战国时魏国人范雎出使齐国，魏相魏齐认为他有里通齐国的嫌疑，命人鞭打他。范雎装死，魏齐的手下用竹席把他裹上扔在厕所里。后来范雎入秦为相，秦王致书赵王索要魏齐人头，魏齐自杀。㊴给丧蹑张辈，廊庙冠峨危：这两句是说出身不好的人都做了大官。给丧，周勃年少时给办丧事的人家吹箫，后来追随刘邦起兵，封绛侯。文帝时为右丞相。蹑张，申屠嘉原来任材官，任务是用脚踏强弓，使弓张开，后来任御史大夫，文帝时任丞相，封侯。㊵珥貂七叶贵，何妨戎房支：汉武帝时，金日䃅以匈奴休屠王太子投降汉朝，开始出苦力做马监，后来迁侍中，封侯爵。家传七世，都为内侍。珥貂，侍中等显官的帽子上插貂尾。七叶，七世。戎房支，少数民族的后代。㊶苏武却生返：汉武帝时，中郎将苏武出使匈奴，单于强迫他投降，他坚贞不屈，被迁徙到北海放羊十九年。汉昭帝即位，苏武才回国，赐爵关内侯。㊷邓通终死饥：邓通因为给汉文帝吮吸毒瘤得宠，诏命他可自行铸钱，于是邓氏钱满天下。景帝即位，邓氏家产都被没收，邓通一文钱都没有了，寄居在别人家而死。㊸主张：主宰。㊹翻覆：变化。㊺思惟：即思维，思量，思考。㊻自贻：送给自己。

[评析]

　　此诗作于唐文宗开成二年（837）。前年（835）十一月，宦官仇士良杀宰相王涯等朝臣，史称甘露之变，宦官权倾一时。时杜牧由长安监察御史分司东都，经历了这一次政治大动荡。今岁因弟弟于扬州患眼疾，往来洛阳、扬州间，无奈假期已过，只好弃官暂居扬州。秋末，应崔郸辟召，与弟弟自扬州同往宣州，任宣歙观察使巡官、殿中侍御史、内供奉。秋末，途经金陵，金陵女子杜秋娘的人生浮沉触动了其情思。杜秋娘本是平民女子，不幸变为政治牺牲品。最初为镇海军节度使李锜侍妾，李锜叛乱败亡后不久其为唐宪宗宠爱。之后唐穆宗又让她做漳王保姆，富贵骄人。大和五年（831）春，郑注诬告宰相谋立漳王，漳王被贬谪，杜秋娘被放归金陵，寒衣披素,织布尚须借邻人织机。杜秋娘命运的变化一下子触及诗人的灵魂,诗人感叹不已,千古人事代谢纷至沓来,不由得慨叹世事无常、人生难测。清代洪亮吉说:"同是才人感沦落,樊川亦赋杜秋诗。"将此诗与白居易的《琵琶行》相提并论。

将赴宣州留题扬州禅智寺

故里溪头松柏双①,来时尽日倚松窗②。杜陵隋苑已绝国③,秋晚南游更渡江。

[注释]

①故里:故乡。②尽日:整天。松窗:对着松树的窗子。③杜陵:杜牧的家乡。隋苑:隋炀帝在扬州所建的西苑,这里指扬州。绝国:异国,这里指距离太远。

[评析]

此诗作于开成二年(837)秋末,杜牧离开扬州赴宣州时。诗人用渲染、衬托、层进的手法,写出了对故乡的思念。诗人当年离开杜陵老家南下扬州时,整日倚着窗户,痴痴地呆望着窗前的松柏;作为儿时的伴侣,它们与自己相依为伴,见证了自己的欢欣与成长的苦恼,自己却将要离开它们。诗人将对于家的思念具体化为对松柏的痴情。南下时分,一定是惦记着返乡的日子。谁知道在这秋风萧瑟、群燕还乡的时刻又要远行;而扬州与家乡已经是恍如异域啊!只有远离故里的饱受思乡之苦的人,才能写出如此诗章。

题宣州开元寺①
寺置于东晋时

　　南朝谢朓城②，东吴最深处。亡国去如鸿③，遗寺藏烟坞④。楼飞九十尺⑤，廊环四百柱⑥。高高下下中⑦，风绕松桂树。青苔照朱阁，白鸟两相语⑧。溪声入僧梦，月色晖粉堵⑨。阅景无旦夕，凭栏有今古⑩。留我酒一樽，前山看春雨。

[注释]

　　①开元寺：晋代时称永安寺，唐代时改名开元寺，是宣城佛寺中香火最旺的。②谢朓城：南朝齐著名诗人谢朓曾任宣城太守。③亡国去如鸿：指晋以来朝代灭亡之速，且不再复返。④烟坞：雾气弥漫的山冈。⑤飞：高。⑥廊环：环形的走廊。⑦高高下下中：高处的台榭、低处的深池和中间的建筑。⑧白鸟：鹤鹭等羽毛为白色的鸟。⑨晖：照映，照耀。粉堵：涂了粉的墙。⑩凭栏：倚着栏杆。

[评析]

　　这首诗作于唐文宗开成三年（838），时杜牧在宣州崔郸的宣歙观察使幕任职。这首诗如同一篇游记，用白描手法，形象而逼真地为我们描绘出游赏开元寺所见景象。诗人采用移步换景的手法，从刚入视线的谢楼，逐渐进入寺中，继之详细描绘寺院景观，线索分明。中间虽有兴亡感慨，但语淡如烟,也有梦醒时分,但扰梦的不过是溪流与月色。全诗色彩淡雅,感情澄澈,清韵悠扬,可谓人淡如菊心如水。

大 雨 行

开成三年,宣州开元寺作

东垠黑风驾海水①,海底卷上天中央。三吴六月忽凄惨②,晚后点滴来苍茫③。铮栈雷车轴辙壮④,矫躩蛟龙爪尾长⑤。神鞭鬼驭载阴帝⑥,来往喷洒何颠狂⑦。四面崩腾玉京仗⑧,万里纵横羽林枪。云缠风束乱敲磕,黄帝未胜蚩尤强⑨。百川气势苦豪俊⑩,坤关密锁愁开张⑪。大和六年亦如此,我时壮气神洋洋⑫。东楼耸首看不足⑬,恨无羽翼高飞翔。尽召邑中豪健者,阔展朱盘开酒场⑭。奔觥槌鼓助声势⑮,眼底不顾纤腰娘⑯。今年阔茸鬓已白⑰,奇游壮观唯深藏。景物不尽人自老⑱,谁知前事堪悲伤?

[注释]

① 东垠:东边。驾:驾驭,这里指海风狂吹。② 三吴:泛指苏南、浙北一带。凄惨:凄凉悲惨,这里指变天。③ 点滴:下雨。苍茫:匆忙,急剧。唐杜甫《北征》:"杜子将北征,苍茫问家室。"④ 铮栈雷车轴辙壮:雷声非常大,像钟锣齐鸣一样。铮,类似铜锣的打击乐器。栈(zhǎn),小钟。雷车,雷神的车子,泛指雷声。轴辙壮,雷车滚动时轴辙发出的声音很大,形容雷响。⑤ 矫躩(jué)蛟龙爪尾长:比喻闪电迅速,电光长。矫躩,跳跃。⑥ 鬼驭:鬼神驾驭。阴帝:女娲。《淮南子·览冥训》:"于是女娲

炼五色石以补苍天。"汉高诱注:"女娲,阴帝,佐虙戏治者也。"⑦颠狂:疯狂,形容雨大。⑧崩腾:飞扬,乱飞。唐韩愈《辛卯年雪》:"崩腾相排拶,龙凤交横飞。"玉京仗:天阙的兵器,比喻大雨。仗,各种兵器的总称。⑨蚩尤:黄帝时代作乱的部落首领。这里把蚩尤比作大雨。⑩百川气势苦豪俊:河流因为大量雨水的注入,气势变得非常之大。⑪坤关密锁愁开张:指地面被雨水覆盖住露不出来。⑫神洋洋:神气得意的样子。⑬革首:仰头。⑭阔展:大展。⑮奔觥(gōng):放纵地饮酒。⑯纤腰娘:细腰的舞女。⑰阘(tà)茸:庸碌无为。汉桓宽《盐铁论·利议》:"诸生阘茸无行,多言而不用,情貌不相副。"⑱不尽:没有穷尽。

[评析]

　　开成三年(838)六月,诗人在宣州,时年36岁。这是一篇写雨景的佳作。六月为江南暴雨密集期。诗人以酣畅奇崛的笔墨,用夸张、比喻、拟人、对比等手法,写出南方暴雨的凶猛、恐怖。追忆大和六年(832)的那场雨,自己与友朋纵酒高歌,欣赏暴风骤雨;如今虽然景象奇异,却只是退缩一角,再无欣赏心境。岁月改变的不仅是鬓发,重要的是心境、心气与心志。"景物不尽人自老,谁知前事堪悲伤",美好记忆的回味,徒增今朝的伤感。

送沈处士赴苏州李中丞招以诗赠行①

　　山城树叶红,下有碧溪水。溪桥向吴路,酒旗夸酒美。下马此送君,高歌为君醉。念君苞材能②,百工在城垒③。空山三十年,鹿裘挂窗睡④。自言陇西公⑤，飘然我知己⑥。举酒属吴门⑦，今朝为君起。悬弓三百斤，囊书数万纸。战贼即战贼，为吏即为吏⑧。尽我所有无，惟公之指使。予曰陇西公，滔滔大君子⑨。常思抡群材⑩，一为国家治⑪。譬如匠见木，碍眼皆不弃⑫。大者粗十围，小者细一指。榍橛与栋梁⑬，施之皆有位。忽然竖明堂，一挥立能致。予亦何为者，亦受公恩纪⑭。处士常有言，残房为犬豕⑮。常恨两手空，不得一马棰⑯。今依陇西公，如虎傅两翅⑰。公非刺史材，当坐岩廊地⑱。处士魁奇姿⑲，必展平生志。东吴饶风光⑳，翠巘多名寺㉑。疏烟亹亹秋㉒，独酌平生思。因书问故人，能忘批纸尾㉓？公或忆姓名，为说都憔悴㉔。

[注释]

①李中丞：李道枢，唐文宗开成二年至四年（837~839）任苏州刺史兼御史中丞。②苞：同"包"，怀有，具有。③百工：各类工匠。《墨子·节用中》："凡天下群百工，轮车鞼鲍，陶冶梓匠，使各从事其所能。"城垒：城池和营垒。汉桓宽《盐铁论·繇役》："自古明王不能无征伐而服不义，不能无城垒而御强暴也。"这里是形容沈处士有各种杰出才能。④鹿裘：鹿皮做的衣服，这里专指隐士的衣服。《列子·天瑞》："孔子游于太山，见荣启期行乎郕之野，鹿裘带索，鼓琴而歌。"⑤陇西公：指苏州刺史李道枢，陇西是李姓的郡望。⑥飘然：超脱的样子。⑦属：通"瞩"，瞩目，看。吴门：苏州古称吴县，吴门即指苏州。⑧战贼即战贼，为吏即为吏：形容沈处士能文能武，才能适应多种职位。⑨滔滔：比喻人的气量大。⑩抡：选拔。⑪治：安定，太平。⑫譬如匠见木，碍眼皆不弃：好比高超的匠人看见不入眼的木材都不舍弃，比喻广纳人才，善于利用人

才,扬长避短。《孔丛子》卷上:"子思曰:夫圣人之官人,犹大匠之用木也。取其所长,弃其所短。故杞梓连抱而有数尺之朽,良工不弃,何也?知其所妨者细也。卒成不訾之器。"⑬楔(xiē):用来接榫固定的小木楔。橛:短木桩。皆比喻才能微小的人。⑭恩纪:恩情。⑮残:杀戮,杀害。⑯马棰:马鞭。这里指骑马战斗。⑰傅:安上,增加。《史记·韩信卢绾列传》:"护军中尉陈平言上曰:'胡者全兵,请令强弩傅两矢外向,徐行出围。'"⑱岩廊:高峻的廊庑,借指朝廷。汉桓宽《盐铁论·忧边》:"今九州岛同域,天下一统,陛下优游岩廊,览群臣极言。"⑲魁:卓越,突出。奇姿:不凡的姿貌。⑳饶:富有,拥有。㉑翠巘:青山。㉒亹(wěi)亹:绵绵不绝的样子。㉓批纸尾:在文字的结尾处作回复。古人致书于尊者,尊者只在信末书写,作为答复。㉔憔悴:尽力,尽瘁。《左传·昭公七年》:"《诗》曰:'或燕燕居息,或憔悴事国。'"

[评析]

此诗作于唐文宗开成三年(838)秋,时杜牧在宣州幕,有位沈姓的处士将往苏州刺史为幕僚,而刺史又有恩于己,乃临别赠诗。临别赠诗,多感慨凄凉。而这首诗抒写与友人分别,却毫无萧瑟凄怨之感。诗人大处落笔,从人的志向才能出发,写处士富于才华、文武双全,受到刺史赏识,而刺史又前途莫可限量,蕴含着处士从此才华得以展示,如虎生翼。隐居三十年至今才获重视,处士自然是欣喜万分。杜牧的诗歌健朗豪迈,英气飒爽,鼓舞人心,既宽慰了处士,又恰到好处地表达了对刺史的颂扬。诗句设色清丽,如"山城树叶红,下有碧溪水",清新可人。

题宣州开元寺水阁

阁下宛溪夹溪居人

六朝文物草连空①,天淡云闲今古同。鸟去鸟来山色里,人歌人哭水声中。深秋帘幕千家雨,落日楼台一笛风。惆怅无因见范蠡,参差烟树五湖东②。

[注释]

①六朝:东吴、东晋、宋、齐、梁、陈,建都南京,称六朝。②参差:不齐的样子。烟树:雾气笼罩的树丛。五湖:春秋时期范蠡辅佐越王勾践灭吴后,功成身退,隐居在五湖。后来用五湖泛指隐居的地方。

[评析]

开成三年(838)九月,杜牧游宣州开元寺并题诗壁上。诗歌淡宕峻峭,明丽轻快,用语看似平淡而力压千钧,抒发了对六朝兴亡的感慨,表达了对急流勇退的范蠡的推崇。"六朝文物草连空,天淡云闲今古同",用陡峭顿挫的手法,写出所有的辉煌与曾经的追求,一切的荣耀与欢欣,最终不过沉寂于荒草中化为虚无,古往今来的一切盛衰都泯灭消散如天空云彩,感慨深沉而富于哲理意味。

念昔游三首

其 一
十载飘然绳检外①，樽前自献自为酬②。秋山春雨闲吟处，倚遍江南寺寺楼。

其 二
云门寺外逢猛雨③，林黑山高雨脚长④。曾奉郊宫为近侍⑤，分明㧐㧐羽林枪⑥。

其 三
李白题诗水西寺⑦，古木回岩楼阁风⑧。半醒半醉游三日，红白花开山雨中。

[注释]

①飘然：形容时间过得很快。绳检：礼法的拘束。②樽前自献自为酬：自己给自己敬酒。③云门寺：在今浙江绍兴。④雨脚：落在地上的密集的雨点。杜甫《茅屋为秋风所破歌》："床头屋漏无干处，雨脚如麻未断绝。"⑤"曾奉"句：曾经侍奉在皇帝的身边到城外去祭祀。郊宫，郊外祭祀的场所。⑥分明㧐（sǒng）㧐羽林枪：比喻大雨像羽林军所持的枪一样。㧐㧐，直立的样子。⑦水西寺：即安徽泾县水西山崇庆寺，南朝齐武帝永明年间所建，唐高宗上元年间改名天宫水西寺，李白有《游水西简郑明府》诗。⑧回岩：环绕着岩石。

[评析]

　　据王西平、张田《杜牧诗文系年考辨》,此诗作于开成三年(838)。杜牧进士及第后曾因官场失意,江南宦游十载,事后追忆成章。十年对于人生来说是不短的一段时间,如何概括实属不易。组诗三首,独立成篇,然而内容上呈总分结构,浑然一体。第一首总写江南印迹,后两首是写两处名刹的游赏,概括越州、宣州生活。第一首诗开头轻描淡写地说自己飘然洒脱不受拘束,实则隐含自己的失意落寞。试想,十年生活中欢饮场面应无数,而过往的痕迹却是独自消遣,如同李白"花间一壶酒,独酌无相亲。举杯邀明月,对影成三人"(《月下独酌》)一般孤寂。如此看来,"杜郎俊赏"(姜夔《扬州慢》),饱含多少辛酸与无奈。第二首侧重于景,写越州之游,写在云门寺遇到暴雨,用宫中御林军的长枪比喻大雨,突出大雨之猛烈。第三首写宣州,思古怀人,于景生情,想象李白当年的游赏。李白当年浪迹江南,也是不得意。今天自己也是如此,故而流连忘返。

宣州开元寺南楼

　　小楼才受一床横①,终日看山酒满倾。可惜和风夜来雨②,醉中虚度打窗声③。

[注释]

　　① 受:容纳。② 和风:温暖的风。③ 虚度:白白浪费。

[评析]

　　唐文宗开成三年（838），时杜牧在宣州幕。在仅容一张床的小楼上，诗人终日对着山饮酒，颇有李白"相看两不厌，唯有敬亭山"（《独坐敬亭山》）的孤苦情调。是什么样的景色使诗人如此痴迷？诗歌表达了诗人对南楼景色的欣赏和心灵的孤寂。也有人说，这首诗表现了诗人悠闲的情调。

宣州送裴坦判官往舒州时牧欲赴官归京①

　　日暖泥融雪半销②，行人芳草马声骄③。九华山路云遮寺④，清弋江村柳拂桥⑤。君意如鸿高的的⑥，我心悬旆正摇摇⑦。同来不得同归去，故国逢春一寂寥。

[注释]

　　① 裴坦：字知进，进士出身，曾任左拾遗，后来做了宰相。为人正直，非常节俭。他的儿子娶了重臣杨收的女儿，裴坦到儿子的新房去，看见陪嫁的东西都用金玉装饰，下令撤掉，说坏了他的家风。舒州：治所在今安徽省安庆市。② 销：融化。③ 马声骄：马的叫声非常欢快。④ 九华山：在安徽青阳县。原名九子山，李白认为九座山峰连绵，像莲花瓣一样，故改名九华山。⑤ 清弋江：即青弋江。在安徽境内，从芜湖流入长江。⑥ 的的：深切的样子。⑦ 摇摇：不安静。《战国策·楚策》：楚威王说："寡人自料，以楚当秦，未见胜焉；内与群臣谋，不足恃也。寡人卧不安席，食不甘味，心摇摇如悬旌而无所终泊。"

[评析]

此诗作于开成四年（839）春，杜牧由宣州赴长安任左补阙，赠别友人裴坦。赠别诗一般是情词哀苦，此诗不然，它以质朴亲切明快的语言，抒发了对于宣城美丽春景的热爱和临别时的淡淡哀愁。"日暖泥融雪半销，行人芳草马声骄"，是以乐景写哀情的手法。虽然寒雪未退可已经是春意盎然，芳草铺地，连马儿也唱出欢快调儿，明媚的春色本该欣赏游玩，却又要与友人分别。

初春雨中舟次和州横江裴使君见迎李赵二秀才同来因书四韵兼寄江南许浑先辈①

芳草渡头微雨时，万株杨柳拂波垂。蒲根水暖雁初浴，梅径香寒蜂未知②。辞客倚风吟暗淡③，使君回马湿旌旗④。江南仲蔚多情调⑤，怅望春阴几首诗⑥。

[注释]

①次：停泊。和州：治所在今安徽和县。横江：渡口名。裴使君：裴俦，杜牧的姐夫，字次之，曾任和州刺史。使君是对州郡长官的尊称。秀才：唐代称进士为秀才。许浑：字用晦，大和年间进士，曾任监察御史等职，是唐代著名诗人。先辈：唐代进士之间的敬称。②梅径：梅树间的小路。③辞客：诗人。暗淡：天空阴沉、昏暗。④回马：掉转马头。⑤仲蔚：汉代著名隐士张仲蔚，擅长写诗作赋，但是从来不做官，不求名利。他闭门读书，谢绝所有朋友往来，所居之处长满了高草，只有一条小路通到门口。

⑥春阴：春天的时光。

[评析]

　　唐文宗开成四年（839）春，杜牧赴浔阳，途经和州作此诗。这是一首友朋交往的交际性质的诗歌，诗人用景色渲染，巧妙地顾及了到场与不在场的各个方面，写得情深意切，含蓄隽永。姐夫裴俦使君前来迎接、二位秀才同来，欢聚场外尚有诗人许浑。诗人以轻松愉快的笔触，描绘了江南春景，暗示亲朋欢聚，三联写欢聚临别之际诗人的惜别与使君的怅惘，最后抒写对许浑的挂念。

自宣州赴官入京路逢裴坦判官归宣州因题赠①

　　敬亭山下百顷竹，中有诗人小谢城②。城高跨楼满金碧，下听一溪寒水声。梅花落径香缭绕，雪白玉珰花下行③。萦风酒旆挂朱阁④，半醉游人闻弄笙⑤。我初到此未三十，头脑钐利筋骨轻⑥。画堂檀板秋拍碎⑦，一引有时联十觥⑧。老闲腰下丈二组⑨，尘土高悬千载名⑩。重游鬓白事皆改，唯见东流春水平。对酒不敢起，逢君还眼明。云罍看人捧⑪，波脸任他横⑫。一醉六十日，古来闻阮生⑬。是非离别际，始见醉中情。今日送君话前事，高歌引剑还一倾⑭。江湖酒伴如相问，终老烟波不计程⑮。

[注释]

① 裴坦：唐文宗大和八年（834）进士，字知进，曾任沈传师宣歙观察使幕判官，与杜牧为同僚。② 小谢：南朝齐谢朓与谢灵运同族，诗名相当而年代稍晚，故谢灵运被称为大谢，谢朓被称为小谢。③ 玉珰：玉做的耳环，代指女子。④ 萦风：随风飘动。酒斾：酒旗。⑤ 弄笙：吹笙。⑥ 头脑钐（shàn）利：思维敏捷，反应快。筋骨轻：身体轻盈。⑦ 檀板：打拍子用的檀木板。⑧ 一引：一曲。联十觥：连着喝十杯酒。⑨ 老闲腰下丈二组：年老闲散，腰上带着印绶。丈二组，佩印用的长丝带。《汉书·严助传》："陛下以方寸之印，丈二之组，填抚方外。"⑩ 尘土：尘世，人世。⑪ 云罍（léi）：刻画着云雷纹饰的酒樽。⑫ 波：眼波。⑬ 一醉六十日，古来闻阮生：《晋书·阮籍传》记载晋文帝司马昭想拉拢阮籍，要与他联姻，为长子即后来的晋武帝司马炎求亲，阮籍不好直接拒绝，就天天醉酒，一连喝了两个月，司马昭无法开口，也就罢了。⑭ 引剑：拔剑起舞。一倾：一杯。⑮ 终老烟波：隐居以终老。不计程：不考虑前程。

[评析]

唐文宗开成四年（839）春，杜牧由宣州赴长安任左补阙、史馆修撰，遇到友人裴坦进士回宣州，赋诗赠别。诗歌用绮丽的语言，描绘了宣州敬亭山名胜，当年年轻气盛、豪放不羁，如今重游兴味索然。"唯见东流春水平"，形象地烘托出诗人心绪落寞，纵然胜景在前，美酒在座，却毫无心思。"逢君还眼明"，写出路逢友人的喜悦，于是二人开怀畅饮。诗人写景既点明了心绪，又烘托反衬了友情。

自宣城赴官上京

潇洒江湖十过秋①,酒杯无日不迟留②。谢公城畔溪惊梦③,苏小门前柳拂头④。千里云山何处好?几人襟韵一生休⑤?尘冠挂却知闲事⑥,终把蹉跎访旧游⑦。

[注释]

①十过秋:过了十年,是约数。杜牧大和二年(828)十月辟于江西沈传师幕,后历宣歙、淮南幕,入朝为监察御史,又入宣州幕,至今年已经十二年。②迟留:沉溺。③谢公城:宣城。南朝齐诗人谢朓曾任宣城太守,故称谢公城。④苏小:南朝齐钱塘名妓苏小小,这里指歌女。⑤襟韵:襟怀抱负。⑥尘冠挂却:辞去官职。⑦蹉跎:失意,虚度光阴。

[评析]

唐文宗开成四年(839)春,杜牧由宣州赴长安任左补阙,自在江西沈传师幕至今已有十多个年头,诗人的足迹也遍及江南名胜。离开京师南来时不见得有多少欣喜,离开时却又有不少怅惘。诗人回顾了十载江南生活,抒发了对宣城的怀念和对仕途的超脱。金圣叹盛赞不已,说:"《传》称牧之豪迈有奇节,不为龌龊小谨,此诗见之。'何处好',言独宣城好也;'一生休',言除宣城人更无有人也;'知闲事',言欲挂冠即挂冠,又有何官之必赴、何京之必上也?看他一片徘徊恋慕,心头、眼头、口头,真乃啧啧不已!"(《金圣叹批唐才子诗·杜诗解》)

和州绝句

江湖醉度十年春,牛渚山边六问津①。历阳前事知何实②,高位纷纷见陷人。

[注释]

①牛渚山:在安徽当涂县北,在横江渡对面。据说牛渚山上的洞穴可以通到洞庭,有人从山口进去探视,探不到底,却看见像金牛一样的怪物,急忙跑出来。牛渚山历来是兵家要地,山北有采石矶。秦始皇东巡会稽时,也是从这里的渡口上船。六问津:六次路过。②历阳前事:历阳是淮南国名,《淮南子》记载有一个老妇人经常做仁义的事情,有一次两个书生路过,说这里将要变成大湖,如果看见东城的城门上有血迹,就赶快上山,不要回头看。后来守城的人因为杀鸡,把鸡血涂在了门上,老妇人看见了,急忙跑上山。历阳一晚上就变成了大湖。

[评析]

唐文宗开成四年(839)春,杜牧赴京任左补阙,这首诗作于和州途中。和州流传的一个宣扬因果报应的传说,一下子触发诗人神经。现实生活中,居高位的、人生大红大紫的大部分不是奸邪之人吗?自己沦落江南十个年头,多年沉醉,六次路过牛渚山,不就是现实吗?诗人不由得质疑传说的真实性。诗歌流露出诗人对自己江南为官的不满,对官场险恶的痛斥,赴京任职途中对于长安为官的忧虑。

题乌江亭①

胜败兵家事不期②,包羞忍耻是男儿③。江东子弟多才俊④,卷土重来未可知⑤。

[注释]

① 乌江亭:在今安徽和县乌江镇,楚汉相争时,项羽兵败自杀地。② 兵家:军事家。期:预料。③ 包羞忍耻:忍辱负重。④ 江东子弟:长江以南地区的男儿。项羽被刘邦部下追到乌江边,乌江亭长驾着船劝说项羽,说江东有数十万人,足以称王,希望他渡江。但是项羽不肯,说:"天之亡我,我何渡为?且籍与江东子弟八千渡江而西,今无一人还,纵江东父兄怜而王我,我何面目见之?"才俊:杰出人才。⑤ 卷土重来:失败之后积蓄力量,恢复势力。这句是说假如项羽渡过乌江,重整军队,再和刘邦争夺天下,结局未必是失败。

[评析]

这首咏史名篇作于唐文宗开成四年(839)春,杜牧赴京任左补阙,经过和州乌江镇。诗人慨叹项羽自刎,借史咏怀,表达了转败为胜的一种经验,呼吁人们在遭遇挫折与失败后万不可放弃自我,在复杂的形势中,忍辱负重才是真正的英雄。项羽是人们传颂的大英雄,诗人却说其连男儿都不是,下笔不可谓不重,然而诗人的着眼点在于项羽乌江自杀的权宜之计与只求一时解脱,缺乏长远考虑和忍耐精神。面对失败,守望成功,才是通人所为。这是一首励志诗篇。

题横江馆①

孙家兄弟晋龙骧②,驰骋功名业帝王。至竟江山谁是主③?苔矶空属钓鱼郎④。

[注释]

①横江馆:和州横江渡,今安徽和县东南长江边。②孙家兄弟:指孙策、孙权兄弟。兴平二年(195),孙策率兵攻占横江,所向披靡。晋龙骧:西晋龙骧将军王濬,率兵沿江而下,一举攻下了吴国。③至竟:到底。④苔矶:长满青苔的石矶。

[评析]

唐文宗开成四年(839)春,杜牧赴京任左补阙,舟行和州,波澜壮阔的三国历史又涌现心头。见证历史风云的大江如今是荒凉冷寂,只见水边苔藓蔓延,渔翁唱晚。诗人不由得慨叹功名事业的虚幻。也许历经人生困苦的诗人已经参透红尘,宏伟的业绩、帝王将相的名利,都是空梦一场。诗人从大处立意,从细微处动笔。广阔的江面、雄伟的历史场景竟然落笔于长有苔藓的江边石头,英雄帝王让位于渔翁。立意新颖,精警动人。

村　行

春半南阳西①，柔桑过村坞②。娉娉垂柳风③，点点回塘雨④。蓑唱牧牛儿⑤，篱窥茜裙女⑥。半湿解征衫⑦，主人馈鸡黍⑧。

[注释]

①南阳：今河南南阳市，唐朝为县。②柔桑：新长出来的嫩桑叶。《诗经·豳风·七月》："女执懿筐，遵彼微行，爰求柔桑。"村坞：小村庄。③娉娉：姿态美好的样子。④点点：零星，星星点点。回塘：曲折迂回的池塘。⑤蓑：草编的雨衣，这里是动词，穿雨衣。⑥篱窥：从篱笆缝里窥见。茜裙：绛红色的裙子。⑦征衫：旅途中所穿的衣服。⑧馈：赠，给。鸡黍：鸡和黄米饭，指招待客人的饭菜。《论语·微子》："止子路宿，杀鸡为黍而食之。"

[评析]

唐文宗开成四年（839）二月，杜牧赴京师任左补阙，经过南阳，乡村的秀丽景象与淳厚民风，使人感受到一丝惬意和温暖。诗人按捺不住内心的欣喜，写下了这首赞歌。春天柔嫩的柳条在轻风中呈现出婀娜姿态；细雨轻轻地落入池塘，如同婴儿回归母亲怀抱，轻柔亲切。在这优美的景色中，披着蓑衣的牧童唱着欢快的歌曲，穿着茜裙的女子在篱笆间悠闲地踱步。尽管是陌生人来避雨，村民们也热情地杀鸡待客。诗歌写出了南阳乡村的美景与淳厚民风，是一首民风民俗的颂歌。

往年随故府吴兴公夜泊芜湖口今赴官西去再宿芜湖感旧伤怀因成十六韵[①]

南指陵阳路[②]，东流似昔年。重恩山未答，双鬓雪飘然。数仞惭投迹[③]，群公愧拍肩[④]。驽骀蒙锦绣[⑤]，尘土浴潺湲。郭隗黄金峻[⑥]，虞卿白璧鲜[⑦]。貔貅环玉帐[⑧]，鹦鹉破蛮笺[⑨]。极浦沉碑会[⑩]，秋花落帽筵[⑪]。旌旗明迥野[⑫]，冠佩照神仙。筹画言何补，优容道实全[⑬]。讴谣人扑地[⑭]，鸡犬树连天。紫凤超如电[⑮]，青襟散似烟[⑯]。苍生未经济[⑰]，坟草已芊绵[⑱]。往事唯沙月，孤灯但客船。岘山云影畔[⑲]，棠叶水声前[⑳]。故国还归去[㉑]，浮生亦可怜。高歌一曲泪，明日夕阳边。

[注释]

①故府吴兴公：指沈传师，杜牧大和年间曾入沈传师幕。②陵阳：宣城有陵阳山。③数仞：身份或修养高，称颂沈传师之语。《论语·子张》中说叔孙武叔在朝中对大夫说：子贡比孔子贤能。子贡知道了，说：我和老师就像两堵墙。我的墙像肩膀这样高，站在那儿能看见院子里的宫室。老师的墙有数仞高，不从门进去就看不见里面。能够进门的人是非常少的。仞，计量单位。古时八尺或七尺叫作一仞。④群公愧拍肩：晋代郭璞《游仙诗》其三："翡翠戏兰苕，容色更相鲜。绿萝结高林，蒙笼盖一山。中有冥寂士，静啸抚清弦。放情凌霄外，嚼蕊挹飞泉。赤松临上游，驾鸿乘紫烟。左挹浮丘袖，右拍洪崖肩。借问蜉蝣辈，宁知龟鹤年。"这里把幕

府中的同僚比作神仙。⑤驽骀（tái）蒙锦绣：楚庄王给自己喜欢的马穿上锦绣，放在华丽的宫室。这里指自己受到沈传师的礼遇。驽骀，劣马。⑥郭隗黄金峻：战国时期燕昭王即位，招纳贤士复仇，郭隗给他提建议说：我听说从前有位国君想用千金买千里马，三年还没买到。一位近侍对国君说他可以去找，国君同意了。近侍找了三个月，找到千里马了，但是马已经死了，于是用五百金买了马的骨头。国君大怒，近侍解释说：您用五百金买了马骨头，天下人知道您是真心买马，何愁千里马没有人来卖呢？果然不到一年，就有三个人来献千里马。⑦虞卿白璧鲜：虞卿是战国时期邯郸人。他曾经穿着草鞋去游说赵孝成王，深得赏识。赵孝成王第一次见到他就赐黄金百镒、白璧一双，再见他时封上卿，所以名虞卿。⑧貔（pí）貅（xiū）：传说中的猛兽。比喻勇猛之士。玉帐：主将的营帐。⑨鹦鹉破蛮笺：三国时期，祢衡很有文采，他和黄祖的儿子黄射关系好，有一次黄射请了很多客人吃饭，有人献上一只鹦鹉，黄射举着酒杯要求祢衡作赋。祢衡拿过笔就写，文不加点，词采很艳丽。蛮笺，高丽国制造的纸张。⑩极浦：遥远的水滨。《楚辞·九歌·湘君》："望涔阳兮极浦，横大江兮扬灵。"沉碑会：晋代的杜预希望自己留名后世，认为有时山陵变为谷，山谷变为陵，变化极大，于是把自己的功绩刻在两块石碑上，一块沉在万山下，一块立在砚山上。⑪秋花落帽筵：晋代桓温九月九日在龙山召集幕府里的人饮酒，孟嘉是参军，坐在席上，有风吹来，把他的帽子吹掉了，他竟然不知道。⑫迥野：旷远的原野。⑬优容：宽待，宽容。《汉书·何武传》："九江太守戴圣，《礼经》号小戴者也。行治多不法，前刺史以其大儒，优容之。"⑭讴谣：歌唱，歌咏。扑地：满地，遍地。⑮紫凤超如电：比喻光阴流逝得非常快，这里是委婉地说沈传师去世。紫凤，传说中的神鸟。⑯青襟：青衿，青色交领的长衫，士人所穿，这里代指沈传师的幕僚们。⑰经济：经世济民。⑱芊绵：茂盛的样子。⑲岘山：晋代羊祜镇守襄阳时，经常登此山饮酒赋诗，死后百姓在这里为他立庙，看见碑的人没有不哭的。⑳棠叶：甘棠的叶子。周朝时召公曾经为西伯，常常在甘棠树下听政事，人们因为爱戴他，连这棵树也喜欢，所以作《甘棠》诗，收在《诗经》中。㉑故国：故乡，家乡。

[评析]

此诗作于唐文宗开成四年（839），杜牧由宣州赴浔阳夜泊芜湖，回忆了当年在沈传师幕中的生活，赞颂了沈传师的人品、学识与才华，慨叹其对自己恩重如山而自己却没法回报，表达了对沈传师的感激与怅惘之情。"往事唯沙月，孤灯但客船"，将眼前的景物、对往昔的回忆、自己的行迹融为一体，写得虚幻朦胧而又愁绪万千。

商山麻涧①

云光岚彩四面合②，柔柔垂柳十余家。雉飞鹿过芳草远③，牛巷鸡埘春日斜④。秀眉老父对樽酒⑤，茜袖女儿簪野花⑥。征车自念尘土计⑦，惆怅溪边书细沙⑧。

[注释]

①商山：在今陕西商洛东南，隐居的好去处，秦始皇时期70名博士官中的东园公唐秉、夏黄公崔广、绮里季吴实、甪里先生周术在汉初隐居在这里。麻涧：在商州熊耳山下，水土适宜种麻，所以称麻涧。②岚彩：

山间的雾气在阳光的照射下发出的光彩。③雉：野鸡。④鸡埘（shí）：鸡窝。⑤秀眉：老人眉毛中的长毛，是长寿的象征。⑥茜袖：红袖。⑦征车：远行的人乘坐的车。尘土：尘世，世俗之事。⑧惆怅：伤感，失意。

[评析]

　　此诗作于唐文宗开成四年（839）春，杜牧自浔阳经南阳、商山至长安赴左补阙、史馆修撰任。途经商山这个闻名遐迩的归隐圣地，除了自然风光的美好而富于灵气之外，当地普通居民的和睦家庭生活和淳朴的民风深深打动了即将赴京师为官的诗人，他对此赞叹不已，久久驻足于小溪边，不断地在沙地上写字来抚平自己凌乱的心，此刻，诗人忽然动了辞官归隐的念头。"征车自念尘土计，惆怅溪边书细沙"，诗人用细节描写展示了一时的进退维谷状态，突出了商山的魅力。

商山富水驿①

驿本名与阳谏议同姓名②，因此改为富水驿

　　益戆由来未觉贤③，终须南去吊湘川④。当时物议朱云小⑤，后代声华白日悬⑥。邪佞每思当面唾⑦，清贫长欠一杯钱⑧。驿名不合轻移改⑨，留警朝天者惕然⑩。

[注释]

　　①富水驿：即阳城驿，在今陕西商南县东南富水镇。驿，驿站。②阳谏议：名阳城，字亢宗，曾任著作郎、谏议大夫、国子司业等职务。阳城

没有做官的时候声望非常高,当地人有争执都找他来裁决。他曾派仆人去借米,仆人不顾主人全家饥寒,拿借来的米换酒喝,醉倒在路上。阳城去找仆人,仆人醉倒在路上还未醒,阳城就把他背了回来,并没责备他。后来阳城任谏官,大臣裴延龄诬陷陆贽等人,官员们都不敢进言,阳城多次上章,惹怒了唐德宗,幸亏皇太子即后来的顺宗相救,才没事。德宗又想让裴延龄做宰相,阳城说如果让裴延龄当宰相,他就披着白麻在朝廷上哭。德宗只好作罢,把阳城贬出京做道州刺史。道州每年进贡侏儒,阳城同情他们,奏章使当地免于进贡。顺宗即位,想让阳城回京师,可惜阳城已经死了。③益戆:更加刚直而迂。西汉时,汉武帝把全国的文学之士都集中到京城来,让他们写诗作赋,歌功颂德。大臣汲黯很不客气地进谏说皇帝把名看得太重,汉武帝气得不得了,回去之后对近侍说:"甚矣,汲黯之戆也。"④吊湘川:汉代贾谊被贬为长沙王太傅,经过汨罗江,作《吊屈原赋》,自伤不得志。这里指阳城被贬为道州刺史。⑤物议:舆论。朱云:西汉著名谏官,曾经因为弹劾张禹触怒汉成帝,汉成帝命人把他拖下去煮了,他死死抱住殿前的栏杆,以至于栏杆被折断。⑥声华:名声。⑦当面唾:战国时秦国进攻赵国,赵国向齐国求救,齐国的条件是让赵太后最喜欢的小儿子长安君做人质,赵太后不肯,群臣纷纷来进谏,赵太后说:"复言长安君为质者,老妇必唾其面。"这里指阳城说如果让裴延龄当丞相,他就披着白麻在朝廷上大哭反对。⑧清贫:指阳城的生活清廉简朴。一杯钱:买一杯酒的钱。⑨不合:不应该。⑩留警朝天者惕然:留下来警示那些朝见天子的人,让他们感到惶恐。

[评析]

唐文宗开成四年(839)春,杜牧赴长安任左补阙、史馆修撰,途经商山富水驿而作此诗。诗人赞颂了阳城的刚正敢言，流芳后代，慨叹刚正的人生大都不太如意，或贫困或被贬谪，或面临灭顶之灾。诗人表达了对这些前贤的敬仰之情。富水驿改名显示了当地人民对阳城的敬仰与纪念，诗人却说不应该改名，以警示进京者。而这次诗人进京任左补阙，恰为掌管讽谏，看来，诗人借歌颂阳城，表明自己坚守正义、恪守职责、不畏权势的决心。

丹　水①

何事苦萦回②？离肠不自裁。恨声随梦去，春态逐云来。沉定蓝光彻③，喧盘粉浪开④。翠岩三百尺⑤，谁作子陵台⑥？

[注释]

①丹水：发源于秦岭，在湖北丹江口注入汉江，是汉江最长的支流。丹水得名有几种说法：一是传说尧的长子丹朱死后葬在这里而得名。二是战国时长平之战后，秦国坑杀了赵国降卒四十万人，血流淙淙，河水都变红了，所以号丹水。②萦回：河水盘曲环绕。③沉定：沉着镇定。④喧盘：河水动荡发出像盘子撞击一样的声音。⑤翠岩：青翠的山岩，指丹水南面的丹崖山。⑥子陵台：东汉严子陵钓鱼处，在睦州桐庐县富春江七里滩。

[评析]

此诗作于唐文宗开成四年（839）春，时杜牧赴长安任左补阙、史馆修撰，途经丹水。或许是丹水的人文历史勾起了诗人的愁绪，或者是"近乡情更怯"（宋之问《渡汉江》）的思绪加重，尽管"春态逐云来"，丹江一带风光美好，诗人却惆怅万千。首句设问的修辞，劈头盖来，一下子把人带入无尽的忧愁中去。一个"离"字，暗示了这与浓郁的思乡有很大关系。岩耸立处，诗人忽然联想起归隐的严子陵，是否表明内心也有归隐的考量？诗人用乐景写哀愁的反衬手法，加重了愁绪的浓度与广度；又用明点离愁暗寓归隐心迹实际上蕴含对官场的不惬意这种虚虚实实的技巧，表达了内心的复杂，尽管此行无论如何也算得上人生的一件大喜事。

题武关①

碧溪留我武关东，一笑怀王迹自穷②。郑袖娇娆酣似醉③，屈原憔悴去如蓬④。山墙谷堑依然在，弱吐强吞尽已空⑤。今日圣神家四海⑥，戍旗长卷夕阳中⑦。

[注释]

① 武关：战国时秦国的南关，在今陕西商南。② 怀王迹自穷：嘲笑楚怀王昏庸，自己走上绝路。战国时楚怀王不听从屈原的劝阻，到秦国去赴会，进了武关，秦国的伏兵断其后路，围困了楚怀王，让他下令割地给秦国。楚怀王不肯，逃到赵国，赵国不接纳他，他又回到秦国，死在那里。③ 郑袖：楚怀王宠爱的妃子。张仪出使楚国，用割让秦国六百里地的条件骗楚怀王和齐国断交，怀王听信了，秦国却不履行承诺。楚怀王声言要

杀张仪，后来张仪到楚国，献媚于郑袖，楚怀王又听信了郑袖的话，放了张仪。④屈原憔悴：屈原是楚国的三闾大夫，被小人陷害，失去楚怀王的信任，被流放。《楚辞·渔父》中形容他"形容憔悴，颜色枯槁"。去如蓬：像飞蓬一样离开。⑤弱吐强吞尽已空：战国时强国吞并弱国的历史都过去了。⑥家四海：四海一家，指唐朝一统天下。⑦戍旗长卷：战旗长久地卷了起来，指天下太平。

[评析]

　　唐文宗开成四年（839）春，杜牧赴长安任左补阙、史馆修撰，在陕西武关这个与秦楚两国以及屈原相关的地方，关注国家兴亡、敬仰屈原的诗人停下了脚步，心中久久难以平静。诗篇起句轻盈秀美，"碧溪留我武关东"，似乎是富于人情美的澄澈溪水使人驻足，而战国秦楚交锋的历史在诗人眼中也似乎不过一笑了之，然而破空而来的是奸邪得宠、高士失意，有一种深沉的悲愤涌上心头。"山墙谷堑"提示着过去的纷扰争斗、正义与邪恶，努力强化着往昔的存在。不过，时间老人善于抹去一切，无论得意与失意、成功与失败，"弱吐强吞尽已空"。诗人怀古颂今，总结了荒淫误国、国之强盛取决于用人的经验，赞颂如今的国家统一与稳定和平。

除官赴阙商山道中绝句①

　　水叠鸣珂树如帐②，长杨春殿九门珂③。我来惆怅不自决④，欲去欲住终如何？

[注释]

①除官：授官。赴阙：到京城去朝见。②鸣珂：挂在马身上的贝壳做的饰品，马行走时叮咚作响。③长杨：汉代的长杨宫，因为宫中有垂杨数亩而得名，这里指唐朝宫殿。九门：天子住的宫殿有九座门。④惆怅：仓促。自决：自己决定。

[评析]

  唐文宗开成四年（839）春，赴长安任左补阙的杜牧经过商山，作此诗，表达了人生抉择的困难。诗人穿行于碧树荫下、水流淙淙声中，一想到将要达到的长安宫阙，心里犯了愁。诗歌描绘了商山这座归隐圣地的美丽景色，表达了做官与否的犹疑不决。首句写实，次句是想象之词，"长杨春殿九门珂"，也许暗示着为官仍有作为。选择是如此之难，"终如何"啊，谁能预料到不同道路的意义呢？生活于19世纪的普利策奖得主、美国诗人弗罗斯特在《未选择的路》一诗中，同样显示了道路抉择的困难。不过，杜牧诗歌写游移不定的难度，弗罗斯特侧重于决定后的释然。前者展示了当时的困惑，后者为过来人的追忆。

题商山四皓庙一绝[①]

吕氏强梁嗣子柔[②]，我于天性岂恩仇[③]。南军不袒左边袖[④]，四老安刘是灭刘[⑤]。

[注释]

①商山四皓：东园公、夏黄公、绮里季、甪里先生四人，是秦始皇时的博士官，秦末避乱隐居商山，年纪都有八十多岁，须眉皆白，所以称商山四皓。汉初刘邦想废掉太子刘盈，立他宠爱的戚夫人所生的儿子赵王如意，因大臣们多方劝阻未能实施，但刘邦还是没有打消念头。吕后非常惶恐，张良献计，让皇太子给商山四皓送去厚礼，用车把他们接来。四个人跟从太子去见刘邦，刘邦非常诧异，因为自己都不曾请动他们。刘邦由此觉得刘盈羽翼已丰，便没有废掉他。②吕氏强梁：汉高祖刘邦的皇后吕雉为人有谋略，她在汉初帮助刘邦除掉了韩信、彭越等功勋卓著又势力强大、不好控制的诸侯王。刘邦死后，吕雉又掌权十六年。为了不使吕氏一族在自己死后受欺侮，吕雉生前大封诸吕子弟。最终诸吕作乱，被周勃等大臣诛平。嗣子柔：吕雉所生的惠帝刘盈天性仁厚，朝中大事都取决于吕氏。③天性：父子之道。④南军不袒左边袖：汉代京师卫戍部队有南北军，这里的南军代指卫戍部队。汉初吕雉死后，兵权控制在她的侄子吕禄、吕产的手里。吕氏一族预谋发动叛乱，周勃和陈平商议派大臣郦商的儿子郦寄去劝说吕禄，把北军交给了周勃。周勃拿到将印，迅速到北军军营，发令想帮助吕家的袒露右臂，想帮助刘家的袒露左臂，将士们不约而同露出左臂来。周勃带领他们把吕氏一族消灭了。⑤四老安刘是灭刘：如果卫戍部队没有露出左臂支持刘氏，那么商山四皓稳定刘盈的太子地位就是灭掉刘氏天下了。

[评析]

此诗作于唐文宗开成四年（839），杜牧时由宣州赴京途经商山。这是一首在视角和立意上都很新奇的咏史诗。诗人用汉高祖的语气、视角咏叹汉初宫廷政变。西汉初年，商山四皓被请来辅助太子，历来为人称颂。诗人却尖锐地提出此举是"安刘"又是"灭刘"，指出武装力量的重要性。立论基于这样一个具有翻案性质的断定：刘邦当年想废太子，是出于吕后强大太子软弱的考量，而并非与儿子有仇恨。议论大胆，骇人耳目。宋人朱翌说："'南军不袒左边袖，四老安刘是灭刘'，其意以谓四老辅立太子为非，何不思之甚也？"（《猗觉寮杂记》卷上）

汉　江

溶溶漾漾白鸥飞①，绿净春深好染衣②。南去北来人自老，夕阳长送钓船归。

[注释]

①溶溶漾漾：江面宽广而波光浮动的样子。②染衣：指人的影子倒映在江水里，衣服好像被江水的绿色所染。

[评析]

这是一首歌颂春天同时表达伤春情感的篇章。据缪钺《杜牧年谱》，此诗写于唐文宗开成四年（839）春，赴长安任左补阙的杜牧经过汉江时。诗歌前两句写景，后两句写人，描绘了汉江江面美丽的景色，春江水涨，碧波荡漾，白鸥飞翔，江水绿得似乎可以用来染衣，用夸张手法突出春天的生机，抒发了自然永恒而人生易老的感慨。写江水绿色，白居易《忆江南》有"春来江水绿如蓝"，比较平淡；"绿净春深好染衣"，突出了绿色的纯净，更为生动。

送牛相公出镇襄州①

盛时常注意②,南雍暂分茅③。紫殿辞明主④,岩廊别旧交⑤。危幢侵碧雾⑥,寒旓猎红旓⑦。德业悬秦镜⑧,威声隐楚郊⑨。拜尘先洒泪⑩,成厦昔容巢⑪。遥仰沉碑会⑫,鸳鸯玉佩敲⑬。

[注释]

① 牛相公:牛僧孺。出镇襄州:出任襄州刺史。② 盛时常注意:昌盛的时代宰相往往受到重视。《史记·郦生陆贾列传》:"天下安,注意相;天下危,注意将。"③ 南雍:南朝宋时在襄州地设南雍州。暂:暂且。分茅:古代分封诸侯的时候,用白茅裹着泥土赐给受封的人,象征授予土地和权力。《晋书·八王传赞》:"有晋郁兴,载崇藩翰,分茅锡瑞,道光恒典。"④ 紫殿:帝王的宫殿。《三辅黄图·汉宫》:"武帝又起紫殿,雕文刻镂黼黻,以玉饰之。"⑤ 岩廊:高峻的廊庑,借指朝廷。汉桓宽《盐铁论·忧边》:"今九州岛同域,天下一统,陛下优游岩廊,览群臣极言。"⑥ 危幢:高高的旌旗。⑦ 旓(shāo):旗上的饰物。⑧ 秦镜:秦宫中的镜子,传说可以照见人的肺腑,知善与不善。这里指牛僧孺的政绩昭然可见。⑨ 隐:威重的样子。⑩ 拜尘:晋代潘岳与石崇谄事晋惠帝贾皇后的外甥贾谧,每次等到贾谧出来,就对着车子扬起的尘土行拜礼,故拜尘指谄事权贵。这里仅指道别时行礼。⑪ 成厦昔容巢:牛僧孺任淮南节度使时,杜牧曾在其幕下任掌书记。⑫ 沉碑:晋代的杜预好名,希望自己流芳百世,他认为陵谷变迁,变化极大,就把自己的功绩刻在两块碑上,一块立在砚山上,一块沉在万山下,说谁知以

后山谷会不会变成山陵呢？⑬鸳鸯：指列队而行的侍从。

[评析]

　　这是一首赠别诗。唐文宗开成四年（839）八月，牛僧孺由左仆射出为襄州刺史、山南东道节度使。此诗作于此后不久。诗歌描写了牛僧孺出京城的场面，赞颂了他受君王重视，政绩显著，受民众欢迎，表达了曾经的幕僚对宰相的感激和惜别之情。

李甘诗①

　　大和八九年②，训注极虓虎③。潜身九地底，转上青天去。四海镜清澄④，千官云片缕⑤。公私各闲暇，追游日相伍⑥。岂知祸乱根，枝叶潜滋莽⑦。九年夏四月，天诫若言语⑧。烈风驾地震，狞雷驱猛雨。夜于正殿阶，拔去千年树⑨。吾君不省觉⑩，二凶日威武⑪。操持北斗柄⑫，开闭天门路⑬。森森明庭士⑭，缩缩循墙鼠⑮。平生负奇节⑯，一旦如奴虏⑰。指名为锢党⑱，状迹谁告诉⑲？喜无李杜诛⑳，敢惮髡钳苦㉑。时当秋夜月，日值曰庚午㉒。喧喧皆传言㉓，明晨相登注㉔。予时与和鼎㉕，官班各持斧㉖。和鼎顾予言㉗，我死知处所。当廷裂诏书㉘，退立须鼎俎㉙。君门晓日开，赭案横霞布㉚。俨雅千官容㉛，勃郁吾累怒㉜。适属命廊将㉝，昨之传者误。明日诏书下，谪斥南荒去㉞。夜登青泥坂㉟，坠车伤左股。病妻尚在床，稚子初离乳。幽兰思楚泽㊱，恨水啼湘渚㊲。恍恍三间魂㊳，悠悠一千古㊴。其冬二凶败㊵，涣汗开汤罟㊶。贤者须丧亡㊷，谗人尚堆堵㊳。予于后四年,谏官事明主㊹。常欲雪幽冤,于时一裨补㊺。拜章岂艰难㊻,胆薄多忧惧。如何牛斗气㊼,竟作炎荒土㊽。题此涕滋笔,以代投湘赋㊾。

[注释]

① 李甘:字和鼎,唐文宗时为侍御史。当时以药术出身的郑注任翰林侍讲学士,深受文宗宠信,朝廷拟任郑注为宰相,李甘认为他没有德望,坚决反对,因此被贬为封州司马。② 大和八九年:834、835 年。③ 训注极虓(xiāo)虎:指李训和郑注权势熏天,气焰嚣张。李训,宰相李揆的族孙,与郑注气味相投,都通过宦官王守澄荐举于文宗,任礼部侍郎同平章事。李训和郑注得势后,联手排挤大臣,引起满朝惶恐。后来在甘露之变中,两人和文宗密谋诛除宦官,最终事败被杀。虓,咆哮的老虎,多用来比喻勇士猛将。如《诗经·大雅·常武》:"进厥虎臣,阚如虓虎。"④ 四海镜清澄:形容天下太平清明。⑤ 千官云片缕:形容官员众多。⑥ 伍:结伴,结伙。如《史记·淮阴侯列传》:"信出门,笑曰:'生乃与哙等为伍。'"宋王安石《韩信》诗化用此典:"当时哙等何由伍,但有淮阴恶少年。"⑦ 潜滋:暗地里生长。荠:茂盛。⑧ 天诫:即天戒。上天发出的警戒。《尚书·胤征》:"先王克谨天戒,臣人克有常宪,百官修辅,厥后惟明明。"⑨ 夜于正殿阶,拔去千年树:大风在夜里拔去了正殿前面的千年古木。《新唐书·文宗本纪》载大和九年四月,"大风拔木,落含元殿鸱尾,坏门观"。⑩ 吾君不省觉:指文宗没有领悟上天的警示。⑪ 二凶:指作恶多端的李训和郑注。⑫ 操持:控制,把持。北斗柄:北斗星的勺把,比喻关键性的权力。⑬ 天门:帝王宫殿的门。⑭ 森森:众多。明庭士:朝臣。⑮ 缩缩循墙鼠:畏畏缩缩像沿着墙爬行的老鼠一样。⑯ 奇节:高节,不平凡的节操。⑰ 奴房:奴隶

和俘虏。⑱锢党：结为朋党。《后汉书》特设党锢传记载东汉桓帝和灵帝时期的党锢之争。桓帝时宦官专权，士大夫李膺、陈蕃等联合太学生奋起抨击。宦官于是诬陷他们结党诽谤朝廷，李膺等二百多人被逮捕入狱。灵帝时，李膺等人又被起用，他和大将军窦武再次密谋除掉宦官，但是又失败了，被处死、流放和囚禁的达六七百人。⑲状迹：行迹，事迹。唐张鷟《朝野佥载》卷四："细寻状迹，足识法家；细寻判验，足识文华。"⑳李杜：李膺与杜密。李膺，字元礼，桓帝时任司隶校尉，因反对宦官专权而入狱，后来释放，但有令禁锢终身，也就是终身不得再做官。不过灵帝即位，他再次出仕，最终因反对宦官失败被杀。杜密，字周甫，桓帝时因为党锢之祸免官，灵帝时又任太仆，参与密谋诛杀宦官，失败自尽。李膺与杜密都卷入了党锢之祸，而地位声名差不多，所以并称李杜。㉑惮：畏惧，害怕。髡（kūn）钳：一种刑罚。剃掉头发，在脖子上套铁圈。㉒值：正当。庚午：文宗大和九年七月二十七日。㉓喧喧：众口纷纭。㉔相登注：要任命宰相。注，任命官员时登录备案。㉕和鼎：李甘，字和鼎。㉖官班：官职的等级位次。唐刘肃《大唐新语·识量》："张说拜集贤学士，于院所燕会，举酒，说推让不肯先饮，谓诸学士曰：'学士之礼，以道义相高，不以官班为前后。'"持斧：指御史等执法之官，典出《汉书·王䜣传》："武帝末，军旅数发，郡国盗贼群起，绣衣御史暴胜之使持斧逐捕盗贼，以军兴从事，诛二千石以下。"大和九年时李甘任侍御史，杜牧为监察御史。㉗顾予言：看着我说。顾，看，视。㉘当廷裂诏书：见《旧唐书》卷一百七十五："郑注入翰林侍讲，舒元舆既作相，注亦求入中书。甘唱于朝曰：'宰相者，代天理物，先德望而后文艺。注乃何人，敢兹叨窃？白麻若出，吾必坏之。'"唐代由翰林学士起草的重要诏书都用白麻纸，此处白麻代指任命郑注为相的重要诏书。㉙退立须鼎俎：退回自己的位置站好等待处罚。须，等待。鼎俎，烹调用的锅和割肉用的砧板。㉚赭案：皇帝用来批答公文、处理政事的赤红色长桌。㉛俨雅：严肃恭敬的样子。㉜勃郁：大怒的样子。㉝适：正好赶上。属：任命。㉞南荒：指封州，李甘被贬为封州司马，封州在今广东省封川境内。㉟青泥：即青泥城。京兆府蓝田县峣柳城，因南对峣山又多植柳树而得名，又称青泥城，西晋时曾设青泥军。坂：斜坡，山坡。㊱幽兰：兰花。比喻有高尚节操的人。楚泽：楚江之畔。《楚辞·渔父》："屈原既放，游于江潭，行吟泽畔。"㊲恨水啼湘渚：指屈原投汨罗江而死，汨罗江是湘江的支流。湘渚，湘江之边。㊳恍恍：心神不宁的样子。三闾：指屈原。屈原曾任三闾大夫。㊴悠悠：漫长。千古：时代久远。㊵二凶：指李训、郑注。大和九年十一月，李训、郑注假称金吾仗舍的石榴树上有甘露，请文宗来观看。宦官先到了金吾仗舍，发现隐藏着伏兵，急忙把文宗抬走。中卫仇士良率兵诛杀了李训、郑注及宰相王涯、舒元舆等十余家，整个京师极为震恐。㊶涣汗：帝王发号施令，如汗出身，不能收回，因此涣汗指帝王号令，这里指大赦的诏书。汤罟：比喻刑政宽大，见《吕氏春秋·异用》："汤见祝网者置四面。其祝曰：'从天坠者，从地出者，从四方来者，皆离吾网。'汤曰：'嘻，尽之矣，非桀其孰为此也！'汤收其三面，置其一面，更教祝曰：'昔蛛蝥作网罟，今之人学纾。欲左者左，欲右者右，欲高者高，欲下者下，吾取其犯命者。'汉南之国闻之，曰：'汤之德及禽兽矣。'四十国归之。"㊷须：虽然。㊸谗人尚堆堵：奸臣还非常多。谗人，爱进谗言的人，小人。《诗经·小雅·青蝇》："营营青蝇，止于棘，谗人罔极，交乱四国。"㊹谏官：杜牧开成四年回京任左补阙，有讽谏之责。㊺裨补：有益的补充。㊻拜章：上奏折。唐刘禹锡《贺赦表》："新岁拜章，遥献南山之寿。"㊼牛斗气：宝剑的光气，这里形容李甘的凛然正气。《晋书·张华传》："初，吴之未灭也，斗牛之间常有紫气⋯⋯华曰：

'是何祥也？'焕曰：'宝剑之精，上彻于天耳。'"㊽竟作炎荒土：竟然化作荒远之地的一抔土，指李甘在边远的封州去世了。㊾投湘赋：把写好的赋投进了湘水里。西汉贾谊被贬为长沙王太傅，路过湘江，哀屈原之不幸，有同病相怜之感，于是作赋祭祀。见《吊屈原赋》序："谊为长沙王太傅，既以谪去，意不自得；及度湘水，为赋以吊屈原。屈原，楚贤臣也。被谗放逐，作《离骚》赋，其终篇曰：'已矣哉！国无人兮，莫我知也。'遂自投汨罗而死。谊追伤之，因自喻。"

[评析]

　　此诗作于开成四年（839）杜牧在左补阙任上。诗人追忆了几年前的甘露之变，写了李甘的身世，慨叹忠贞之士被贬谪死亡于荒僻之地，称颂了李甘的气节，隐约流露出在朝为官的不良政治环境。如今虽然是谏官，"常欲雪幽冤，于时一裨补"，于私常常念及为好友雪冤，于公渴盼为朝政奉献，可是"胆薄多忧惧"，只好焚烧诗稿，祭奠亡灵。诗人笔力恣肆，沉痛哀绝，诗句如"潜身九地底，转上青天去"，力扫千钧，再现了惊心动魄的政变，表现了衰世中的无奈。

送陆洿郎中弃官东归①

少微星动照春云②，魏阙衡门路自分③。倏去忽来应有意④，世间尘土谩疑君⑤。

[注释]

① 陆洿（wù）：事迹不详。唐穆宗长庆四年（824），由大理评事转拾遗，据开封博物馆藏墓志铭，最后任尚书司勋郎中、骁骑尉。郎中：官名。西汉武帝以郎官供尚书署差遣，后成定制。唐代为尚书省左、右司及吏、户、礼、兵、刑、工六部诸司长官，历代因之。② 少微：为天上星名，一名处士星，共四颗，今属狮子座，多借指处士、隐者。《天官星占》："北斗魁第一星少微，一名处士，星明大而黄泽，即贤士举，忠臣用。"权德舆《送张詹事致政归嵩山旧隐》："解龟辞汉庭，却忆少微星。"③ 魏阙：古代宫门外两侧高耸的楼观，下面常常悬布法令，后常用以代指朝廷。衡门：指简陋的房屋。衡，通"横"。《诗经·陈风·衡门》："衡门之下，可以栖迟。"④ 倐：急速，快。⑤ 尘土：尘世。谩：不要。

[评析]

此诗大概作于唐文宗开成五年（840）春，陶敏《全唐诗人名考证》称本年陆洿辞官。尚书省郎中官位显赫，陆洿弃官不做，确实是一个令人不解的事情。诗人表现了对友人这个骇人之举的理解与赞赏，赞赏他的品行高洁，无论入仕为官还是退而归隐都是天性使然。首句写天星照应，辞官之举理所当然，"春云"既是对眼前景物的描绘，点明时间，又将辞官返乡写得充满祥瑞气氛。次句写仕宦与归隐道路不同，从第三句来看，友人虽然为官与辞官都很洒脱，"有意"表明绝不是一时兴起，所以劝告世人不要以世俗眼光来看待这件事。

襄阳雪夜感怀

往事起独念,飘然自不胜①。前滩急夜响,密雪映寒灯。的的三年梦②,迢迢一线縆③。明朝楚山上④,莫上最高层。

[注释]

①飘然:恍然失落的样子。自不胜:自己承受不了。②的的:清楚,分明。③迢迢:遥远的样子。一线縆(gēng):一条线连接。④楚山:指望楚山,在襄阳南。望楚山又叫英山、马鞍山,相传宋孝武帝刘骏出生在这里,刘骏做武陵王的时候,喜欢此山的秀丽之色,就改名望楚山,据说登上山顶可以眺望楚国的宜城。

[评析]

唐文宗开成五年(840)冬,杜牧自长安请假前往浔阳探望弟弟,途经襄阳,作此诗。诗人用景色渲染手法,营造了一个凄苦氛围,抒发了深深的愁绪;登高望远本可以消解忧愁,诗人却说不要登高,以免牵惹愁肠。是什么事情让人情不自胜?是什么情况,三年来一直让人牵肠挂肚,又恍若游丝,连接着过去与当前?一如寒雪飘洒、孤灯明灭,无从知晓,增加了诗歌的神秘之感。

冬至日寄小侄阿宜诗

小侄名阿宜，未得三尺长。头圆筋骨紧①，两眼明且光。去年学官人②，竹马绕四廊③。指挥群儿辈，意气何坚刚④。今年始读书，下口三五行。随兄旦夕去⑤，敛手整衣裳⑥。去岁冬至日，拜我立我旁。祝尔愿尔贵，仍且寿命长。今年我江外⑦，今日生一阳⑧。忆尔不可见，祝尔倾一觞⑨。阳德比君子⑩，初生甚微茫⑪。排阴出九地⑫，万物随开张⑬。一似小儿学，日就复月将⑭。勤勤不自已⑮，二十能文章。仕宦至公相⑯，致君作尧汤。我家公相家⑰，剑佩尝丁当⑱。旧第开朱门⑲，长安城中央。第中无一物⑳，万卷书满堂。家集二百编㉑，上下驰皇王㉒。多是抚州写㉓，今来五纪强㉔。尚可与尔读，助尔为贤良㉕。经书括根本㉖，史书阅兴亡。高摘屈宋艳㉗，浓薰班马香㉘。李杜泛浩浩㉙，韩柳摩苍苍㉚。近者四君子㉛，与古争强梁㉜。愿尔一祝后，读书日日忙。一日读十纸，一月读一箱。朝廷用文治㉝，大开官职场㉞。愿尔出门去，取官如驱羊㉟。吾兄苦好古㊱，学问不可量。昼居府中治，夜归书满床。后贵有金玉，必不为汝藏。崔昭生崔芸㊲，李兼生窟郎㊳。堆钱一百屋㊴，破散何披猖㊵。今虽未即死，饿冻几欲僵。参军与县尉㊶，尘土惊劻勷㊷。一语不中治㊸，笞棰身满疮㊹。官罢得丝发㊺，好买百树桑。税钱未输足，得米不敢尝。愿尔闻我语，欢喜入心肠。大明帝宫阙㊻，杜曲我池塘㊼。我若自潦倒㊽，看汝争翱翔㊾。总语诸小道㊿，此诗不可忘。

[注释]

①紧：结实。②官人：当官的人。③竹马：把竹竿当作马。四廊：四面的走廊。④意气：气势，神态。坚刚：坚强。⑤旦夕：早晚。⑥敛手：拱手，表示恭敬。《世说新语·贤媛》："桓宣武平蜀，以李势妹为妾。"刘孝标注引《妒记》："（郡主）见李在窗梳头，姿貌端丽，徐徐结发，敛手向主，神色闲正，辞甚凄惋。"整衣裳：整理衣裳，表示庄重。《周书·苏绰传》："遂留绰至夜，问以治道，太祖卧而听之。绰于是指陈帝王之道，兼述申韩之要。太祖乃起，整衣危坐，不觉膝之前席。"⑦江外：江南。杜牧当时在江西浔阳。⑧生一阳：古人认为从冬至日开始阳气上升，所以又称一阳生。如杜甫《小至》："天时人事日相催，冬至阳生春又来。"⑨祝：祝福。倾：喝干。一觞：一杯。⑩阳德：阳气。比：好比。君子：德才兼备的人。⑪微茫：弱小。⑫排阴：排除阴气。九地：地下最深处。《孙子·形》："善守者藏于九地之下。"⑬开张：生长，舒展。⑭日就复月将：天天有成就，月月有进步。形容积少成多，循序渐进。《诗经·周颂·敬之》："日就月将，学有缉熙于光明。"孔颖达疏："日就，谓学之使每日有成就；月将，谓至于一月则有可行。言当习之以积渐也。"朱熹集传："日有所就，月有所进，续而明之，以至于光明。"⑮勤勤不自已：保持勤奋的学习势头停不下来。⑯仕宦：当官。公相：公侯将相，指高官。⑰我家公相家：杜牧的祖父杜佑曾任宰相，封岐国公。⑱剑佩：宝剑和玉佩。丁当：玉佩发出的声音。隋王通《中说·周公》："衣裳襜如，剑佩锵如，皆所以防其躁也。"⑲朱门：富贵人家的大门涂红漆，故称朱门。⑳第：宅邸。㉑家集二百编：杜佑所撰《通典》，共二百卷。㉒上下驰皇王：《通典》所载上起黄帝，下迄唐玄宗天宝末，唐肃宗、代宗以后的重要制度沿革也附注在其中。㉓抚州：指杜佑，曾做抚州刺史。㉔五纪强：六十多年。㉕贤良：贤人。㉖括：

囊括，包括。根本：事物的本源或本质。㉗屈宋：战国时楚国辞赋家屈原和宋玉。南朝梁刘勰《文心雕龙·辨骚》："屈宋逸步，莫之能追。"艳：屈原和宋玉的作品都以辞藻铺张华丽著称。㉘班马：汉代班固与司马相如，也都是辞赋名家。㉙李杜：诗仙李白和诗圣杜甫。泛浩浩：形容两人诗歌的气势浩大流畅。㉚韩柳：唐代著名古文家韩愈和柳宗元。摩苍苍：上接青天。形容两人文章水平极高。㉛近者四君子：指李白、杜甫、韩愈和柳宗元。㉜争强梁：争胜，比高低。㉝文治：用文教礼乐来治理国家。《礼记·祭法》："文王以文治，武王以武功，去民之菑。"㉞大开官职场：大批地任命官员。㉟驱羊：驱赶羊群，比喻非常容易。㊱苦：非常，极其。好古：喜欢古代的事物。《论语·述而》："我非生而知之者，好古，敏以求之者也。"㊲崔昭：唐代宗时的官员，曾任京兆尹，也曾在江西做观察使，平生喜欢敛财，家道丰厚。㊳李兼：唐德宗时的官员，曾任鄂岳团练使，也做过江西观察使，家产殷实。㊴堆钱一百屋：钱堆了一百间屋子，形容钱财极多。㊵破散何披猖：家财散尽极其快。披猖，猖獗，狂獗。㊶参军：唐代州县参谋军事的属官。县尉：县衙的属官，掌管一县境内的治安。㊷劻（kuāng）勷（ráng）：惶遽不安的样子。唐韩愈《刘统军碑》："新师不牢，劻勷将逋。"㊸不中：不适合，不符合。㊹笞棰：鞭打，杖责。㊺丝发：细微的东西，这里指做官时积攒的微薄财产。㊻大明帝宫阙：大明宫在长安城北，唐太宗贞观年间建，初名永安宫。㊼杜曲我池塘：杜曲在今陕西西安东南，唐代时为杜氏一族的聚居地。㊽潦倒：落拓失意。㊾翱翔：比喻飞黄腾达。㊿总语：总结。小道：儒家礼乐政教之外的学说。《论语·子张》："虽小道，必有可观者焉。"

[评析]

　　此诗作于唐开成五年（840）冬，是一首劝学的五言古体诗。诗中表达了对侄子的期待，满怀自豪地介绍了家世的显赫与耕读传家的传统，表达了自己对历史人物的评价和对建功立业的追求，以及自己的学术观点和治学心得。"经书括根本，史书阅兴亡。高摘屈宋艳，浓薰班马香。李杜泛浩浩，韩柳摩苍苍。近者四君子，与古争强梁。"概括出古人对学问的基本认识。诗人甚至玄想将来侄子功成身退后的恬淡，虽然他年纪不过十岁。殷切期盼中，传达了自己的理想与志向。北宋书法家黄庭坚曾手录杜牧这首诗赠友人，赞赏杜牧的劝学精神，称之为"救世之药石"（《山谷题跋》）。

唐武宗会昌年间诗

题青云馆①

虬蟠千仞剧羊肠②,天府由来百二强③。四皓有芝轻汉祖④,张仪无地与怀王⑤。云连帐影萝阴合⑥,枕绕泉声客梦凉⑦。深处会容高尚者⑧,水苗三顷百株桑。

[注释]

①青云馆:唐代地名,在今陕西商南县青云镇。②虬蟠:形容山路蜿蜒像盘曲的虬龙一样。千仞:形容山极高。仞,古时八尺或七尺为一仞。《庄子·秋水》:"千里之远不足以举其大,千仞之高不足以极其深。"剧羊肠:比羊肠坂更加曲折。羊肠坂是古代的险塞,萦回曲折像羊肠一样。《史记·魏世家》:"昔者魏伐赵,断羊肠,拔阏与,约斩赵,赵分而为二。"③天府:丰饶之地。百二:以二敌百,比喻山河险固之地。《史记·高祖本纪》:"秦,形胜之国,带河山之险,县隔千里,持戟百万,秦得百二焉。"④四皓:四位著名的隐士,即东园公、夏黄公、甪里先生、绮里季,四人作有《紫芝歌》,汉高祖刘邦闻名来请,他们不肯出山。⑤张仪无地与怀王:战国时期,秦国与楚国为劲敌。为破坏楚齐联盟,秦国派张仪去游说楚怀王,

诡称只要齐楚绝交，秦国就把商、于方圆六百里之地送给楚国，楚怀王不知是计，不顾大臣劝阻，就答应了。张仪回国后伴装摔伤，不露面。楚怀王以为是要楚国与齐国彻底断交，于是又派人到齐国，对齐王出言不逊，惹得齐王大怒，决定与秦结盟。可是，这时张仪却说自己答应楚国的不是六百里商、于之地，而是自己的奉邑六里。楚怀王大怒，起兵十万攻秦，却被齐、秦联军大败。⑥萝：向高处爬蔓的植物。⑦客梦：他乡的游子所做的梦。唐王昌龄《送高三之桂林》："留君夜饮对潇湘，从此归身客梦长。"⑧高尚者：品行高洁的人。《北史·李先传》："寻师访道，不远千里。遇高尚则倾盖如旧，见庸识虽王公蔑如。"

[评析]

    这首诗大概作于会昌元年（841），杜牧和弟弟杜颛去蕲州看望从兄杜慥，行经商南青云馆。杜慥时任蕲州刺史，而杜颛的眼疾已经比较严重，杜牧此行应该也是顺便请杜慥为弟弟寻名医治疗。背景大致如此，但此诗所抒发的主要是怀古和向往隐逸之感。商地历史悠久，涉及的历史名人和事件颇多，杜牧仅采用了商山四皓不肯应汉高祖刘邦之召，及张仪欺骗楚怀王，没有如约给他商、于之地两个典型史实，其后便转入朦胧月色下的浮云、帐幕和绿萝之影相连的景物描写，加以淙淙的泉水声，引出梦中醒来的诗人对隐者的倾慕。从此诗可见诗人通过对历史的深刻体悟，对复杂的政治生活有所厌弃，更加向往恬淡安逸的生活。

罢钟陵幕吏十三年来泊湓浦感旧为诗①

青梅雨中熟,樯倚酒旗边②。故国残春梦,孤舟一褐眠③。摇摇远堤柳,暗暗十程烟④。南奏钟陵道⑤,无因似昔年⑥。

[注释]

① 钟陵:汉时名南昌县,隋代改豫章郡,唐代改为钟陵。幕吏:幕僚,杜牧大和四年罢沈传师江西幕,至此时十二年,胡可先《杜牧诗文编年补正》认为"十三年"为传抄过程的笔误。湓(pén)浦:古水名。亦称湓江、湓水。即今天的龙开河,源出今江西瑞昌西南青山,山上有井,形状像盆,所以称湓水。湓水东流到九江市,名湓浦港,向北流入长江。② 樯倚:帆船停靠。樯是帆船上的桅杆,这里指船。③ 褐:粗布。这里指粗布做的被子。④ 程:驿站之间的距离。⑤ 南奏:向南。⑥ 无因:没有机缘。

[评析]

此诗写于唐武宗会昌元年(841)春末,诗人请假前往浔阳看望患有眼病的弟弟,经过江西钟陵,本年诗人离开江西沈传师幕已经十二年。诗人描写了如今的孤舟独泊,春残花谢,心绪不佳,虽然船儿在十二年前的河流上漂荡,可是"无因似昔年",表达了对当年幕府生活的怀念。"摇摇远堤柳,暗暗十程烟",叠字的使用与工整的对偶,使得诗句声情摇曳,含蓄有味,渲染一种迷离哀愁的氛围。

奉和门下相公送西川相公兼领相印出镇全蜀诗十八韵①

盛业冠伊唐②,台阶翊戴光③。无私天雨露④,有截舜衣裳⑤。蜀辍新衡镜⑥,池留旧凤凰⑦。同心真石友⑧,写恨蔑河梁⑨。虎骑摇风旆⑩,貂冠韵水苍⑪。彤弓随武库⑫,金印逐文房⑬。栈压嘉陵咽⑭,峰横剑阁长⑮。前驱二星去⑯,开险五丁忙⑰。回首峥嵘尽⑱,连天草树芳。丹心悬魏阙⑲,往事怆甘棠⑳。治化轻诸葛㉑,威声慴夜郎㉒。君平教说卦㉓,犬子召升堂㉔。塞接西山雪㉕,桥维万里樯㉖。夺霞红锦烂,扑地酒垆香㉗。忝逐三千客㉘,曾依数仞墙㉙。滞顽堪白屋㉚,攀附亦周行㉛。肉管伶伦曲㉜,箫韶清庙章㉝。唱高知和寡㉞,小子斐然狂㉟。

[注释]

① 门下相公:指李德裕,李德裕时任吏部尚书同平章事,兼门下侍郎。西川相公:指崔郸,文宗、武宗时期的宰相,武宗会昌元年(841)离京,任剑南西川节度使。② 盛业:宏伟盛大的事业。唐杜甫《上韦左相二十韵》:"盛业今如此,传经固绝伦。"冠:超出其他人。伊唐:上古时帝尧姓伊耆,号陶唐氏,这里指唐代。③ 台阶:三台星,比喻古代朝廷中三种最高的官衔。这里指李德裕和崔郸。翊(yì)戴:辅佐和拥戴。《晋书·阎鼎传》:"乃与抚军长史王毗、司马傅逊怀翊戴秦王之计。"④ 天雨露:皇帝的恩泽。唐高适《送李少府贬峡中王少府贬长沙》:"圣代即今多雨露,暂时分手

莫踌躇。"⑤有截：整齐，整治。《诗经·商颂·长发》中有句："苞有三蘖，莫遂莫达，九有有截。韦顾既伐，昆吾夏桀。"后人就用"有截"代称九州、天下。舜衣裳：比喻贤明之君实行无为而治。⑥蜀辍新衡镜：蜀地除旧立新，换了新的衡与镜，指新官上任。衡镜，称重量和照相貌的工具，比喻鉴别人才。《旧唐书·韦嗣立传》："然后审持衡镜，妙择良能，以之临人，寄之调俗，则官无侵暴之政，人有安乐之心。"⑦池留旧凤凰：唐代宰相的政事堂在宫中凤凰池，这里指崔郸任西川节度使时仍然兼任宰相。⑧石友：金石之交。⑨写恨蔑河梁：所作之诗抒发的离别的伤感，超过了汉代李陵与苏武在匈奴领地道别时的别离诗。河梁，李陵《与苏武诗》："携手上河梁，游子暮何之。"⑩虎骑：像老虎一样勇猛的骑兵。《三国志·魏志·武帝纪》："公乃与克日会战，先以轻兵挑之，战良久，乃纵虎骑夹击，大破之，斩成宜、李堪等。"风旆：风中的战旗。⑪貂冠：用貂尾装饰的帽子。水苍：水苍玉。古代天子和官员都佩玉，唐代二品以下、五品以上的官员佩带水苍玉。⑫彤弓：朱红色的弓，古代天子赐彤弓给有功的诸侯或大臣。武库：比喻多才干练的人，这里指崔郸，语出《晋书·杜预传》："预在内七年，损益万机，不可胜数，朝野称美，号曰'杜武库'，言其无所不有也。"⑬金印：古代高级官员的金质印玺。宋苏辙《观捕鱼》："人生此事最便身，金印垂腰定何益。"文房：书房，与"武库"相对，比喻才能出众的人。⑭嘉陵：嘉陵江。⑮剑阁：栈道名，在大小剑山之间。⑯二星：指使者，汉和帝派使者到各地去巡视，使者微服到了益州，住在李郃那边接待过往官员的馆舍，当时李郃还年轻，当幕吏。晚上，李郃和使者都在露台上乘凉，李郃看着星空说：你们从京城来的时候听说朝廷派了两个使者来吗？使者大吃一惊，问他是怎么知道的。李郃说：益州的上空出现了两颗使者星，所以我就知道了。⑰五丁：相传秦惠王为了寻找道路，灭掉蜀国，凿了五个大石牛，把金子放在牛尾下，派人对蜀王谎称石牛能拉金子。蜀王信以为真，派五个大力士开山，把金牛接进来，结果被秦国乘机灭掉了。⑱峥嵘：形容岁月逝去。⑲魏阙：古代宫门外两侧高耸的楼观，下面常常悬布法令，后人用此借指朝廷。《庄子·让王》："身在江海之上，心居乎魏阙之下。"⑳甘棠：美政和遗爱。语出《史记·燕召公世家》，说周武王灭纣之后，封召公于北燕，召公巡行乡邑的时候，看见一棵大大的棠树，就在这棵棠树下处理政事，判决狱讼，没有不公平不得当的。召公死后，老百姓怀念他的政绩，不敢砍掉这棵棠树，还创作了《甘棠》来怀念和赞美他，于是有了这个典故。㉑诸葛：诸葛亮，三国时期蜀国名相。㉒夜郎：古代国名，在今贵州、云南、四川一带。汉武帝时，利用夜郎精兵征服了南越，武帝封夜郎侯为王。㉓君平：西汉有高士严遵，字君平。隐居不仕，曾在成都集市上占卜，每天给几个人算命，估计得了百余钱够一天的生活了，就闭馆读书。㉔犬子召升堂：《汉书·艺文志》载西汉扬雄语："诗人之赋丽以则，辞人之赋丽以淫。如孔氏之门人用赋也，则贾谊登堂，相如入室矣，如其不用何！"犬子，汉代辞赋家司马相如的小名。㉕西山：成都西面的岷山。㉖桥：成都万里桥，费祎出使东吴，诸葛亮在这里为他饯行，费祎感慨地说："万里之路，始于此桥。"因此得名。㉗夺霞红锦烂，扑地酒垆香：蜀地盛产锦缎和美酒，因此这样形容。㉘忝逐三千客：此句的意思是说自己曾做过崔郸的门客。三千客，战国时春申君、孟尝君等名公子都有三千门客。㉙曾依数仞墙：与上句意思相同，还是说自己曾做过崔郸的门客。"数仞墙"典出《论语·子张》："叔孙武叔语大夫于朝曰：'子贡贤于仲尼。'子服景伯以告子贡。子贡曰：'譬之宫墙，赐之墙也及肩，窥见室家之好。夫子之墙数仞，不得其门而入，不见宗庙之类，百官之富。得其门者或寡矣。夫子之云，不亦宜乎！'"

㉚白屋：古代平民家的房屋不用彩绘，所以称白屋。一说普通百姓居住的白茅覆盖的草屋。㉛周行：周官的行列，泛指在朝做官。语出《诗经·周南·卷耳》："嗟我怀人，置彼周行。"㉜肉管：歌唱与器乐。《晋书·孟嘉传》："桓温问：'听妓，丝不如竹，竹不如肉，何谓也？'嘉答曰：'渐近使之然。'"肉，歌喉。管，管乐。伶伦：传说是黄帝时期的乐官，乐律的创始者。㉝箫韶：舜帝时期的乐曲名。清庙：《诗经·周颂》中有《清庙》，属高雅之曲。㉞唱高知和寡：曲调高雅，能够跟着唱的人就少。语出战国宋玉《对楚王问》："客有歌于郢中者，其始曰《下里巴人》，国中属而和者数千人。其为《阳阿》《薤露》，国中属而和者数百人。其为《阳春白雪》，国中属而和者不过数十人。引商刻羽，杂以流徵，国中属而和者不过数人而已。是其曲弥高，其和弥寡。"㉟斐然：穿凿，妄作，自谦之词。宋陆游《谢王枢使启》："斐然妄作，本以自娱，流传偶至于中都，鉴赏遽尘于乙夜。"

[评析]

这首五言排律作于唐武宗会昌元年（841）。本年七月，杜牧在长安任比部员外郎兼史馆修撰，十一月崔郸出使西蜀，李德裕写诗送之，杜牧与诗人姚合都有和诗。李德裕为宰相，自己又曾经在崔郸幕下，由于二人位高权重，所以唱和诗不太容易写。诗歌庄严华丽，既称颂帝王英明，赞颂二位宰相的友谊，又称扬崔郸蜀川之行必然会取得优异的政绩。

入商山

早入商山百里云①,蓝溪桥下水声分②。流水旧声人旧耳③,此回呜咽不堪闻④。

[注释]

①商山:在今陕西商洛东南。②蓝溪:又名蓝谷水、清河。源自秦岭,流入蓝田县界,经蓝关、蓝桥、蓝谷,流入灞水。③流水旧声人旧耳:流水依然是旧时的声音,人还是旧时人。④此回呜咽不堪闻:这次却感觉到呜咽哀伤,使人听不下去。

[评析]

此诗作于唐武宗会昌二年(842)三月,杜牧出任黄州刺史,途经商山时。(郭文镐《杜牧诗文系年小札》)诗人描写了听到水流的感触,抒发了离开京师任职途中的苦闷忧愁。前两句写行踪与沿途景物,仰首万里空阔,低头水声潺潺。前人说,"一切景语皆情语"(王国维《人间词话》),景物虽然为外在客观之物,无情感可言,可是在领略景物的人看来,却融入了自己情感的色彩,因而成为观察者的心灵投射。故而才有"流水旧声人旧耳,此回呜咽不堪闻"的愁苦情调。

奉陵宫人①

相如死后无词客②,延寿亡来绝画工③。玉颜不是黄金少④,泪滴秋山入寿宫⑤。

[注释]

①奉陵宫人:在皇帝陵墓侍奉的宫人。唐代皇帝死后,宫人没有生育儿女的,都被遣送到陵墓那里去,朝夕供奉皇帝神灵,事死如事生。②相如死后无词客:此句的意思是司马相如死后再没有人为失宠的人写诗赋,使她们再获帝王青睐。据说西汉司马相如曾经为失宠的陈皇后写《长门赋》,使陈皇后又得到汉武帝的宠幸。③延寿亡来绝画工:此句的意思是毛延寿死了以后,宫中专门画美人给皇帝看的画工就绝了。毛延寿是汉元帝时宫中的画工,因为后宫的宫人太多,元帝不能一一看见,就让毛延寿把这些美人画下来,自己看着画像来召幸。这些宫人都贿赂毛延寿,让他把自己画得漂亮些。只有王嫱不肯,所以毛延寿把她画得很丑,元帝也一直没有见过她。后来匈奴和亲,汉元帝翻看画像,决定把王嫱嫁出去。谁知到了送行那天,才发现王嫱的美貌竟然是后宫第一,而且风度娴雅,口才出众。汉元帝后悔了,但是又不能失信换人,一气之下把那些收受贿赂的画工都杀了。④玉颜不是黄金少:此句的意思是皇帝已经死去了,黄金再多,也不能够用来买诗赋或贿赂画工,让自己再见到皇帝。玉颜,美丽的容颜。不是黄金少,不是能够用黄金买来的。⑤寿宫:皇帝的陵寝。

[评析]

　　此诗写于唐武宗会昌二年(842)晚春，杜牧往黄州任刺史上，杜牧曾注"之任黄州日作"。诗歌批判了奉陵制度，为无辜宫女流下同情的泪水。奉陵制度始于西汉武帝驾崩后，唐时依然遵从。白居易有《新乐府·陵园妾》诗句："陵园妾，颜色花命如叶。命如叶薄将奈何，一奉寝宫年月多。"杜牧这首绝句中，前两句运用典故，突出宫女无法改变命运；而末句的"泪滴秋山"采用渲染烘托的手法，写出了宫女内心的凄苦。

早　雁①

　　金河秋半虏弦开②，云外惊飞四散哀。仙掌月明孤影过③，长门灯暗数声来④。须知胡骑纷纷在，岂逐春风一一回⑤。莫厌潇湘少人处，水多菰米岸莓苔⑥。

[注释]

　　① 早雁：通常是深秋雁南飞，故而中秋已到南方的大雁，称早雁。这里托物喻人，比喻因回鹘人入侵而流放的北方百姓。② 金河：县名，在今呼和浩特南。虏弦开：指回鹘人发动进攻。③ 仙掌：汉武帝时期建章宫有铜仙人，手中托着承露盘接露水。④ 长门：汉代宫殿宫名，汉武帝皇后陈阿娇失宠后住在这里。⑤ 回：大雁为候鸟，据说最南不过衡阳，春日北飞。《方舆胜览》："回雁峰在衡阳之南，雁至此不过，遇春而回。"⑥ 菰米：俗称茭白。

[评析]

　　此诗作于唐武宗会昌二年（842），杜牧于黄州刺史任上。本年八月，北方少数民族回鹘乌介可汗南侵，边地人民流离四散。空中飞翔的早雁，此刻一下子触动了诗人心灵。诗人展开想象的翅膀，设想它们在北方受到弓弩战火的惊扰，"云外惊飞四散哀"，一路惶恐，来到此地，并急切地劝慰这些候鸟来年春天千万不要急于北飞。诗歌托物言志，表达了对饱受骚扰、流离失所的边地人民的关切和对社会上层的无声谴责。曾国藩说："雁为虏弦所惊而来，落想奇警，辞亦足以达人。"（《求阙斋读书录》卷九）

郡斋独酌[①]

黄州作

　　前年鬓生雪[②]，今年须带霜[③]。时节序鳞次[④]，古今同雁行[⑤]。甘英穷西海[⑥]，四万到洛阳[⑦]。东南我所见，北可计幽荒[⑧]。中画一万国[⑨]，角角棋布方[⑩]。地顽压不穴[⑪]，天回老不僵[⑫]。屈指百万世，过如霹雳忙[⑬]。人生落其内，何者为彭殇[⑭]？促束自系缚[⑮]，儒衣宽且长[⑯]。旗亭雪中过[⑰]，敢问当垆娘[⑱]。我爱李侍中[⑲]，摽摽七尺强[⑳]。白羽八扎弓[㉑]，胜压绿檀枪[㉒]。风前略横阵[㉓]，紫髯分两傍[㉔]。淮西万虎士[㉕]，怒目不敢当。功成赐宴麟德殿[㉖]，猿超鹘掠广球场[㉗]。三千宫女侧头看，相排踏碎双明珰[㉘]。旌竿缥缥旗**㸌㸌**[㉙]，意气横鞭归故乡[㉚]。我爱朱处士[㉛]，三吴当中央[㉜]。罢亚百顷稻[㉝]，西风吹半黄。尚可活乡里，岂惟满困仓[㉞]。后岭翠扑扑[㉟]，前溪碧泱泱[㊱]。雾晓起凫雁[㊲]，日晚下牛羊[㊳]。叔舅欲饮我[㊴]，社瓮尔来尝㊵，伯姊子欲归㊶，彼亦有壶浆㊷。西阡下柳坞㊸，东陌绕荷塘。姻亲骨肉舍，烟火遥相望。太守政如水㊹，长官贪似狼㊺。征输一云毕㊻，任尔自存亡。我昔造其室㊼，羽仪鸾鹤翔㊽。交横碧流上，竹映琴书床。出语无近俗，尧舜禹武汤。问今天子少㊾，谁人为栋梁。我曰天子圣㊿，晋公提纪纲㈤。联兵数十万，附海正诛沧㈥。谓言大义小不义㈦，取易卷席如探囊㈧。犀甲吴兵斗弓弩㈨，蛇矛燕骑驰锋芒㈩。岂知三载凡百战，钩车不得望其墙㈦。答云此山外，有事同胡羌㈧。谁将国伐叛，话与钓鱼郎㈨。溪南重回首，一径出修篁㈩。尔来十三岁，斯人未曾忘。往往自抚己㈦，泪下神苍茫㈧。御史诏分洛㈨，举趾何猖狂㈩。阙下谏官业㈤，拜疏无文章㈥。寻僧解忧梦，乞酒缓愁肠。岂为妻子计，未去山林藏㈦。平生五色线，愿补舜衣裳㈧。弦歌教燕赵㈨，兰芷浴河湟㈩。腥膻一扫洒㈦，凶狠皆披攘㈧。生人但眠食㈨，寿域富农桑㈩。孤吟志在此，自亦笑荒唐。江郡雨初霁㈤，刀好截秋光。池边成独酌，拥鼻菊枝香。醺酣更唱太平曲，仁圣天子寿无疆㈥。

[注释]

①独酌：独自饮酒。②鬓生雪：鬓角的头发变白了。③须带霜：胡须白了。④鳞次：像鱼鳞那样井然有序。⑤雁行：像群雁一样有序飞行。⑥甘英：东汉和帝时班超的部下，班超曾派他到西海即今波斯湾一带领略风土。⑦四万到洛阳：波斯湾距离洛阳有四万里。⑧幽荒：幽州在汉代时是距离京师最远的荒野之地。⑨国：诸侯封地。⑩角角棋布方：像围棋一样每个角都布满棋子。⑪地顽：土地坚固。⑫天回：天道运行。老不僵：永远不停息。⑬霹雳：闪雷。⑭彭殇：长寿和短命的。彭，彭祖，

颛顼帝之后裔，尧封于彭城，相传活到八百岁。殇，未成年而死。⑮促束：匆忙装束，这里是拘束的样子。自系缚：自己系上衣带，这里有自我约束的意思。⑯儒衣：古代儒家的服饰，泛指读书人的衣服。⑰旗亭：酒楼前悬挂旗作招牌，所以称旗亭。⑱当垆娘：卖酒的女子。当垆，卖酒。垆，摆放酒坛的土台子。⑲李侍中：李光颜，唐宪宗时为忠武军节度使，讨平淮西吴元济。唐敬宗时为侍中。⑳摽摽：身材高大的样子。㉑八扎弓：可以射穿八层甲衣的强弓。扎，同"札"，铠甲上用皮革或金属做的叶片。《左传·成公十六年》："潘尪之党与养由基蹲甲而射之，彻七札焉。"㉒髀（bì）：即髀，大腿。绿檀枪：绿檀木制成的枪。㉓横阵：摆列队形。㉔紫髯：发红的胡须。㉕淮西：淮南西道节度使，安史之乱后长期处于割据状态。虎士：勇猛之士。㉖麟德殿：大明宫中的内殿。㉗猿超鹘掠：像猿猴一样敏捷，像鹘一样迅疾。㉘双明珰：珠玉做成的耳环。㉙幖幖：高耸的样子。**爞**（huò）**爞**：鲜明的样子。㉚意气：志向，气概。㉛朱处士：朱道灵，杜牧的朋友。㉜三吴：泛指长江下游一带。㉝罢亚：稻名。㉞囷（qūn）仓：圆形的粮仓。㉟扑扑：茂盛的样子。㊱泱泱：深广的样子。㊲凫（fú）：野鸭。㊳日晚下牛羊：傍晚的时候，牛羊从山上下来回家。《诗经·王风·君子于役》："日之夕矣，羊牛下来。"㊴叔舅：舅舅。㊵社瓮：装社酒的酒坛子。祭祀土神的酒称社酒。㊶伯姊：长姐。㊷壶浆：酒浆。㊸阡：道路。柳坞：柳树环绕下的小村庄。㊹政如水：为政清廉如水。隋代赵轨为齐州别驾，离任时乡人来送，说："您清廉如水，请以一杯水作为饯别。"赵轨接过来喝了。㊺贪似狼：像狼一样贪婪。㊻征输：征缴赋税。㊼造：到访。㊽羽仪：翅膀。㊾天子：指唐文宗。㊿圣：圣明。(51)晋公：裴度，字中立，以平定蔡州之功封晋国公。提纪纲：整顿朝廷的法度。(52)附海正诛沧：讨伐沧景节度使李同捷。附海，近海。(53)大义：朝廷平定叛乱是正义之举，称大义。(54)取易卷席如探囊：比喻平定叛军极其容易，像卷起席子，到口袋中取东西一样。(55)犀甲：用犀牛皮制成的铠甲。吴兵：南方士兵。(56)燕骑：北方的骑兵。(57)钩车：有钩梯的战车。不得望其墙：不能靠近叛军的城墙。(58)胡羌：泛指北方的少数民族。(59)钓鱼郎：前面对话的隐者朱处士。(60)修篁：高高的竹子。(61)自抚己：自己安慰自己。(62)苍茫：茫然失落的样子。(63)御史诏分洛：杜牧在大和九年（835）至开成二年（837）间为监察御史，分司东都。(64)举趾：举止。猖狂：不受拘束。(65)阙下：朝廷。谏官：杜牧开成三年(838）冬被任命为左补阙，职责是向皇帝讽谏。(66)拜疏：上奏章。(67)山林藏：弃官隐居。(68)平生五色线，愿补舜衣裳：愿意用自己一生的力量去为皇帝补救不足。五色线，五种彩线。舜，代指皇帝。(69)弦歌：边弹边唱，指用礼乐来教化。《史记·孔子世家》："三百五篇，孔子皆弦歌之，以求合韶武、雅颂之音，礼乐自此可得而述，以备王道，成六艺。"(70)兰芷：两种香草名。浴：熏陶。河湟：湟水汇入黄河的地区。曾被吐蕃占领，唐宣宗时收复。(71)腥膻一扫洒：难闻的腥味一下去除，比喻吐蕃的野蛮落后风气因教化而不再。(72)凶狠：反叛的势力。披攘：披靡，战败。(73)生人：平民。(74)寿域：太平盛世。(75)江郡：黄州濒临长江，故称。霁：晴。(76)仁圣天子：指唐武宗，号仁圣文武至神大孝皇帝。

［评析］

这是一首长篇抒怀诗，作于唐武宗会昌二年（842），杜牧于黄州刺史任上，杜牧时年四十岁。三年前，唐文宗开成四年（839），杜牧在长安任左补阙、史馆修撰。次年转膳部、比部员外郎，兼史职。仕途平稳，人生得意，谁料到唐武宗会昌二年（842）春，受宰相李德裕排挤，出为黄州刺史，生命中又出现了一个转折。

于偏远的黄州，诗人以饱览洪荒的宏阔视野，纵观天地宇宙、殊国万象、社会人生，其目光始终定格于如何实现人生价值，焦灼于人生道路的抉择。诗人鬓发颜色的迅速改变，凸显了这份焦虑。开篇诗人就抛出了一个命题：大化无息运行，恒久长存；瞬息存在的人类，如何面对自己的人生？是那些拘谨羞涩连与女子打招呼都不敢的人吗？诗人以饱满热情的笔墨，赞颂了自己的当代偶像：屡建战功的李光颜、洒脱超群的朱处士、功勋卓著的裴度。这三个人生标杆的出现，说明诗人心中出现了功名与隐退的分野。这也是官员失意后的正常心理。不过，诗人最终坚持了自己的初衷"岂为妻子计，未去山林藏"，始终超越于家庭生活，忠贞不渝地辅弼朝廷，"平生五色线，愿补舜衣裳"，期盼太平盛世的出现。

此长诗抒怀言志，富于哲理。余成教说："读其'平生五色线，愿补舜衣裳'……可以知其立志之远大。"（《石园诗话》卷二）葛立方称赏其言理，说："'屈指百万世，过如霹雳忙。人生落其内，何者为彭殇？'非心地明了贯穿释道者，不能道也。"（《韵语阳秋》卷十二）

自　遣[①]

四十已云老[②]，况逢忧窘余[③]。且抽持板手[④]，却展小年书[⑤]。嗜酒狂嫌阮[⑥]，知非晚笑蘧[⑦]。闻流宁叹吒[⑧]，待俗不亲疏[⑨]。遇事知裁剪[⑩]，操心识卷舒[⑪]。还称二千石[⑫]，于我意如何？

[注释]

① 自遣：发泄排遣自己的情感。② 四十已云老：杜牧时年已四十岁，

任黄州刺史。③忧窘：忧虑困窘，心情不好。④持板：拿着手板，借指处理官府事物。板，笏，手板。⑤小年书：《庄子》一类的书籍。《庄子·逍遥游》中有"小年不知大年"之语。⑥嗜酒狂嫌阮：好借酒发狂，胜过阮籍。阮籍是魏晋之际名士，司马氏篡权，阮籍为避祸经常醉酒。⑦知非晚笑蘧：意思是自己年四十，知往事之非比蘧伯玉早。蘧伯玉五十岁的时候，认识到自己前四十九年的过失。《淮南子·原道训》："蘧伯玉年五十，而知四十九年非。"蘧伯玉，名瑗，是春秋时期卫国的大夫，以贤德闻名。⑧闻流：听说流言。宁：难道。叹咤：惊叹，诧异。⑨待俗：对待世俗的人。⑩遇事知裁剪：善于处理事务。⑪操心识卷舒：在仕途上能把握进退的时机。卷舒，退隐或出仕。《论语·宪问》："邦有道，则仕；邦无道，则可卷而怀之。"⑫二千石：汉代郡守一年的俸禄为二千石，所以二千石代指郡守和刺史，杜牧时任黄州刺史。

[评析]

此诗写于会昌二年（842），杜牧于黄州刺史任上。出守黄州，是受宰相李德裕排挤，杜牧心中悲愤难平。四十岁正是人生壮年，诗人却自称"老"，又处于忧惧困顿境遇，所以索性将一切公务抛开，或者翻翻书本，或者借酒消愁，打发时光。遇事不惊，待人从容，是诗人于挫折中所磨炼的结果，但处事的原则却未必与流俗合拍，因为它正与所谓的潜规则相暌离。这种宣言式的内心揭示，寓悲愤，含奋激，也有一种孤傲不群蕴含其中。

题桐叶

去年桐落故溪上①,把叶因题归燕诗②。江楼今日送归燕,正是去年题叶时。叶落燕归真可惜,东流玄发且无期③。笑筵歌席反惆怅④,朗月清风见别离。庄叟彭殇同在梦⑤,陶潜身世两相遗⑥。一丸五色成虚语⑦,石烂松薪更莫疑⑧。哆侈不劳文似锦⑨,进趋何必利如锥⑩。钱神任尔知无敌⑪,酒圣于吾亦庶几⑫。江畔秋光蟾阁镜⑬,槛前山翠茂陵眉⑭。樽香轻泛数枝菊⑮,檐影斜侵半局棋。休指宦游论巧拙,只将愚直祷神祇⑯。三吴烟水平生念,宁向闲人道所之⑰。

[**注释**]

①桐:桐叶。故溪:故乡的小溪。②把叶因题:手里拿着桐树叶就势题诗。③东流:东去的流水,比喻时光逝去。玄发:黑发。④笑筵歌席反惆怅:在充满欢乐的带有歌舞的宴席上内心反而更加惆怅。⑤庄叟彭殇同在梦:庄子和彭祖都进入梦中。庄叟,庄子。彭,彭祖,长寿之人,传说活到八百岁。殇,短命夭折。《庄子·齐物论》中持相反的观点:"莫寿于殇子,而彭祖为夭。天地与我并生,而万物与我为一。"⑥陶潜:字元亮,晋代浔阳人,著名隐士诗人。是晋大司马陶侃的曾孙,曾经任彭泽令,但不愿屈己事人、为五斗米折腰,辞官而去。身世两相遗:自身和官场相互遗弃。陶潜《归去来兮辞》:"归去来兮,请息交以绝游,世与我而相违,复驾言兮焉求。"⑦一丸五色成虚语:人吃了五彩的仙丹而得道只是传说。

化用魏文帝曹丕《折杨柳行》中的句子:"上有两仙童,不饮亦不食。与我一丸药,光耀有五色。服药四五日,身体生羽翼。轻举成浮云,倏忽行万亿。"⑧ 石烂松薪:石头煮烂了,松柏被烧毁了。比喻不可思议的事情发生。⑨ 哆侈:张大嘴,这里指进谗言。《诗经·小雅·巷伯》:"哆兮侈兮,成是南箕。"⑩ 进趋:追求名利。⑪ 钱神:金钱。晋代鲁褒曾经著《钱神论》,以讽刺世俗。⑫ 酒圣:魏晋时期称清酒为圣人,浊酒为贤人。庶几:差不多。⑬ 蟾阁镜:传说中的望蟾阁上有金镜,宽四尺,能够照出妖怪,使之无所逃避。⑭ 茂陵眉:茂陵是汉武帝的陵寝,司马相如因病免官后,和卓文君居住在这里,卓文君相貌姣好,眉形如远山,所以称茂陵眉。⑮ 樽香轻泛数枝菊:酒杯里泡着几枝菊花,指菊花酒。⑯ 愚直:忠厚耿直。神祇:天地神仙。《尚书·汤诰》:"尔万方百姓,罹其凶害,弗忍荼毒,并告无辜于上下神祇。"⑰ 之:去。

[评析]

据吴在庆《杜牧集系年校注》,此诗作于唐武宗会昌二年(842),杜牧于黄州刺史任上,杜牧时年四十岁。"钱神任尔知无敌",以悲愤之语,写出当时宦海贿赂成风,自己对此有清醒的认识,却"酒圣于吾亦庶几",饮酒自遣。"笑筵歌席反惆怅",写出即使是欢乐场面,却有一种难以去除的忧愁。思乡念远、时光闪逝、离别怀人、宦海浮沉、游仙虚幻……融聚于诗中。

题安州浮云寺楼寄湖州张郎中①

去夏疏雨余②,同倚朱栏语③。当时楼下水,今日到何处?恨如春草多④,事与孤鸿去⑤。楚岸柳何穷⑥,别愁纷若絮。

[注释]

① 安州:唐代隶属淮南道,治所在今湖北安陆。湖州:唐时辖境相当今浙江湖州、德清等地。张郎中:即张文规,唐代著名画家张彦远之父。张文规曾任右补阙、吏部员外郎、桂管观察使,与他的父亲、曾任刑部尚书的张弘靖都是著名书法家。② 疏雨:雨点稀疏。③ 朱栏:涂着红漆的栏杆。④ 恨:遗憾。⑤ 与:伴随。孤鸿:孤零零的大雁。阮籍《咏怀》之一:"孤鸿号外野,朔鸟鸣北林。"⑥ 楚岸:楚地江边。杜甫《缆船苦风戏题四韵》:"楚岸朔风疾,天寒鹡鸰呼。"穷:高。左思《吴都赋》:"穷陆饮木,极沉水居。"

[评析]

唐武宗会昌二年(842)春夏间,杜牧自京城赴任黄州刺史,途经安州。去岁与堂兄杜慥路过安州,雨后与张文规游赏浮云寺。而今重游故地,诗人怅然若失,寺壁题诗。首联叙事,展现难以磨灭的深刻印象,似乎朱栏边故人依旧,话语袅袅空际回响。颔联借景抒情,眼前只有流水淙淙,暗示故人不在,往事成空,友朋思念跃然纸上。于流水中诗人巧妙地抒发了时光的流逝、追忆往事的怅惘,然而流水却不顾一切川流不息,这又是一种以无情之物反衬有情之人的手法。此联看似用笔随意而意蕴深厚，于眼前景致中传达情志。宋人黄亢《临水诗》有"去年昨日水，今日到何处"句，即化用此联。颈联用明喻手法，将愁绪具体化为春天一望无垠的芳草，似乎于诗歌中闪现出一个怅望飞鸿远去的诗人形象。尾联又用繁乱的柳絮，强化了愁的心绪。整首诗将愁绪写得具体深沉而又绵长。周邦彦深爱此诗，在《瑞龙吟》下阕中缀合诗句入词，写道："名园露饮，东城闲步，事与孤鸿去。"

雨中作

贱子本幽慵①，多为隽贤侮②。得州荒僻中，更值连江雨③。一褐拥秋寒④，小窗侵竹坞⑤。浊醪气色严⑥，皤腹瓶罂古⑦。酣酣天地宽⑧，恍恍稽刘伍⑨。但为适性情⑩，岂是藏鳞羽⑪。一世一万朝，朝朝醉中去⑫。

[注释]

① 贱子：杜牧对自己的谦称。《汉书·楼护传》："成都侯商子邑为大司空，贵重，商故人皆敬事邑，唯护自安如旧节，邑亦父事之，不敢有阙。时请召宾客，邑居樽下，称'贱子上寿'。坐者百数，皆离席伏，护独东乡正坐。"本幽慵：本性爱静懒散。② 隽贤：有才能的人。侮：轻慢，侮辱。③ 连江：满江。④ 褐：贫贱者穿的粗布衣。《诗经·豳风·七月》："无衣无褐，何以卒岁？"⑤ 竹坞：长着茂盛竹林的山坞。⑥ 浊醪：浑浊的酒。气色严：气味和成色极浓。⑦ 皤腹瓶罂（yīng）：小口大肚子的酒瓶和酒

器。罂多为木制或陶制。⑧ 酣酣：饮酒痛快酣畅的样子。白居易《不如来饮酒》："不如来饮酒，仰面醉酣酣。"⑨ 恍恍：恍恍惚惚，喝醉的样子。嵇刘伍：与嵇康和刘伶为伴。嵇康和刘伶都以擅饮酒和才学著名，三国魏正始年间，曾与阮籍、阮咸、山涛、向秀、王戎在山阳县竹林痛饮，世称竹林七贤。⑩ 适性情：合乎心意。⑪ 藏鳞羽：隐逸不显。《后汉书·陈留老父传》："老父趋而过之，植其杖，太息言曰：'吁！二大夫何泣之悲也？夫龙不隐鳞，凤不藏羽，网罗高县，去将安所？虽泣何及乎！'"⑫ 朝朝：天天，每天。《列子·仲尼》："子列子亦微焉，朝朝相与辩。"

[评析]

　　唐武宗会昌二年（842）至四年（844）间，杜牧由长安出任黄州刺史，其间多有不顺心的事情。四十一二岁，正当壮年，纵然心怀报效祖国的大志，又才华出众，恰逢国难当头（会昌二年回鹘入侵）正需人才，而自己却只能流落在荒僻幽寂之地。这首诗用白描、衬托的手法直抒胸臆，写出诗人落寞空虚、吟酒消愁的情形。"酣酣天地宽"，为酒醉后的幻觉；"朝朝醉中去"，为沉迷醉酒生活的写照；"多为隽贤侮"，写不被理解的情形。

赤　壁①

折戟沉沙铁未销②，自将磨洗认前朝③。东风不与周郎便④，铜雀春深锁二乔⑤。

[注释]

①赤壁：在湖北境内，长江沿岸。②折戟：作战中折断的戟。铁未销：铁质的兵器还没有腐朽。③磨洗：摩擦冲洗。④东风不与周郎便：如果东风没有给周瑜提供便利。指三国时期，赤壁之战，大败曹军，奠定了三国鼎立的局面。⑤铜雀：曹操在邺城所建的铜雀台。二乔：东吴乔玄的两个女儿，大乔嫁给孙权的哥哥孙策，小乔嫁给了周瑜。传说曹操发动赤壁之战的意图之一是为了得到二乔。

[评析]

这是咏史名篇。杜牧于唐武宗会昌二年（842）至四年（844）任黄州刺史期间，曾驻足于赤壁之战三国战场遗址，在沙滩上偶尔捡到一个残破兵器，触动了无限思绪。透过纷飞战火，诗人慨叹功业成败的偶然。诗人没有正面描摹东风如何帮助周瑜取胜，而是从反面落笔：假使这次东风不给以方便，那么曹军胜利，孙、刘失败。但作者又不直接写战争格局的改变，而只间接借助于东吴美女的命运来说明情况。于是，历史转折、国家命运、英雄功名、美女身世，取决于偶然不可知的因素。对于杜牧这种历史观点，古人多不认同。王尧衢认为这是因为杜牧对周瑜存有偏见，"杜牧精于兵法，此诗似有不足周郎处"（《古唐诗合解》）。赵翼直接讽刺说："此皆不度时势，徒作异论，以炫人耳。其实非确论也。"（《瓯北诗话》卷十一）其实，俄国大文豪列夫·托尔斯泰也有这种历史无常感。在《战争与和平》中，他关于滑铁卢之战的叙述，也让人感受到决定命运的，往往是偶然的、看似不甚重要之物。

云梦泽

日旗龙旆想飘扬①,一索功高缚楚王②。直是超然五湖客③,未如终始郭汾阳④。

[注释]

① 日旗龙旆:古代绘有日、月、龙等图案的旗帜,帝王的仪仗队所用。② 一索功高缚楚王:韩信为汉朝的建立立下了汗马功劳,战争结束后,刘邦解除了他的兵权,封他为楚王。后来有人说韩信要谋反,刘邦以出巡云梦泽会诸侯为借口,到了楚地,让韩信到军营里来见他,趁机让武士把他捆绑上带到洛阳,下诏降其为淮阴侯。③ 直是:即使是。超然:超脱世俗的样子。五湖客:范蠡辅佐勾践灭吴后,功成身退,泛舟五湖。④ 郭汾阳:指郭子仪,唐代名将,八十多岁才告别沙场,戎马一生,屡建奇功。安史之乱后以功封汾阳郡王。唐代宗时,郭子仪又主张和回鹘结盟,打击吐蕃,国家赖以安宁。尽管郭子仪权倾天下,但朝廷没有猜忌他;尽管其生活奢侈,皇帝也没有治其罪,而且让他能够寿终正寝,配飨庙廷。

[评析]

此诗作于唐武宗会昌二年(842)至四年(844)期间,杜牧当时在黄州刺史任上。这是一首怀古咏今的诗篇,诗人于烟波浩渺的云梦泽畔,思索为官之道。韩信的功高被捉场面让人想起官场就有些害怕,而范蠡归隐,又是那么不情愿。有功而善终的郭子仪的一生,才是值得效仿的楷模。

题桃花夫人庙①

细腰宫里露桃新②,脉脉无言度几春。至竟息亡缘底事③?可怜金谷堕楼人④。

[注释]

① 桃花夫人:春秋时期息国夫人、陈国国君的女儿息妫,相貌姣好,被称为桃花夫人。《左传》记载蔡哀侯向楚王称赞息夫人的美貌,楚王为此兴兵灭掉了息国。息夫人为楚王生了两个儿子即堵敖和成王。但她始终不说话,楚王问她为什么,她说:一个妇人嫁了两个丈夫,不能去死,还说话干什么?桃花夫人庙在今湖北武汉。② 细腰宫:楚宫,楚灵王爱细腰美人。露桃:桃树,桃花。语本《乐府诗集·鸡鸣》:"桃生露井上,李树生桃旁。"③ 底事:什么事。④ 堕楼人:西晋石崇在洛阳金谷建豪园,名金谷园。他有一位爱妾叫绿珠,孙秀爱慕绿珠的美貌,向石崇索要,石崇不答应。孙秀假传圣旨逮捕了石崇。石崇对绿珠说一切祸事因她而起,绿珠流着泪说会死在石崇的面前,于是跳楼身亡。

[评析]

此诗作于唐武宗会昌二年(842)至四年(844)期间,杜牧当时在黄州刺史任上。这是一首论史绝句。诗人以比喻手法赞颂息夫人貌美如花,又用白描手法,写春日里的痛不言说,以绿珠对比,暗讥她的苟且偷生。

情感表达含蓄蕴藉,不露声色。这种写法,既表明了自己的态度,又考虑到题壁诗题写的地点。赵翼说:"以绿珠之死,形息夫人之不死,高下自见,而词语蕴藉,不显露讥讪,尤得风人之旨耳。"(《瓯北诗话》续卷十一)

题木兰庙①

弯弓征战作男儿②,梦里曾经与画眉。几度思归还把酒,拂云堆上祝明妃③。

[注释]

①木兰庙:在湖北黄冈木兰山上。②作男儿:乐府诗《木兰诗》写木兰女扮男装,替父从军。③拂云堆:古代的地名,在今内蒙古包头西北。唐代朔方军与突厥以黄河为界对垒,黄河的北岸有拂云堆神祠,突厥人如果要发动战争,一定先到神祠前祭祀。唐中宗时期,张仁愿率军大败突厥族,在黄河北岸建中、东、西三座受降城,重兵把守,断绝了突厥南侵之路,中受降城就在拂云堆。祝:祈祷。明妃:汉元帝的宫人王嫱,字昭君,为和亲远嫁匈奴,为南匈奴呼韩邪单于阏氏。晋代时避晋文帝司马昭讳,改称明君,又称明妃。南朝梁江淹《恨赋》:"若夫明妃去时,仰天太息。"

[评析]

此诗作于唐武宗会昌二年(842)至四年(844)间,杜牧当时在黄州刺史任上。这是一首写于木兰庙的题壁诗、咏史诗。诗歌赞颂了花木兰代父从军,英勇杀敌,描写了战火中的思乡之情与女子本性的情感流露,由于是在战场上女扮男装,只有在梦里才能完成梳妆的凤愿。这种写法细腻真实，而诗人想象她祭奠王昭君，一方面突出思乡之情，另一方面彰显二人视国家民族大义为重的情怀。如此便巧妙地升华了代父从军的意义。

齐安郡晚秋①

柳岸风来影渐疏，使君家似野人居②。云容水态还堪赏，啸志歌怀亦自如③。雨暗残灯棋散后，酒醒孤枕雁来初。可怜赤壁争雄渡④，唯有蓑翁坐钓鱼。

[注释]

①齐安郡：黄州，治所在今湖北黄冈。②使君：州郡长官的通称，这里指自己。野人：平民百姓。③啸志：与"歌怀"同义，表达情感志向。④赤壁：指黄州附近的赤壁矶，亦名赤鼻矶。

[评析]

此诗作于唐武宗会昌二年（842）春至四年（844）秋杜牧任黄州刺史期间。诗人于山水云光中寻找快乐，表现了自己萧索自适的情怀。想当年三国赤壁之战何等壮烈，可如今历史的踪迹消失殆尽，只有渔人逍遥江上。相比之下，眼前的"云容水态"倒亲切实在，不过偏离京师宦海失意的情绪依稀可见，因为"雨暗残灯"与酒醒后的鸿雁啼鸣，不无凄厉情状，而后者在古代文人笔下往往与家乡的怀念相牵连。

雪中书怀

腊雪一尺厚①,云冻寒顽痴②。孤城大泽畔③,人疏烟火微。愤悱欲谁语④,忧愠不能持⑤。天子号仁圣⑥,任贤如事师⑦。凡称曰治具⑧,小大无不施。明庭开广敞,才俊受羁维⑨。如日月恒升⑩,若鸾凤葳蕤⑪。人才自朽下⑫,弃去亦其宜。北虏坏亭障⑬,闻屯千里师⑭。牵连久不解⑮,他盗恐旁窥⑯。臣实有长策⑰,彼可徐鞭笞⑱。如蒙一召议⑲,食肉寝其皮⑳。斯乃庙堂事㉑,尔微非尔知㉒。向来躐等语㉓,长作陷身机㉔。行当腊欲破㉕,酒齐不可迟㉖。且想春候暖㉗,瓮间倾一卮㉘。

[注释]

①腊雪:阴历十二月下的雪。②顽痴:形容雪冻成块,非常坚硬。③孤城:指黄州,治所在今湖北黄冈。黄州当时并不发达,人烟稀少,杜牧时任黄州刺史。大泽:指云梦泽。④愤悱:冥思苦想但不知如何用言语来表达。《论语·述而》:"不愤不启,不悱不发,举一隅,不以三隅反,则不复也。"⑤忧愠(yùn):忧郁烦怒。不能持:不能控制。⑥天子号仁圣:唐武宗李炎尊号仁圣。⑦事师:侍奉师长。⑧治具:治理国家的各种措施。⑨才俊:才子。羁维:笼络,任用。⑩如日月恒升:形容前途光明,稳定兴旺。《诗经·小雅·天保》:"如月之恒,如日之升。如南山之寿,不骞不崩。如松柏之茂,无不尔或承。"⑪若鸾凤葳蕤:像鸾鸟和凤凰那样华美艳丽,此处形容人才之盛。⑫朽下:技不如人,才能低下。

⑬ 北虏：泛指北方少数民族。《后汉书·袁安传》："宪日矜己功，欲结恩北虏。"这里指回鹘，会昌二年回纥鹘乌介可汗率兵入侵，朝廷征兵迎战。亭障：堡垒等军事设施。⑭ 屯：戍守，驻扎。⑮ 牵连：拖延。不解：不结束，不罢休。《汉书·五行志上》："归狱不解，兹谓追非，厥水寒，杀人。"⑯ 他盗：心怀叵测的藩镇将领。旁窥：在一旁伺机图谋，觊觎。汉贾谊《过秦论》："秦孝公据崤函之固，拥雍州之地，君臣固守，以窥周室。"⑰ 长策：好计策。《史记·平津侯主父列传》："靡蔽中国，快心匈奴，非长策也。"⑱ 徐：慢慢地。鞭笞：鞭打，这里指驱赶，驱除。⑲ 召议：听从朝廷召唤议和。⑳ 食肉寝其皮：彻底消灭。典出《左传·襄公二十一年》："庄公为勇爵，殖、绰、郭最欲与焉。州绰曰：'东闾之役，臣左骖迫还于门中，识其枚数，其可以与于此乎？'公曰：'子为晋君也。'对曰：'臣为隶新，然二子者，譬于禽兽，臣食其肉而寝处其皮矣。'"㉑ 庙堂：朝廷。㉒ 微：官位不高。㉓ 躐（liè）等：超越等级，不按次序。《礼记·学记》："幼者听而弗问，学不躐等也。"㉔ 长：常常，经常。《庄子·秋水》："吾长见笑于大方之家。"陷身：使自己陷入不良境地。㉕ 行当：快要。腊欲破：破腊，腊月末，腊月快过去了。㉖ 酒齐：酿酒。古代把酒按清浊成色分为五等，称五齐，指泛齐、醴齐、盎齐、缇齐、沉齐。㉗ 春候：春天的气候。㉘ 瓮：酒坛子。倾：喝干。卮：酒杯。

[评析]

　　这首诗作于唐武宗会昌二年(842)冬，杜牧于黄州刺史任上。八月，回鹘攻掠云、朔等州，朝廷发陈、许、徐、汝等处兵马太原会师。杜牧虽然拥护中央政权，反对藩镇割据，研读过兵法，尤其是《孙子兵法》，为平定叛逆出力的愿望十分强烈，可是自己在黄州为官，实际上是被贬谪此处,如何能施展才华?只有在酒瓮旁边借酒消磨时光。诗歌一方面赞颂了帝王的英明,众多人才得到重用;另一方面表达了自己胸怀远略、渴望发挥才干,间杂着沦落被贬的沉痛,愤懑、感慨跃然纸上。

东兵长句十韵①

上党争为天下脊②,邯郸四十万秦坑③。狂童何者欲专地④,圣主无私岂玩兵⑤。玄象森罗摇北落⑥,诗人章句咏东征⑦。雄如马武皆弹剑⑧,少似终军亦请缨⑨。屈指庙堂无失策⑩,垂衣尧舜待升平⑪。羽林东下雷霆怒⑫,楚甲南来组练明⑬。即墨龙文光照曜⑭,常山蛇阵势纵横⑮。落雕都尉万人敌⑯,黑稍将军一鸟轻⑰。渐见长围云欲合⑱,可怜穷垒带犹萦⑲。凯歌应是新年唱,便逐春风浩浩声。

[注释]

①东兵:东征泽潞的叛乱。②上党:唐代泽潞观察使治所,今山西长治一带。上党地高势险,东部是太行山,西面是太岳山,北面为五云山、八赋岭,南面是丹朱岭和金泉山,自古为战略要地。《国策地名考》中说:"地极高,与天为党,故曰上党。"天下脊:天下的脊梁,因为地势高,所以这样形容。③邯郸四十万秦坑:战国时赵国的国都在邯郸,此处以邯郸代指赵国。赵孝成王四年,任用廉颇为将,发兵攻取了上党。三年后,廉颇被免职,赵括代替了廉颇的职位,秦兵知赵括无能,只会纸上谈兵,于是包围了赵军。赵括投降,四十万赵军都被秦兵活埋。④狂童何者欲

专地：指刘稹想趁掌兵权之机割据泽潞之地。狂童，鄙称，狂悖作乱的奴才。唐韩愈《送张道士序》："臣有平贼策，狂童不难治。"⑤圣主无私岂玩兵：指唐武宗是出于削平藩镇、平定天下的公心，而不是好大喜功，穷兵黩武。⑥玄象：天象，日月星辰在天空所成之象。森罗：森然罗列。北落：北落师门星，位置在北方，主兵事，古代常以此星的明暗推测战争的胜负。⑦诗人章句：《诗经·豳风·东山》是为周公东征而作，这里指诗人作诗赞颂唐军征伐泽潞叛将刘稹。章句，古代诗文的章节和句子。晋葛洪《抱朴子·钧世》："简编朽绝，亡失者多，或杂续残缺，或脱去章句。"⑧雄如马武皆弹剑：像马武那样骁勇，以手叩剑，想要为国立功。马武，字子张，河南人，随刘秀南征北战，建立东汉，在"云台二十八将"中排名第十五，封郿侯。⑨少似终军亦请缨：年轻男子像终军那样主动请缨。终军，字子云，济南人。年少好学，渊博能文。年十八选为博士弟子。汉武帝赏识他的文采，命他为给事中。有一次派使者出使匈奴，终军请缨前去，汉武帝深受感动，擢为谏大夫。南越与汉和亲，终军又自请说："愿受长缨。必羁南越王而致之阙下。"于是派他去了，越王听从他的游说，举国内属。终军死时才二十多岁，所以世人称他为终童。⑩屈指：筹划。庙堂无失策：指朝廷策划指挥平定泽潞叛乱没有失误。⑪垂衣尧舜待升平：指平定这次叛乱后，天下太平，朝廷就可以无为而治了。垂衣，确定衣服的礼制以示天下，常用来称颂帝王无为而治。《易·系辞下》："黄帝尧舜，垂衣裳而天下治，盖取诸乾坤。"南朝陈徐陵《劝进元帝表》："无为称于华胥，至治表于垂衣。"⑫羽林东下雷霆怒：皇帝派遣的军队向东进发，气势浩大如同雷霆震怒。⑬楚甲南来组练明：前来汇合的诸道士兵披着明晃晃的铠甲，形容军队精锐。楚甲，楚国的士兵，泛指诸道士兵。组练，组甲和被练，后借指精锐部队。《左传·襄公三年》："邓廖帅组甲三百，被

练三千以侵吴 。"孔颖达疏引贾逵曰:"组甲,以组缀甲,车士服之;被练,帛也,以帛缀甲,步卒服之。"⑭即墨龙文光照曜:指战国时齐国将领田单使用火牛阵打败燕军的故事。即墨,古邑、古县名。在今山东平度东南,因靠近墨水而得名。田单被燕国军队包围在即墨,危急中,他聚集了城中的一千多头牛,给牛穿上红衣服,画上彩色的龙纹,牛角绑上兵器,又把浇了油的芦苇绑在牛尾上。点燃芦苇后,让牛从城墙上凿的洞里钻出去,后面跟着五千士兵。果然,牛被烧得灼热难耐,就向燕军怒冲而去,于是燕军大败,即墨解围。⑮常山蛇阵:古代的一种兵阵,能使阵首、尾、中互相接应。《晋书·桓温传》记载诸葛亮在鱼复浦的平沙上摆八阵图,把石头摆为八行,每行之间相距两丈。别人都不明白,只有桓温说:这就是常山蛇阵的摆法。⑯落雕都尉:指北齐名将斛律光。一次斛律光跟从世宗打猎,一箭射中大雕的脖子,大雕像车轮一样旋转而下,世宗见了,对他的壮气和武力大加称赞,一时传开,号落雕都尉。斛律光后来任大将军,身先士卒,百战百胜。又任丞相,封咸阳王。万人敌:一人能抵挡一万人,形容勇武。⑰黑矟将军:北魏于栗磾为河内镇将,武功超群,喜欢用黑矟即黑槊。刘裕即后来的宋武帝征伐后秦,想借道河内,给于栗磾写了一封信,信中题称"黑矟公麾下"。于栗磾把书信呈给了魏太宗,魏太宗当即授予他"黑矟将军"的称号。⑱渐见长围云欲合:军队逐渐地把城围上,像云朵从四面合围一样。《北齐书·安德王延宗传》:"周军围晋阳,望之如黑云四合。"⑲穷垒:军垒都被占领。带犹萦:城还守得住。《墨子·公输》载公输盘即鲁班为楚国制造了云梯,帮助楚王攻打宋国。墨子前来阻止,两人用带子和小木片假做城堡和器械对垒。公输盘用器械攻城的方法用尽了,墨子的守卫能力还绰绰有余。公输盘屈服了,不过他想把墨子杀掉,以为这样就可以攻城了。但墨子说:我已经把方法传给了弟子禽滑厘等三百人，他们正等着楚国进攻呢，杀了我也没用。楚王无奈，只好放弃了攻打宋国的念头。

[评析]

　　这是一首歌咏正义战争的诗篇，作于唐武宗会昌三年（843）冬。这一年的四月份，昭义节度使刘从谏卒，其侄刘稹抗拒朝廷。八月，朝廷征调河中、河阳等五道兵马征讨刘稹。诗人站在国家大义的立场上，痛斥叛军，歌颂君王英明、将士贤良、人民踊跃参军，充满信心地预言来春的胜利。"凯歌应是新年唱，便逐春风浩浩声"，果然，次年四月，叛军被平定。

寄浙东韩乂评事①

　　一笑五云溪上舟②，跳丸日月十经秋③。鬓衰酒减欲谁泥④，迹辱魂惭好自尤⑤。梦寐几回迷蛱蝶⑥，文章应广畔牢愁⑦。无穷尘土无聊事⑧，不得清言解不休⑨。

[注释]

　　① 韩乂：越中（今浙江绍兴）人，大和中入沈传师江西、宣州幕，与杜牧共事。后入越中幕。为人贞洁。评事：大理寺评事省称，掌出使推狱事，从八品下。此诗约作于会昌三年（843），杜牧在黄州刺史任上。② 五云溪：若耶溪的别名。溪在浙江绍兴南，北流入镜湖。唐徐浩到此说："曾子不居胜母之间，吾岂游若耶之溪？"遂改名五云溪。③ 跳丸：古代杂戏的一种，用手抛掷两个以上弹丸的杂技。这里比喻日月的运行，时间

过得很快。④泥：软求软磨。⑤迹辱：这里指功业无成。自尤：自怨自艾。⑥迷蛱蝶：用庄子典故，指超然物外。《庄子·齐物论》："昔者庄周梦为胡蝶，栩栩然胡蝶也，自喻适志与！不知周也。俄然觉，则蘧蘧然周也。不知周之梦为胡蝶与，胡蝶之梦为周与？"以此说明万物皆化，梦醒难分。主张通常的知识是不可靠的，在现实生活中的执着追求是不明智的。⑦畔牢愁：《楚辞》篇名，汉扬雄作，抒发离开君王，愁而无聊。后多用于逐臣怀念君王。武元衡《闻相公三兄小园置宴以元衡寓直》："位高天禄阁，词异畔牢愁。"⑧尘土：尘世烦扰。⑨清言：清谈。《世说新语·文学》："（王导）语殷（浩）曰：'身今日当与君共谈析理。'既共清言，遂达三更。"

[评析]

　　此诗约作于唐武宗会昌三年（843），杜牧在黄州刺史任上。大和十年（836）年，杜牧在淮南节度使幕任掌书记，曾与韩乂集会，距今已经近十年了。首联点明分别之后时光闪逝，倏忽十载，总领全篇。当年情形是"一笑五云溪上舟"，何等欢快；可如今呢？诗人处于偏远黄州，鬓发已白，心情不佳。诗歌表达了对黄州为官的不满，对友人的思念。"无穷尘土无聊事，不得清言解不休"，或者是对被排挤来黄州的怨愤，或者是借以表达对友人到来的渴望。总之，寄给友人话语里的光景是凄苦哀愁，不见一丝光鲜，这哪里像是一方行政长官的样子？

　　"畔牢愁"的典故，一方面写出了愁绪，另外一方面或者有某种接近王朝核心的愿望。

皇　风①

仁圣天子神且武②，内兴文教外披攘③。以德化人汉文帝④，侧身修道周宣王⑤。远蹊巢穴尽窒塞⑥，礼乐刑政皆弛张⑦。何当提笔侍巡狩⑧，前驱白旆吊河湟⑨。

[注释]

①皇风：王风，帝王的教化。汉班固《东都赋》："觐明堂，临辟雍；扬缉熙，宣皇风。"②仁圣：仁德圣明，称颂帝王的套话。《礼记·经解》："其在朝廷，则道仁圣礼义之序，燕处则听雅颂之音。"神且武：英明威武。③内兴文教：对内推行礼乐法度。外披攘：打败了外围构成威胁的势力。④汉文帝：名刘恒，公元前180年至公元前157年在位，汉高祖刘邦的第四个儿子，为人宽容平和，即位后励精图治，提倡节俭，废除肉刑，使百姓休养生息，安心生产，生活逐渐富裕起来，汉朝步入了强盛时期。⑤侧身修道：忧惧不安，践行兴国的思想。汉桓宽《盐铁论·救匮》："故公孙丞相、倪大夫侧身行道，分禄以养贤，卑己以下士。"周宣王：名姬静，暴君周厉王之子，西周第十一代君主，公元前827年至公元前782年在位。周宣王即位时周朝国势已衰，他力图有所作为，在政治上任用召穆公、尹吉甫、仲山甫等贤臣辅佐朝政，对外讨伐猃狁、西戎等，使西周出现了短暂的中兴局面。⑥远（háng）蹊：道路。汉张衡《西京赋》："结罝百里，远杜蹊塞。"窒塞：堵住，不通。⑦弛张：或放松或拉紧。⑧巡狩：天子出行。⑨白旆（pèi）：白色的旗帜。《诗经·商颂·长发》："武王载旆，

有虔秉钺。"吊：征伐。河湟：西戎之地，在今甘肃、青海湟水和黄河流域。

[评析]

　　这是一首颂歌。唐武宗会昌四年（844），吐蕃内乱，朝廷以刘蒙为巡边使，准备收复河湟。杜牧知道消息后，大为振奋。诗人将唐武宗比作促使中兴局面出现的周宣王、汉代明君汉文帝，抒发了渴望中兴的迫切愿望。在这种热望中，诗人由衷地产生"何当提笔侍巡狩"，到前线建功立业的念头。

即事黄州作

　　因思上党三年战①，闲咏周公七月诗②。竹帛未闻书死节③，丹青空见画灵旗④。萧条井邑如鱼尾⑤，早晚干戈识虎皮⑥。莫笑一麾东下计⑦，满江秋浪碧参差。

[注释]

　　①上党：唐代泽潞观察使治所，今山西长治一带。三年战：唐武宗会昌三年(843)四月，昭义节度使刘从谏卒，他的侄子刘稹发动叛乱，朝廷派兵征讨，次年平定。②周公七月诗：周公即姬旦，武王伐纣之后，实行分封制，将原来的商代遗民和上古圣族苗裔伏羲、神农和夏禹的后裔都分封为诸侯，谁料武王死后不久，便发生了史上有名的"管蔡之乱"，这些诸侯勾结造反，企图复兴商朝，幸亏周公大力维持，平定了叛乱。古代有《诗经·豳风·七月》是周公鉴于管蔡之乱，陈述先王风化而作

的说法，但是从《七月》的内容来看，不太可信。③竹帛：竹简和白绢。死节：守节而死。④灵旗：战旗。⑤鱼尾：《诗经·周南·汝坟》："鲂鱼赪尾，王室如毁。"鱼的体力过分消耗则尾巴发红，比喻百姓被虐政折磨。⑥早晚干戈识虎皮：意思是早晚会太平。周武王灭商之后，为了表示不再征战，把武器用虎皮包起来，将帅们都封侯。⑦一麾东下：指出任黄州刺史。

[评析]

唐武宗会昌四年（844），杜牧在黄州刺史任上，感于上党战事，写此诗，表达了对藩镇割据的担忧，人民为战争所困的窘迫，以及平叛必胜的信心。写自己出任黄州刺史用"一麾东下"，颇有些自嘲的意味。

池州送孟迟先辈①

昔子来陵阳②，时当苦炎热。我虽在金台③，头角长垂折④。奉披尘意惊⑤，立语平生豁⑥。寺楼最骞轩⑦，坐送飞鸟没⑧。一樽中夜酒⑨，半破前峰月⑩。烟院松飘萧⑪，风廊竹交戛⑫。时步郭西南⑬，缭径苔圆折⑭。好鸟响丁丁⑮，小溪光汃汃⑯。篱落见娉婷⑰，机丝弄哑轧⑱。烟湿树姿娇，雨余山态活⑲。仲秋往历阳⑳，同上牛矶歇㉑。大江吞天去㉒，一练横坤抹㉓。千帆美满风，晓日殷鲜血。历阳裴太守㉔，襟韵苦超越㉕。鞞鼓画麒麟㉖，看君击狂节㉗。离袖飐应劳㉘，恨粉啼还咽㉙。明年忝谏官㉚，绿树秦川阔㉛。子提健笔来㉜，势若夸父渴㉝。九衢林马挝㉞，千门织车辙㉟。秦台破心胆㊱,黪阵惊毛发㊲。子既屈一鸣㊳,余固宜三刖㊴。慵忱长者来㊵,病怯长街喝㊶。僧炉风雪夜,相对眠一褐㊷。暖灰重拥瓶㊸,晓粥还分钵。青云马生角㊹,黄州使持节㊺。秦岭望樊川㊻,祇得回头别。商山四皓祠,心与挎蒱说㊼。大泽兼葭风㊽,孤城狐兔窟㊾。且复考诗书㊿,无因见管笏○51。古训屹如山○52,古风冷刮骨。周鼎列瓶罂○53,荆璧横抛掇○54。力尽不可取,忽忽狂歌发○55。三年未为苦,两郡非不达○56。秋浦倚吴江○57,去楫飞青鹢○58。溪山好画图,洞壑深闺闼○59。竹冈森羽林○60,花坞团宫缬○61。景物非不佳,独坐如韝绁○62。丹鹊东飞来,喃喃送君札○63。呼儿旋供衫○64,走门空踏袜○65。手把一枝物,桂花香带雪。喜极至无言,笑余翻不悦○66。人生直作百岁翁○67,亦是万古一瞬中。我欲东召龙伯翁○68,上天揭取北斗柄○69。蓬莱顶上斡海水○70,水尽到底看海空。月于何处去?日于何处来?跳丸相趁走不住○71,尧舜禹汤文武周孔皆为灰○72。酌此一杯酒,与君狂且歌○73。离别岂足更关意○74,衰老相随可奈何!

[注释]

① 池州:唐代州名,治所在今安徽池州。孟迟:字迟之,山东平昌人,进士出身,曾任浙西掌书记、淮南节度幕掌书记。② 陵阳:安徽宣城有陵阳山,东临宛、句二溪,北与敬亭山对峙,《列仙传》记载陵阳子明成仙后隐居在这里,故名。这里用陵阳代指宣城。③ 金台:黄金台,又称燕台。《史记·燕召公世家》记载战国时燕昭王延请天下贤士,采纳郭隗的建议,为郭隗修筑了金玉装饰的台,以示自己招贤和敬贤之心。④ 头角长垂折:比喻不得志,受挫折。《汉书·朱云传》:"五鹿岳岳,朱云折其角。"⑤ 奉披:有幸听您陈说。披,陈述。南朝宋谢灵运《酬从弟惠连》:"末路值令

弟,开颜披心胸。"尘意:世俗的想法。⑥立语:言论,见解。汉王充《论衡·薄葬篇》:"陆贾依儒家而说,故其立语,不肯明处。"豁:豁然开朗的样子。⑦骞轩:楼角的飞檐像鸟高飞时的羽翼。骞,通"鶱",飞起的意思。唐柳宗元《观八骏图说》:"观其状甚怪,咸若骞若翔,若龙凤麒麟,若螳螂然。"⑧没:消失,看不见。⑨中夜:半夜。魏曹植《美女行》:"盛年处房室,中夜起长叹。"⑩半破:半月。⑪烟院:雾气笼罩的寺院。飘萧:风吹的声音。⑫风廊:通风的穿廊。唐韩愈《送侯参谋赴河中幕》:"雪径抵樵叟,风廊折谈僧。"交戛:风吹竹林,竹子摇曳撞击发出的声音。⑬步:走,散步。 郭:外城。⑭缭径:迂回盘曲的小路。苔圆折:路上的圆润的苔藓也随着路形曲曲折折地延伸。⑮好鸟响丁丁:美丽的鸟儿在叫。《诗经·小雅·伐木》:"伐木丁丁,鸟鸣嘤嘤。出自幽谷,迁于乔木。嘤其鸣矣,求其友声。"⑯汃(pà)汃:水光闪动的样子。⑰篱落:用竹木编成的栅栏。娉婷:美好的姿态,指代美女。⑱机丝弄哑轧:在弄织布机上的纱线,发出咿呀咿呀的声音。⑲雨余:雨水充足。⑳历阳:和州治所,今安徽和县。㉑牛矶:牛渚矶,也称采石矶,在宣州当涂(今安徽马鞍山),是古代沟通大江南北的重要渡口,相传大诗人李白在这里捉月溺水。㉒吞天:形容长江浪高,汹涌澎湃。㉓一练横坤抹:像在大地上横抹的一条白练。练,白色的熟绢。南朝齐谢朓《晚登三山还望京邑》:"余霞散成绮,澄江静如练。"㉔裴太守:杜牧的姐夫和州刺史裴俦。㉕襟韵:襟怀风度。苦:非常,超越。脱俗。㉖鞔(mán)鼓:把皮革绷紧钉在鼓框上做鼓面。画麒麟:鼓面上画着麒麟。㉗击狂节:快节奏敲鼓。㉘飐(zhǎn):挥动,摇动。㉙恨粉:代指歌女。㉚明年:第二年。杜牧开成三年(838)冬被任命为左补阙,四年春赴任。㉛秦川:泛指陕甘两省内秦岭以北的平原,原属于秦国,故称秦川。㉜健笔:雄健的笔,指出众的文采。㉝夸父:上古神话中一个善良而善于奔跑的人物，与太阳竞走，渴死。《山海经·海外北经》："夸父与日逐走，入日。渴，欲得饮，饮于河渭；河渭不足，北饮大泽。未至，道渴而死。弃其杖，化为邓林。"㉞九衢（qú）：四通八达的道路。马挝（zhuā）：赶马的马筴，马鞭子。㉟织车辙：车辙印迹如织，形容来往车多。㊱秦台破心胆：秦宫中有可以照见五脏的镜子。《西京杂记》卷三记载，汉高祖刘邦进入咸阳秦宫城，看见宫中有方镜，镜中的人影是倒着的，用手捂着心口来照，就可以看见五脏，由此知道人的病症在哪里。如果女子有邪心，镜子就能照出来。秦始皇经常用这面镜子来照宫人，发现有不良之心的就杀掉。㊲黥阵惊毛发：汉代的黥布擅长行军列阵，《史记·黥布列传》记载刘邦有一次去巡视，看到黥布列阵好似项羽用的阵形，心里很不喜欢。㊳一鸣：一鸣惊人。《史记·滑稽列传》记载春秋时，楚庄王即位三年，仍整天打猎喝酒不作为，大臣伍举进谏说：我有个谜请大王猜一猜。庄王说：你说吧。伍举说：楚国有一只身披五彩的大鸟，可是一停三年，不飞也不叫，这是什么鸟？楚庄王顿时领悟，说：这不是一般的鸟，这种鸟不飞则已，一飞就要冲天；不鸣则已，一鸣就会惊人。㊴三刖：遭受三次砍脚的刑罚。《韩非子·和氏》记载，春秋楚国人卞和在荆山上砍柴，偶尔得一块璞玉，先后献于楚厉王、楚武王，不但没有被赏识，反而被楚厉王、楚武王以欺诈罪名下令砍去左右脚，后他抱着璞玉在荆山下哭泣，楚文王得知，命匠人琢磨，成为举世闻名的和氏璧。㊵慵忧：慵懒忧愁。长者：显贵的人。㊶病怯：因为生病虚弱而怯懦不敢。㊷褐：粗布缝的被子。㊸瓶：火盆。㊹青云：仕途顺畅，官位高显。《史记·范雎蔡泽列传》记载，须贾到了秦国丞相府，发现丞相竟然是当初差点儿被他害死的范雎时，"顿首言死罪，曰：'贾不意君能自致于青云之上'"。马生角：马的头上长角，比喻不可能发生的事情。汉王充《论衡·感虚篇》："传书言：

‘燕太子丹朝于秦，不得去，从秦王求归。秦王执留之，与之誓曰：“使日再中，天雨粟，令乌白头，马生角，厨门木象生肉足，乃得当。”当此之时，天地祐之，日为再中，天雨粟，乌白头，马生角，厨门木象生肉足。秦王以为圣，乃归之。’” ㊺ 黄州使持节：会昌二年（842）杜牧出为黄州刺史。㊻ 樊川：在长安城南，汉代樊哙食邑在此，因而得名。㊼ 摴（chū）蒱（pú）：古代一种赌博游戏。汉代时已经产生了，到了晋代尤其盛行。就是掷色子决胜负，定输赢。魏曹丕《艳歌何尝行》：“但当在王侯殿上，快独摴蒱、六博，对坐弹棋。”㊽ 大泽：云梦泽。蒹葭：芦苇。㊾ 孤城狐兔窟：指黄州荒凉，狐狸和兔子在城中出没。㊿ 诗书：《诗经》和《尚书》。(51) 簪笏：古代官员在冠上簪笔以备书写用。簪笏代指在朝中做官。笏，上朝时所拿的手板，上面简要记事以备忘。(52) 古训屹如山：古代的典则像山一样庄严地屹立在那里。古训，前代遗留的典范。《诗经·大雅·烝民》：“古训是式，威仪是力。”(53) 罂（yīng）：大肚小口的陶制或木制容器。(54) 荆璧：和氏璧。横：粗暴，蛮横。抛撒（sà）：扔掉，抛散。(55) 忽忽：恍恍惚惚，失意的样子。(56) 三年未为苦，两郡非不达：杜牧从会昌二年（842）到四年（844）为黄州刺史，后转池州刺史。刺史在当时已是高官，可谓仕途显达。(57) 秋浦：池州的属县。倚：靠近。(58) 去楫：远去的船只。青鹘：斑鸠。这里指船头刻的斑鸠图案。(59) 洞壑深闺闼（tà）：洞壑幽深如同闺房。(60) 竹冈森羽林：冈上的竹子森然排列犹如羽林军。(61) 花坞团宫缬：花圃里的花朵好像一簇簇轻纱做的宫花一样。(62) 韝（gōu）绁（xiè）：用来束缚的东西。韝，臂套。绁，绳子。(63) 喃喃：鸟鸣声。(64) 旋：立即。(65) 走门空踏袜：出门只穿袜子，忘记穿鞋。(66) 翻：反而。(67) 直：就是，即使。(68) 龙伯翁：神话中巨人国的国民。巨人国又称龙伯国。《列子·汤问》记载，龙伯国有个巨人几步就到达了东海五仙山，用竹竿钓走了驮山的五个巨鳌，烧灼龟甲用来占卜，其中两座仙山因此沉没。天帝大怒，逐步削减龙伯国的国土，也使龙伯国的人逐渐变小。但到了伏羲、神农氏的时代，龙伯国人还身高几十丈。⑥揭：拿，持。⑦斡：回旋，旋转。南朝宋谢惠连《七月七日夜咏牛女》："倾河易回斡，款颜难久惊。"⑦跳丸：两手快速抛接若干圆球的游戏，这里比喻时光飞逝。相趁：跟随，相伴。⑦尧舜禹汤文武周孔皆为灰：像尧、舜、禹、商汤、周文王、周武王、周公、孔子这样的古代圣贤也都不在了。⑦狂且歌：纵情饮酒，放声高歌。⑦关意：放在心上。南朝梁萧统《七契》："鹄盖龙旗，初不关意。"

[评析]

  唐武宗会昌四年（844）秋，杜牧由黄州刺史转任池州刺史。好友进京应试，诗人赋诗赠别。此诗叙议结合，叙述数年来二人的友谊，自己数年为宦的经历，二人初识的喜悦、中间的分合、相聚的欢欣，全诗跌宕起伏，昂扬奋发，极少萧瑟凄凉的话别氛围，是考察杜牧这几年经历与思想的重要篇章。叙述过往场景，如山寺游赏、深夜酌酒、漫步溪畔、僧炉听雪，湖光山色，栩栩如生，形象传神，情感饱满酣畅。"手把一枝物，桂花香带雪。喜极至无言，笑余翻不悦。"写出好友相见后的复杂情感，刻画心灵曲尽其妙。东召龙伯，折北斗取水，想象奇特，骇人耳目。

秋浦途中

  萧萧山路穷秋雨①，淅淅溪风一岸蒲②。为问寒沙新到雁③，来时还下杜陵无？

[注释]

① 萧萧：雨点落下的声音。穷秋：晚秋。② 浙浙：形容风的声音。③ 寒沙：寒冷季节的沙滩。 南朝梁丘迟《旦发鱼浦潭》："森森荒树齐，析析寒沙涨。"

[评析]

唐文宗会昌四年（844）九月，杜牧由黄州赴池州刺史任，途经秋浦作此诗。（曹中孚《杜牧诗文编年补遗》）诗歌描绘出一幅风雨凄迷的深秋行旅图景，而秋天正是易于引发乡愁的季节，景色描绘中流露出浓郁的乡愁。自己远离家乡，无从了解故里近况，只好向溪边大雁讨教，真是一个情痴，真挚感人。曾季狸说："予尝从东湖舟中，见诵杜牧之'为问寒沙新到雁，来时曾下杜陵无'之句，及诵'欲把一麾江海去，乐游原上望昭陵'，诵咏久之。"（《艇斋诗话》）

重 送

手撚金仆姑①，腰悬玉辘轳②。爬头峰北正好去③，系取可汗钳作奴④。六宫虽念相如赋⑤，其那防边重武夫⑥！

[注释]

① 撚：拿着。金仆姑：箭名。《左传·庄公十一年》："乘丘之役，公以金仆姑射南宫长万。"② 玉辘轳：用玉装饰剑首的宝剑，玉呈辘轳形，故名。③ 爬头峰：又名把头峰，在山西朔州。④ 系取：捉住绑起来。钳

作奴：在脖子上套铁圈做奴隶。⑤六宫虽念相如赋：汉武帝时，皇后陈阿娇因为妒忌失宠，在长门宫独居。听说司马相如文采好，就派人带着百斤黄金去请司马相如作赋，这就是《长门赋》。《长门赋》情词凄婉，感动了汉武帝，于是陈阿娇再次获宠。⑥其那：怎奈，无奈。重武夫：重用武臣。

[评析]

此诗为重送孟迟之作，有人以为与前作写于同时。但是从诗意来看，此诗的尚武思想与友人进京应考情景不符，恐怕所论不当。诗歌以错落有致的句法，刻画出边塞壮士豪放飒爽的形象，表现出对守疆土保国家的崇尚。

题齐安城楼①

鸣轧江楼角一声②，微阳潋潋落寒汀③。不用凭栏苦回首，故乡七十五长亭④。

[注释]

①齐安：黄州。②鸣轧：号角的声音。③微阳：微弱的阳光。潋潋：水波荡漾的样子。寒汀：清寒冷寂的小洲。④故乡七十五长亭：杜牧的家乡距离黄州两千二百多里，古代三十里置一个驿站，驿站有亭，供过路人休息，这样两地之间约有七十五座驿站。

[评析]

唐武宗会昌二年（842）至四年（844），杜牧在黄州任刺史，此诗作于这几年间,为一次黄昏登临黄州城楼时所写,抒发了浓郁的思乡愁绪。黄昏的江面传来凄厉的号角声,夕阳缓缓下沉,江面上似乎有一丝寒意。远离家乡的人常常登高望远,这里诗人却说不用远眺故乡。因为从故乡到黄州的道路里程、所有驿站自己都记得清清楚楚。所谓不须回首,是因为回首次数太多的缘故啊!

送刘秀才归江陵①

彩服鲜华觐渚宫②,鲈鱼新熟别江东③。刘郎浦夜侵船月④,宋玉亭春弄袖风⑤。落落精神终有立⑥,飘飘才思杳无穷⑦。谁人世上为金口⑧,借取明时一荐雄⑨?

[注释]

① 刘秀才:唐宋间凡应举者皆称秀才,据陶敏《樊川诗人名笺补》,刘秀才为刘轺。江陵:今湖北荆州,古称江陵。② 彩服:指孝养父母。《艺文类聚》卷二十引《列女传》:"昔楚老莱子孝养二亲,行年七十,婴儿自娱,常着五色斑斓衣,为亲取饮。"觐:觐省,拜见双亲。渚宫:春秋楚国宫名,故址在今湖北荆州。《左传·文公十年》:"(子西)沿汉溯江,将入郢。王在渚宫,下,见之。"③ 鲈鱼:用张翰返乡典故,指秋风起时回荆州。张翰,字季鹰,西晋吴郡人。据《晋书》本传,张翰在洛阳为官,见西风起,"乃思吴中菰菜、鲈鱼,曰:'人生贵在适志,何能羁宦数千里以要名爵乎?'遂命驾而归"。④ 刘郎浦:在江陵府石首(今属湖北),因刘备屯兵纳婚闻名。⑤ 宋玉亭:江陵城北三里宋玉故宅。⑥ 落落:高超,卓越。庾信《谢

赵王示新诗启》：" 落落词高，飘飘意远。" ⑦ 飘飘：形容思想、意趣高远。曹植《七启》：" 志飘飘焉，峣峣焉，似若狭六合而隘九州岛。" 庾信《谢赵王示新诗启》：" 落落词高，飘飘意远。文异水而涌泉，笔非秋而垂露。" 杳：远。⑧ 金口：对他人之口或言语的敬称。萧统《七契》：" 鄙人固陋，自潜幽薮，必柱话言，敬聆金口。" ⑨ 荐雄：用汉扬雄受到荐举的典故，希望有人向朝廷推荐刘秀才。扬雄《甘泉赋》：" 孝成帝时，客有荐雄文似相如者。上方郊祀甘泉，泰畤汾阴后土，以求继嗣，召雄待诏承明之庭。"

[评析]

此诗写于会昌五年（845），诗人在池州刺史任上。刘秀才曾在池州为杜牧座上宾，这次返乡，杜牧写诗赠别，这不仅是赠别诗，而且也是一首推荐诗。赠行一般都是面带愁容，而刘秀才此行却是花团锦簇，光鲜照人，一派春风得意。诗人运用典故，表明此行是看望双亲，从而突出了刘秀才的孝行，可见其品质高尚。不仅如此，诗人赞颂刘秀才才思过人，表达了期盼有人推荐的意思。

赠张祜①

诗韵一逢君②，平生称所闻③。粉毫唯画月④，琼尺只裁云⑤。黥阵人人慑⑥，秋星历历分⑦。数篇留别我，羞杀李将军⑧。

[注释]

① 张祜（约785~约852）：字承吉，邢台清河（一说山东德州）人，

唐代著名诗人。②诗韵：诗歌的韵律节奏。③平生称所闻：作诗的水平和名气相符。④粉毫：用来作画的毛笔。⑤琼尺：玉制的尺子，比喻高才。裁云：裁剪行云，比喻作诗技艺精巧。⑥黥阵：汉代的英布因犯罪被处以黥刑，他说据相面的人所说他受了黥刑之后当称王。大家都笑他，称他为黥布。黥布最初在项羽一方，是五大将之一，后来归属刘邦，与韩信、彭越并称汉初三大将，封淮南王。黥布以行军布阵著名。⑦秋星：秋天的星辰。唐杨炯《庭菊赋》："秋星下照，金气上腾。"历历：清晰的样子。《古诗十九首·明月皎夜光》："玉衡指孟冬，众星何历历。"⑧李将军：西汉名将李广的孙子李陵出征匈奴，率五千步兵与数万匈奴鏖战，最后因寡不敌众，没有后援，兵败投降。汉朝使者误传李陵为匈奴练兵攻汉，汉武帝大怒，杀了李陵的母亲和妻儿，致使李陵彻底放弃了重回汉朝的想法。苏武和李陵曾同为侍中，苏武出使匈奴被扣留，李陵多次去劝降，苏武都不肯屈服。汉昭帝即位，苏武被汉臣接回，李陵与他大哭道别，作《与苏武三首》，是历史上送别的名篇。

[评析]

唐武宗会昌五年（845），杜牧为池州刺史时，张祜来访，二人重阳登高，分别后互相寄送诗歌。这是其中一首。诗人运用绘画艺术和拟人、比喻、典故等手法，赞颂了张祜才华过人，抒写了自己阅读其诗歌后的感受，自叹不如，由衷敬佩。"粉毫唯画月，琼尺只裁云"，前句赞美其诗歌生动鲜活，后句称赞其才思过人，生动形象地写出了其诗歌艺术水准的高超。

酬张祜处士见寄长句四韵

七子论诗谁似公①？曹刘须在指挥中②。荐衡昔日知文举③，乞火无人作蒯通④。北极楼台长挂梦⑤，西江波浪远吞空⑥。可怜故国三千里⑦，虚唱歌辞满六宫⑧。

[注释]

① 七子论诗：汉献帝建安年间，孔融、陈琳、王粲、徐干、阮瑀、应玚、刘桢七人的诗歌文采出众，并称建安七子。② 曹刘：建安诗人曹植和刘桢的并称，见南朝梁刘勰《文心雕龙·比兴》："至于扬班之伦，曹刘以下，图状山川，影写云物。"指挥：指点。意思是张祜的诗才在曹植和刘桢之上。③ 荐衡昔日知文举：文举是孔融的字，孔融赏识祢衡的文采，和他结了忘年交，还多次上书向曹操推荐祢衡。这里指张祜曾被令狐楚荐举，可惜没有成功出仕。④ 乞火：指推荐，用蒯通向曹参推荐梁石君的典故，见《汉书·蒯通传》，据《汉书》本传记载，有人求蒯通向曹参推荐两名士，蒯通讲了一个"乞火"的故事表示自己愿意帮忙。故事说有位妇人与同村的一位老妇人要好，一天，妇人家丢了一块肉，其婆婆认定是她偷吃的，就把她赶出家门。妇人向老妇人告辞，老妇人叫她不要远去。老妇人拿着一把乱麻到妇人家去借火，说她家的狗偷来一块肉，它们互相争肉时，其中的一只被咬死了，要借火回去煮狗肉。妇人的婆婆听说后，就派人把妇人叫了回来。后来两个隐士在蒯通的努力下都得到了曹参的重用。⑤ 北极楼台：北极星，这里指朝廷。挂梦：在梦中牵挂。⑥ 西江：长江。⑦ 故国

三千里：张祜《宫词》："故国三千里，深宫二十年。"⑧虚唱歌辞满六宫：张祜所作的《宫词》在后宫传唱流行，自身却没有受到赏识。

[评析]

　　唐武宗会昌五年（845），杜牧在池州刺史任上，诗人张祜来访，二人不时唱和，九月九日同登齐山。此诗大概作于本年。诗歌赞颂了张祜富于文采，慨叹他虽然心怀报国之心，纵然诗歌宫中传颂，却无人赏识功名无由。"北极楼台长挂梦，西江波浪远吞空"，通过景物描写写出友人的心迹和现状，写得凄凉悲壮。而宫中传唱其诗句与其郁郁不得志，也是一个强烈的反差与对比。诗歌将人才埋没写得淋漓悲壮，让人唏嘘慨叹。

九日齐山登高①

　　江涵秋影雁初飞，与客携壶上翠微②。尘世难逢开口笑③，菊花须插满头归④。但将酩酊酬佳节⑤，不用登临恨落晖。古往今来只如此，牛山何必独沾衣⑥。

[注释]

　　①齐山：在今安徽池州市内，因为相连的十多座山峰高度都差不多，所以称为齐山。②翠微：浅翠色的山色。③尘世难逢开口笑：世俗生活中，开口笑的日子很少。《庄子·盗跖》："人上寿百岁，中寿八十，下寿六十，除病瘦死丧忧患，其中开口而笑者，一月之中，不过四五日而已矣！"④菊花：古代九月九日重阳节有头上插菊花的习俗。⑤酩酊：大

醉的样子。⑥牛山何必独沾衣:齐景公游牛山,北望国都流着泪说:真美啊!我为什么还会离开它去死呢?史孔和梁丘据也跟着垂泪,晏子却在旁边发笑。景公问他为何发笑,晏子回答说:要是贤明的君主能长久拥有自己的国家,那么太公、桓公就会长久地拥有了;要是勇敢的君主能长久地拥有自己的国家,那么庄公、灵公就会长久地拥有了。是他们相继成为国君,又相继死去,才轮到您,您却为此流泪,这是不仁义的。我看到了一个不仁义的君主,又看到了两个阿谀奉承的大臣,所以发笑。景公惭愧,举杯自罚。

[评析]

　　唐武宗会昌五年(845)九月九日,杜牧在池州刺史任上,与张祜登齐山,作此诗。重阳节是家人团聚的一个节日,也是客居他乡的游子思乡销魂的日子。诗歌描景咏史,怀古抒情,叙事议论,融合无间,抒写了与诗人张祜登高豪饮、菊花满头的豪迈,表现了诗人以旷达的态度来化解人生烦忧。起句"江涵秋影雁初飞,与客携壶上翠微"写提酒登高俯仰秋色,清新超妙。

登池州九峰楼寄张祜①

　　百感中来不自由②,角声孤起夕阳楼。碧山终日思无尽,芳草何年恨即休?睫在眼前长不见③,道非身外更何求④。谁人得似张公子⑤,千首诗轻万户侯⑥。

[注释]

①九峰楼：在安徽池州，又名九华楼。②百感中来：复杂的感情从心中涌来。曹操《短歌行》："忧从中来，不可断绝。"③睫在眼前长不见：只看到别人的过失，而看不到自己的缺点。《史记·越王勾践世家》：齐国使者对越王说："幸也越之不亡也！吾不贵其用智之如目，见毫毛而不见其睫也。"唐代范摅《云溪友议》载白居易任杭州刺史的时候，张祜和徐凝都到杭州去请白居易荐举自己考进士。白居易当场让两人作诗，觉得徐凝作的诗更好，就推荐徐凝。张祜不服回了老家，徐凝也没去应试，两人都一辈子没再考。④道非身外：道德修养不是外在的东西。⑤张公子：张祜。⑥万户侯：食邑万户之侯，这里泛指高官。《战国策·齐策四》："有能得齐王头者，封万户侯。"

[评析]

唐武宗会昌五年（845），杜牧在池州刺史任上，秋九月与张祜登齐山，别后作此诗，表达了重九登高后的无尽愁绪和对友人的思念，赞颂了张祜的才华与洒脱不羁的个性。"碧山终日思无尽，芳草何年恨即休"，形象传神，前一句写自己的情态，后一句将愁思比作芳草。"睫在眼前长不见"，形象地揭示了世人只盯着别人的缺点，也有人以为暗含着对白居易不识人才的讥讽；"道非身外更何求"，则是个人修养的一种化境。

残春独来南亭因寄张祜

暖云如粉草如茵①，独步长堤不见人②。一岭桃花红锦黻③，半溪山水碧罗新。高枝百舌犹欺鸟④，带叶梨花独送春。仲蔚欲知何处在⑤，苦吟林下拂诗尘。

[注释]

①暧云：春天的云气。唐罗隐《寄渭北徐从事》："暧云慵堕柳垂枝，骢马徐郎过渭桥。"粉：化妆用的香粉。茵：用来铺垫的褥子、毯子之类的东西。②独步：独自行走。③靥（yè）：色泽变暗，变坏，形容春末桃花凋落，颜色像红锦发霉出现污点一样。④百舌：百舌鸟，能效仿多种鸟的叫声，所以称百舌。此鸟立春后每日欢叫，而夏至以后就不爱出声了。⑤仲蔚：汉代隐士张仲蔚，博学多才，喜欢写诗赋，但很少和人交往，居住的地方长满了蓬蒿，蓬蒿的高度能没过人。

[评析]

此诗写于唐武宗会昌六年（846）三月，时杜牧为池州刺史。这是一首优美的写景诗，也是情感真挚的抒情诗。残春是春天将要凋敝的时节，是文人伤春哀叹的时节，诗中景色却山明水秀，明丽如画，鸟语花香，生机勃勃，如此美景中，诗人却感到一丝愁绪而苦吟诗篇。这悲愁，不是因春天将逝而哀愁，而是因为朋友的缺席。诗歌表达了对友人的怀念之情。形容春云为"暧云如粉"，"粉"字新奇、祥瑞，有喜庆气氛。

春末题池州弄水亭①

使君四十四②，两佩左铜鱼③。为吏非循吏④，论书读底书⑤？晚花红艳静⑥，高树绿阴初。亭宇清无比⑦，溪山画不如。嘉宾能啸咏⑧，宫妓巧妆梳。逐日愁皆碎⑨，随时醉有余。偃须求五鼎⑩，陶只爱吾庐⑪。趣向人皆异，贤豪莫笑渠⑫。

[注释]

①弄水亭：杜牧所建，在池州城通远门外，因李白《秋浦歌》其二中有"饮弄水中月"之句，杜牧极其赏爱，所以命名弄水。历代文人多有题咏，如宋陈舜俞《弄水亭》："未识贵池好，尝闻弄水名。白鸟鉴中立，画船天上行。"②使君：唐代州郡的长官称刺史，汉代时称刺史为使君。写此诗时杜牧在任池州刺史。③两佩左铜鱼：唐时期刺史持铜鱼的一半作为符信，杜牧此时已经任黄州、池州两任刺史，故有此句。④非循吏：不是守法循理的官吏，这里是自谦。汉司马迁《史记·太史公自序》："奉法循理之吏，不伐功矜能，百姓无称，亦无过行。作《循吏列传》第五十九。"⑤底：什么。⑥晚花：暮春之花。⑦亭宇：泛指亭台楼阁，这里特指弄水亭。⑧啸咏：歌咏。唐李白《夏日奉陪司马武公与群贤宴姑孰亭序》："司马武公长材博古，独映方外，因据胡床，岸帻啸咏。"⑨逐日：天天，连日。唐白居易《首夏》："料钱随月用，生计逐日营。"⑩偃须求五鼎：西汉武帝时期的大臣主父偃，年少时贫穷无以为生，多方游历都没有得到赏识，但是他仍然不放弃对建功立业的执着追求，上书给武帝。得到武帝赏识，授予郎中一职，后来让他担任了齐相。主父偃曾表达自己的志向说："丈夫生不五鼎食，死则五鼎烹耳。"五鼎，古代举行祭礼时，大夫用五个鼎盛供品。⑪陶：东晋诗人陶渊明，不为五斗米折腰，退隐乡里。他的诗《读山海经》有"众鸟欣有托,吾亦爱吾庐"句。⑫贤豪：贤士豪杰。汉司马迁《史记·刺客列传》："荆轲虽游于酒人乎，然其为人沈深好书；其所游诸侯，尽与其贤豪长者相结。"渠：他。

[评析]

唐武宗会昌六年（846），诗人44岁，为池州刺史。诗人虽然对自己的仕宦有所不满，"为吏非循吏"，但已经历经岁月磨砺，转而在流连山水中忘怀荣辱得失，晚花红艳，高树横阴，给人愉悦。在这种生活情况下，诗人对于陶渊明的选择有了更深切的体会。不过，在徜徉山水中，诗人最终也没有忘记尘世荣耀，不时陷入困惑中，所以说自己"愁皆碎"。旷达倜傥的表象后面，是诗人对社会人生的炽热的关切。

新定途中

无端偶效张文纪①，下杜乡园别五秋②。重过江南更千里，万山深处一孤舟③。

[注释]

①张文纪：即汉代大臣张纲，敢于弹劾权贵，被外戚梁冀等排挤出京，任扬州太守。②下杜：在杜牧的家乡杜陵附近。五秋：杜牧于唐武宗会昌二年（842）春离长安出守黄州，至会昌六年（846）恰为五秋。③万山：这里指睦州多山。杜牧《祭周相公文》："更迁桐庐，东下京江，南走千里。曲屈越嶂，如入洞穴。惊涛触舟，几至倾没。万山环合，才千余家。夜有哭鸟，昼有毒雾。病无与医，饥不兼食。"

[评析]

杜牧于唐武宗会昌六年（846）九月自池州刺史转任睦州刺史，赴睦州刺史任途中作此诗。杜牧于唐文宗开成四年（839）至唐武宗会昌元年（841）在京师任左补阙、史馆修撰，因敢于直言于会昌二年（842）出为黄州刺史，谁料到五年后又要到更荒凉偏远的地方任职。诗歌抒发了这种失意与愁绪以及思乡之情。首句用典故含蓄点明自己外放是因为直言，说是"无端偶效"，其实是天性使然。"重过江南更千里"，表明离开家乡越远，乡愁越浓；"万山深处一孤舟"，写出了自己的孤苦无依和行途劳顿。

泊秦淮①

烟笼寒水月笼沙②，夜泊秦淮近酒家。商女不知亡国恨③，隔江犹唱后庭花④。

[注释]

① 秦淮：南京秦淮河。据说秦始皇东游，有方士对他说南京五百年后有天子气，凿山可以断掉龙脉，所以秦始皇下令把南京的古称金陵改为秣陵，把方山凿开，让淮水向西流入长江，故名秦淮。② 笼：笼罩。③ 商女：歌女。④ 后庭花：后庭花是鸡冠花的一种。陈后主陈叔宝沉迷酒色，终日游乐，作有《玉树后庭花》诗："丽宇芳林对高阁，新装艳质本倾城。映户凝娇乍不进，出帷含态笑相迎。妖姬脸似花含露，玉树流光照后庭。"还有一首《玉树后庭花》词，词中有句"玉树后庭花，花开不复久"，被视为亡国之音。

[评析]

唐武宗会昌六年（846）九月，杜牧罢池州刺史，转任睦州刺史。赴任途中，夜泊金陵秦淮河，作此诗。这是一首写景名篇，也是咏史佳构。开篇用互文见义的手法，连用两个"笼"字，展示月色清寒、轻雾笼罩的境界，将人带入一个轻柔朦胧而略带醉意的氛围。随着船的接近，酒店内飘来的歌曲竟然是《玉树后庭花》，这让诗人一下子打了一个激灵。陈后主身辱国亡不是与此曲有关吗？如今，在这弥散着雾气的江面上，飘荡的竟然是这首亡国之音！历史真会捉弄人。当然，眼前歌女未必会联想到陈后主的亡国之恨。诗人在烟雾迷蒙中，总结着历史的经验教训，似乎在向人们提醒着什么。

登九峰楼①

晴江滟滟含浅沙②，高低绕郭滞秋花③。牛歌鱼笛山月上④，鹭渚鹫梁溪日斜⑤。为郡异乡徒泥酒⑥，杜陵芳草岂无家。白头搔杀倚柱遍，归棹何时闻轧鸦⑦？

[注释]

①九峰楼：在池州。②滟滟：水光摇动的样子。③绕郭：环绕着外城。滞：遗留。秋花：秋天盛开的花朵。④牛歌：放牛人唱的歌。鱼笛：捕鱼人吹笛的声音。⑤鹭渚：白鹭聚集栖息的水中小洲。鹫（qiū）：一种贪吃的水鸟。梁：用木桩、柴枝制成栅栏，或编网置于河中，拦水捕鱼的一种设施。《诗经·邶风·谷风》："毋逝我梁，毋发我笱。"⑥泥酒：嗜酒不能自拔。⑦轧鸦：船桨摇动的声音。

[评析]

唐武宗会昌四年(844)九月至六年(846)九月,杜牧任池州刺史,其间作此诗。诗歌描绘了秋江美景,慨叹久未还家的凄楚,表达了思乡愁绪。"白头搔杀"是用白描手法写出自己忧愁得不住挠头,头发都白了;"倚柱遍"是写到处倚楼远眺,远望故乡。

朱坡绝句三首①

其 一

故国池塘倚御渠②,江城三诏换鱼书③。贾生辞赋恨流落④,只向长沙住岁余⑤。

其 二

烟深苔巷唱樵儿,花落寒轻倦客归。藤岸竹洲相掩映,满池春雨鹬鹈飞⑥。

其 三

乳肥春洞生鹅管⑦,沼避回岩势犬牙⑧。自笑卷怀头角缩,归盘烟磴恰如蜗⑨。

[注释]

①朱坡:在长安城南樊川,是杜牧的祖父杜佑的别墅所在地。②故国:家乡。御渠:即御沟,流经长安城宫苑的河道。③江城三诏:杜牧曾经在

黄州、池州、睦州三州任刺史，三地都在江边，所以称为江城。杜牧接了三次任命为刺史的鱼符，故称江城三诏。④贾生辞赋：汉代著名文学家贾谊被贬为长沙王太傅，作有《吊屈原赋》《鵩鸟赋》。⑤住岁余：贾谊作《鵩鸟赋》后一年多，朝廷就召他回长安，做了梁怀王太傅。⑥鵖（pī）鹈（tí）：一种水鸟，喜欢吃鱼，又称伽蓝鸟、塘鹅。⑦乳肥：宽而多的石钟乳。鹅管：形容石钟乳中空轻薄的形态，像鹅毛的管一样。⑧回岩：曲折的山崖。势犬牙：像狗的牙齿一样参差不齐。⑨恰如蜗：归来时走在烟雾笼罩的盘山石阶，缩头缩脚像蜗牛一样。

[评析]

　　此诗作于唐武宗会昌六年（846）至唐宣宗大中二年（848）间，时杜牧于睦州刺史任上。一说作于大中三年（849），时杜牧由睦州赴京师任司勋员外郎。诗歌表达了诗人对故乡的思念，对为官生活的不满。杜牧出身显赫，祖父杜佑为一代名相，自己算得上高官子弟了，"故国池塘倚御渠"不仅表明自己的居所与帝王空间距离上近，恐怕还有一层政治关系上的亲疏蕴含在内。可是贾谊在长沙只待年余，而自己却一直在京外。由于是运用典故，虚实相生，这种牢骚不满表现得较为含蓄。第二首于倦客晚归中，似乎还带有一些温馨明快的色彩。不过，第三首蜗牛的比喻，着实让人感受到一种落寞与无奈。

唐宣宗大中年间诗

寄内兄和州崔员外十二韵①

历阳崔太守②,何日不含情。恩义同钟李③,埙篪实弟兄④。光尘能混合⑤,擘画最分明⑥。台阁仁贤誉⑦,闺门孝友声⑧。西方像教毁⑨,南海绣衣行⑩。金橐宁回顾⑪,珠箄肯一桱⑫。只宜裁密诏⑬,何自取专城⑭?进退无非道⑮,徊翔必有名⑯。好风初婉软⑰,离思苦萦盈⑱。金马旧游贵⑲,桐庐春水生。雨侵寒牖梦⑳,梅引冻醪倾㉑。共祝中兴主㉒,高歌唱太平。

[注释]

① 内兄:妻子的兄长,这里指杜牧继妻的哥哥。② 历阳:和州,治所在今安徽和县。③ 钟李:汉代的钟瑾和李膺是姑表亲,钟瑾好学慕古,和李膺年龄相同,两人又都很出名。李膺的祖父非常赏识钟瑾,还把李膺的妹妹嫁给他。④ 埙(xūn)篪(chí):埙和篪是两种古乐器。埙是用陶土烧制的,圆形或椭圆形,上面有六个孔。篪类似于箫,是横吹的竹管乐器。《诗经·小雅·何人斯》:"伯氏吹埙,仲氏吹篪。"这句诗比喻兄弟和睦。⑤ 光尘能混合:光荣与尘浊可以同样看待,比喻与世无争。语出《老

子》:"和其光,同其尘。"⑥擘画:谋划,安排。⑦台阁:官府,这里指尚书省,员外郎是尚书省的属官。⑧闺门:内室的门,指家中。孝友:事父母孝顺、对兄弟友爱。《诗经·小雅·六月》:"侯谁在矣,张仲孝友。"⑨西方像教毁:唐武宗会昌年间,下令毁掉了大量佛寺,还俗的僧尼有二十多万人。⑩南海:南海郡,岭南节度使的治所,今广州。绣衣:汉代的御史穿绣衣,这里代指御史。⑪金橐(tuó):装金子的袋子。汉代陆贾出使南越,南越王赐给他装满金子的袋子。回顾:回头看。此句的意思是对金钱不屑一顾。⑫珠箪:一竹筐的珠子。棖(chéng):用东西来触动。此句的意思与上句相同,指在外出巡秉公办事,不收贿赂,见了财宝不动心。⑬裁:决定,判断。密诏:皇帝的秘密诏书。⑭专城:任刺史、太守等地方长官。古乐府《陌上桑》中罗敷夸耀自己的夫君:"十五府小吏,二十朝大夫,三十侍中郎,四十专城居。"⑮非道:不正当的途径。《尚书·太甲下》:"有言逆于汝心,必求诸道;有言逊于汝志,必求诸非道。"⑯佪翔:官职的升降。有名:正当的理由。⑰婉软:温暖柔和。⑱盈:萦绕满怀。⑲金马:汉代宫殿有金马门。这里指朝廷。⑳牖:窗户。㉑醪:酒。㉒中兴主:唐宣宗李忱。唐武宗死后,李忱被宦官拥立,亲政后立即罢免了权相李德裕,结束了长期以来牛李党争的局面。宣宗勤政果断,给江河日下的唐王朝带来了中兴的希望。

[评析]

此诗作于唐宣宗大中元年(847)春,宣宗登基不久。这是一首写给亲属的赞诗,颂扬了内兄与自己兄弟情深,品行高洁,内外兼修,曾为御史出使海南,心顾大义,不取分文。此诗开篇写兄弟同心,末句写二人共同赞美君主登基,庆贺太平盛世。诗歌从私人关系、家族、品行、居官、时政诸多方面称扬亲属,运用比喻和典故等手法,既含蓄又典雅。"好风初婉软,离思苦萦盈",以乐景写哀情,衬托思念深挚。从中又可窥知时代风气,如"西方像教毁",即是说当时禁佛的情形。

睦州四韵①

州在钓台边②,溪山实可怜③。有家皆掩映④,无处不潺湲⑤。好树鸣幽鸟,晴楼入野烟。残春杜陵客⑥,中酒落花前⑦。

[注释]

①睦州:州名。唐万岁通天初移治建德(今市东北)。②钓台:东汉严光的钓鱼隐居之所。③可怜:可爱。④掩映:遮蔽。⑤潺湲:水流缓缓的样子。⑥杜陵客:杜牧自称。⑦中酒:一醉不醒的样子。

[评析]

杜牧从唐武宗会昌六年(846)底至唐宣宗大中二年(848)秋任睦州刺史,此诗作于大中元年(847)或二年(848)春。诗歌景色鲜明,节奏明快,描绘了睦州美好的春光,"好树鸣幽鸟,晴楼入野烟",欣欣向荣,充满欢欣,而自己也沉浸其中;一说诗歌表达了诗人在美好的春日借酒浇愁,一醉不醒。

昔事文皇帝三十二韵①

昔事文皇帝，叨官在谏垣②。奏章为得地③，齰齿负明恩④。金虎知难动⑤，毛厘亦耻言⑥。撩头虽欲吐⑦，到口却成吞⑧。照胆常悬镜⑨，窥天自戴盆⑩。周钟既窕槬⑪，黥阵亦瘢痕⑫。凤阙觚棱影⑬，仙盘晓日暾⑭。雨晴文石滑⑮，风暖戟衣翻⑯。每虑号无告⑰，长忧骇不存⑱。随行唯跼蹐⑲，出语但寒暄⑳。宫省咽喉任㉑，戈矛羽卫屯。光尘皆影附㉒，车马定西奔㉓。亿万持衡价㉔，锱铢挟契论㉕。堆时过北斗㉖，积处满西园㉗。接棹隋河溢㉘，连蹄蜀栈刓㉙。漉空沧海水㉚，搜尽卓王孙㉛。斗巧猴雕刺㉜，夸趫索挂跟㉝。狐威假白额㉞，枭啸得黄昏㉟。馥馥芝兰圃㊱，森森枳棘藩㊲。吠声嗾国猘㊳，公议怯膺门㊴。窜逐诸丞相㊵，苍茫远帝阍㊶。一名为吉士㊷，谁免吊湘魂㊸。间世英明主㊹，中兴道德尊。昆冈怜积火㊺，河汉注清源㊻。川口堤防决㊼，阴车鬼怪掀㊽。重云开朗照㊾，九地雪幽冤㊿。我实刚肠者(51)，形甘短褐髡(52)。曾经触虿尾(53)，犹得凭熊轩(54)。杜若芳洲翠(55)，严光钓濑喧(56)。溪山侵越角(57)，封壤尽吴根(58)。客恨萦春细(59)，乡愁压思繁(60)。祝尧千万寿(61)，再拜揖余樽。

[注释]

①事：侍奉。文皇帝：唐文宗。②叨官：忝居官位，谦称。在谏垣：杜牧在文宗在位时曾任左补阙。③得地：本义为得到土地，如《左传·成

公二年》:"子得其国宝,我亦得地,而纾于难,其荣多矣。"这里指奏章的内容切中时弊。④龃(zé)齿:咬着牙不敢说话。负明恩:辜负皇上的知遇之恩。⑤金虎:比喻得势的小人,这里指控制朝政的宦官。汉张衡《东京赋》:"周姬之末,不能厌政,政用多僻。始于宫邻,卒于金虎。"李善注:"言小人在位,比周相进,与君为邻,贪求之德坚若金,馋谤之言恶如虎也。"⑥毛厘:细小的过失。耻言:不好意思说。⑦撩头:抬头。欲吐:想说话。⑧到口却成吞:话到嘴边不敢说,又咽下去了。⑨照胆常悬镜:经常在悬镜面前透视自己的肝胆,比喻心底无私,肝胆可照。悬镜,秦宫中有方镜,可以照见五脏,推断人是否有邪心。⑩窥天自戴盆:比喻自己接近不了皇帝,事不可为。语出汉司马迁《报任少卿书》:"仆以为戴盆何以望天?"⑪周钟既窕(tiǎo)㮚(huà):指朝政不稳的形势。语出《左传·昭公二十一年》,周景王要铸无射之钟,泠州鸠劝他说:"天子省风以作乐,器以钟之,舆以行之,小者不窕,大者不㮚,则和于物。……窕则不咸,㮚则不容。心是以感,感实生内疢。今钟㮚矣,王心弗堪,其能久乎?"窕,轻浮,轻佻。㮚,洪大。⑫黥阵亦瘢痕:即使是黥布摆的阵,也会有人指出不足。黥布是项羽的部下,萧何游说他归附了刘邦,封淮南王。黥布善于摆阵,但有一次刘邦阅兵,见他的阵势像项羽的兵,心里不太高兴。⑬凤阙:汉代宫殿名,在建章宫的东面,因为上有铜凤凰,所以称凤阙。⑭仙盘:建章宫前铜仙人手中的铜盘。暾(tūn):刚出来的太阳。⑮文石:有花纹的石头。⑯戟衣:戟的套。⑰号:大声呼喊。⑱骇:吃惊,惊讶。⑲踯躅:局促不安。⑳出语但寒暄:只说客套话。㉑宫省咽喉任:设在皇宫内的官署是国家的要职。㉒光尘皆影附:指朝臣都趋附得权势的宦官。㉓车马定西奔:与上句意思相同,当时的官吏都乘着车马,奔走于李、郑两家之门。㉔亿万持衡价:形容卖官的价格至亿万。㉕锱(zī)

铢（zhū）挟契论：对于很小的官职也收取钱财，十分苛刻。锱铢，古代一两以下的重量单位，常用来形容非常微小的事物。㉖堆时过北斗：靠受贿和卖官得来的钱财堆积起来高过北斗星。唐白居易《劝酒》："身后堆钱柱北斗，不如生前一杯酒。"㉗西园：东汉时宦官张让以修南宫为借口，让汉灵帝下诏征税，征来的财物先在西园估定价值，还在西园建造万金堂储存财物。㉘接棹隋河溢：意思是运输财物的船只一个接一个，隋炀帝时开通的运河水都溢出来了。㉙连蹄蜀栈刓（wán）：运输财物的马匹不断，把蜀地的栈道都踩坏了。刓，磨损，毁坏。㉚漉空沧海水：形容搜刮民财太厉害，连海水也吸干了。㉛搜尽卓王孙：像卓王孙这样的富人家，财物也被搜罗尽了。㉜斗巧猴雕刺：比喻宦官们用尽心机。猴雕刺，用荆棘之刺的顶端刻成母猴的样子。见《韩非子·外储说》："卫人曰：'能以棘刺之端为母猴。'"㉝夸遹索挂跟：与前句意思相近，比喻宦官们投机取巧，到了极端的程度。索挂跟，倒挂在绳索上的杂技。㉞狐威假白额：狐假虎威，假借上面的权威来威吓别人。白额，虎。㉟枭啸得黄昏：小人得势。枭，猫头鹰一类不祥的鸟，常用来比喻恶人。㊱馥馥芝兰圃：充满香气的芝兰生长的园圃，比喻贤臣众多的朝廷。㊲森森枳棘藩：森然长满枳木和荆棘类带刺的恶木，比喻朝廷中多是奸臣。㊳吠声喉国猘（zhì）：朝廷小人压制了国家栋梁。国猘，国家的疯狗，比喻构陷贤臣的帮凶。㊴公议：公正的议论。怯膺门：不敢登李膺家的门。李膺是东汉时的大臣，朝廷大权被宦官控制，李膺不趋附宦官之门，不肯同流合污，声望很高。士人如果被他家接纳，称为登龙门。㊵窜逐诸丞相：奸臣联手把朝廷的各位丞相都构陷排挤掉，使他们流放。㊶帝阍：皇帝的宫殿，这里指京城。㊷吉士：官位高的忠良之臣。㊸谁免吊湘魂：无人可免于在湘江祭吊屈原的冤魂，意思是良臣都遭到了贬谪。㊹间世：隔代。英明主：唐武宗继文宗之后即位，开拓了中兴的局面。㊺ 昆冈怜积火：怜悯昆仑山积久焚烧的大火余下的玉石，这里指朝中历经动荡后尚存的贤才。《尚书 · 胤征》："火炎昆岗，玉石俱焚。"㊻ 河汉注清源：黄河与汉水中注入了清澈的水源。比喻中兴气象。河汉，黄河与汉水。《庄子 · 齐物论》："王倪曰：'至人神矣！大泽焚而不能热，河汉冱而不能寒。'"㊼ 川口堤防决：河口的堤防被冲断了，比喻言论自由，可以大胆进谏。《国语 · 周语》："防民之口，甚于防川。"㊽ 阴车鬼怪掀：把阴车中的鬼怪都掀翻了。比喻武宗除掉了朝中作乱的宦官和奸臣。㊾ 重云开朗照：层层阴云散去，天空晴朗灿烂。比喻朝廷形势一片大好。㊿ 九地雪幽冤：为地下的冤魂昭雪。九地，九泉，地下极深处，是灵魂的栖息之所。(51) 刚肠：气质刚直。(52) 形甘短褐髡：甘心劳累受苦，为国出力。形甘，甘于劳累形体。短褐，服劳役时穿的粗布短衣。髡，剔去头发。(53) 曾经触虿（chài）尾：曾经碰到了虿的尾巴。比喻曾经触犯过权奸。虿，蝎子之类能用尾巴蜇人的毒虫。(54) 犹得凭熊轩：还能够坐着官员所乘的车子，意思是没有被迫害至丢官的程度。熊轩，汉代公侯乘的车子，车上有卧着的熊的形象的横木，可以倚着远望。(55) 杜若：香草。芳洲：长满花草的绿洲。屈原《九歌》："采芳洲兮杜若。"(56) 严光钓濑（lài）喧：严光钓鱼隐居的七里濑也热闹起来。严光，字子陵，东汉著名隐士。他和光武帝刘秀是同学，积极帮助刘秀起兵。刘秀称帝后，多次请他出来做官，而他却在富春江边上隐居钓鱼，坚决不仕。(57) 越角：春秋时越国的边境。(58) 封壤：疆域，疆界。吴根：春秋时期吴国的边地。杜牧当时任睦州刺史，睦州在春秋时属于吴国，后来又归属于越国。(59) 客恨萦春细：春日里，宦游京外，不能在朝廷上效力的遗恨像细丝一样萦绕在心头。(60) 乡愁压思繁：心中的乡愁太浓，以致思虑繁重。(61) 祝尧千万寿：祝愿皇帝长命千万岁。尧，上古贤明之君，这里指清理朝中乱政，给国家带来中兴气象的唐武宗。《庄子·天地》中说，尧到华地去巡视，那里的人说：圣人啊，请允许我们祝福圣人，祝圣人长寿。

[评析]

  此诗作于唐宣宗大中二年（848），杜牧时在睦州刺史任上。这是一首政治抒情诗，是经历了甘露之变的诗人对这次政变的揭示和反思，深刻大胆地揭露了朝政腐败、宦官专权以及自己的处境与遭遇。虽然结尾有对当今皇帝的溢美之词，但是如此深刻评判前朝需要极大的勇气。由于作者的地位和亲身经历，这首诗具有重要的史料价值，有助于人们了解研究当时朝政、文官处境、诗人创作经历与思想演化等一系列问题。

正初奉酬歙州刺史邢群①

  翠岩千尺倚溪斜②，曾得严光作钓家。越嶂远分丁字水③，腊梅迟见二年花④。明时刀尺君须用⑤，幽处田园我有涯⑥。一壑风烟阳羡里⑦，解龟休去路非赊⑧。

[注释]

  ① 正初：农历正月之初。奉酬：以文字来酬和作答。邢群：河间人，大和年间进士，曾任太子校书郎、大理评事、户部员外郎等职务，会昌年间任歙州刺史。② 翠岩：长满草木的高峻山崖。③ 越嶂：越地高而险峻的大山。丁字水：睦州的东阳江，其上游的两条支流合流，类似丁字形，故称。④ 二年花：指腊梅，从上年冬至下年初都在开放，所以称二年花。

⑤ 明时：政治清明的时候。刀尺：品评、提拔和降黜的权力。《晋书·李含传》："见含为腾所侮，谨表以闻，乞朝廷以时博议，无令腾得妄弄刀尺。" ⑥ 幽处：僻静之地。有涯：有边际，有限。《庄子·养生主》："吾生也有涯，而知也无涯。" ⑦ 壑：深沟。阳羡里：在江苏省宜兴市南，秦汉时称阳羡，此地产名茶，唐代时入供宫中，名噪天下。杜牧在阳羡里置办了产业。⑧ 解龟：辞官。汉代时，两千石以上的官吏所配印的背面有龟纽，所以解龟就是指解掉印绶，不做官。赊：长，远。唐韩愈《赠译经僧》："万里休言道路赊，有谁教汝度流沙。"

[评析]

　　这首诗大概作于唐宣宗大中二年（848），时杜牧任睦州刺史。此诗作于年初，是和韵之作，杜牧在年前接到了歙州刺史邢群寄来的诗，年后特意回复一首。诗中没有什么客套和奉承之话，可见两人在交往中比较平等和放松，可以说是知心之言。此诗前四句描述睦州的自然和人文景观，如越山、丁字水、富春江、翠岩、腊梅、名隐士严光等，到了诗的后半，才略略勉励邢群掌握好衡量人才的分寸，趁着政治清明的大好时机有所作为，而杜牧对自己状态的描写，似乎和对邢群的期盼正好相反，他已经做好了解官归田的准备。全诗情感平和，没有起落。末尾超逸洒脱，体现了才子文人不愿为世俗束缚的清高气质。

寄珉笛与宇文舍人①

调高银字声还侧②，物比柯亭韵校奇③。寄与玉人天上去④，桓将军见不教吹⑤。

[注释]

① 珉：类似玉的石头，适合雕刻各种艺术品。《荀子》卷二十："故虽珉之雕雕，不若玉之章章。"宇文舍人：宇文临，进士，大中年间由礼部侍郎充任翰林学士，知制诰，后拜中书舍人。② 银字：笙笛类的管乐器上常用银作字，表明音调的高低。这里借指类似于管笛的乐器。唐白居易《南园试小乐》："高调管色吹银字，慢拽歌词唱渭城。"③ 柯亭：柯亭笛。东汉末年，蔡邕惧怕宦官迫害，四处流浪。经过会稽高迁，此处有一亭名柯亭，蔡邕见到屋顶竹椽材质都非常好，便取第十六根做成了笛子，笛声果然奇绝，后来赠给了右军将军桓伊，使柯亭笛名声大振。《晋书》卷八十一《桓伊传》："伊性谦素。虽有大功，而始终不替。善音乐，尽一时之妙，为江左第一。有蔡邕柯亭笛，常自吹之。"韵：和谐的声音。校：通"较"。④ 玉人：对人的美称，指宇文临。天上：喻指朝廷。⑤ 桓将军：东晋名将桓伊，字叔夏，小字子野，以吹笛闻名于世。

[评析]

这首诗大概作于唐宣宗大中二年（848），本年杜牧任睦州刺史，年底赴长安，为司勋员外郎。从"寄与玉人天上去"一句来看，写这首诗的时候杜牧还在睦州。笛是高雅的乐器，用类似玉的珉石雕刻而成，更显脱俗。杜牧将它赠给宇文临，足见两人情谊之深，不是一般的朋友。诗中化用了东汉蔡邕制作柯亭笛和东晋桓伊善吹笛两个常见的历史典故，但是手法却很巧妙，成功地运用了对比和衬托。一是从音准方面，把珉笛与柯亭笛作对比，认为珉笛更胜一筹；二是从技术方面，假说把珉笛寄给宇文临后，桓伊不让宇文临吹奏，生怕他比自己吹得妙。这样既展现了珉笛制作之精良，又凸显了宇文临吹奏技艺之高超，构思可谓奇巧。

秋晚早发新定

解印书千轴①，重阳酒百缸。凉风满红树②，晓月下秋江。岩壑会归去，尘埃终不降。悬缨未敢濯③，严濑碧淙淙④。

[注释]

①解印：解下印绶，指辞官。②红树：经霜的树。③未敢濯：帽子上的缨不敢洗涤，比喻超脱世俗。《楚辞·渔父》："渔父莞尔而笑，鼓枻而去，歌曰：'沧浪之水清兮，可以濯吾缨；沧浪之水浊兮，可以濯吾足。'"④严濑：严光隐居的富春江七里濑。淙淙：水流的样子。

[评析]

此诗作于唐宣宗大中二年（848）九月，杜牧由睦州赴长安任司勋员外郎、史馆修撰。此诗表现了诗人酷爱读书饮酒，洒脱不羁，虽然此去京城任职，可是坚信自己总有一天会辞官归隐；路过富春江严光曾经归隐的地方，甚至连帽子也不敢洗涤，生怕弄脏了清清河水。如此高洁的官员，才能清廉自律；否则随身携带的就不会是千卷书籍，"尘埃"面前难保不染俗。

除官归京睦州雨霁①

秋半吴天霁,清凝万里光。水声侵笑语,岚翠扑衣裳②。远树疑罗帐,孤云认粉囊。溪山侵两越③,时节到重阳。顾我能甘贱④,无由得自强。误曾公触尾⑤,不敢夜循墙⑥。岂意笼飞鸟,还为锦帐郎⑦。网今开傅燮⑧,书旧识黄香⑨。姹女真虚语⑩,饥儿欲一行。浅深须揭厉⑪,休更学张纲⑫。

[注释]

①除官:授官。霁:雨过天晴。②岚翠:绿色的峰峦。③两越:睦州春秋时属于吴国,后来又属于越国。④甘贱:甘于地位低下。⑤误曾公触尾:曾经得罪过朝中的权臣。触尾,触到了蝎子的尾巴。⑥循墙:靠着墙走,比喻谨慎畏惧。⑦锦帐郎:指任郎官。汉代郎官进宫值班,官府供给锦被和罗帐。⑧傅燮:东汉末年的名宦。正直敢言,宦官和权贵都嫉恨他,但又因为他声望太高而不敢加害,最终傅燮被排挤出京,任汉阳太守。⑨黄香:东汉人,历史上有名的孝子。九岁时他的母亲就去世了,他对父亲十分孝敬。冬天给父亲暖被窝,夏天拿着蒲扇给父亲扇风。当时人称颂:"天下无双,江夏黄香。"黄香长大后,朝廷让他当魏郡太守。后来做了郎中,肃宗让他到东观,可以随便读那些没见过的书。⑩姹女:炼丹家称水银为姹女,这里指炼丹求仙。⑪揭厉:《诗经·邶风·匏有苦叶》:"深则厉,浅则揭。"水浅的时候就提着衣服过河,水太深的时候提衣服就没用了,直接就过去了。这里指灵活对待不同的事情。⑫张纲:东汉名臣,

顺帝时朝政混乱，民不聊生。顺帝派遣八名专使出，张纲走到近郊洛阳的都亭，把车轮卸掉埋在地下，愤然地说:"豺狼当道，安问狐狸！"马上上书弹劾朝中的权贵和宦官，但是顺帝迫于压力没有采纳他的建议。后来张纲被排挤到扬州，在任一年就病死了。前来送葬的百姓不计其数，悲痛不已。

[评析]

　　这首诗写于唐宣宗大中二年（848）九月，诗人由睦州赴长安任职。杜牧此行将任司勋员外郎、史馆修撰，负责考核官员，接近权力中心。此时杜牧已经46岁，经历宦海风波，因而心中不仅仅是欣喜，还有一种经历世故之后的忧虑。诗歌描绘了明丽景色，虽是秋天却一派欢欣美好的气息，衬托出内心的欣喜；身处这种景色中，诗人临行前又暗暗告诫自己，进京后要灵活处理政务，免得惹祸。这反映出当时朝政的腐败。

汴河阻冻[①]

　　千里长河初冻时，玉珂瑶佩响参差[②]。浮生恰似冰底水[③]，日夜东流人不知。

[注释]

　　① 阻冻：因为冰冻，舟行受阻。② 玉珂：马笼头上玉制或贝制的装饰品。张华《轻薄篇》："文轩树羽盖，乘马鸣玉珂。"瑶佩：美玉制成的佩饰。响参差：叮当作响，这里指声音大小变化。③ 浮生：短暂虚幻的人生。

[评析]

此诗约作于唐宣宗大中二年(848)十一月,杜牧由润州赴长安,途经汴河,恰遇千里黄河开始结冰,河面如金玉相击。诗歌用比喻巧妙地描绘了这种开阔壮观景象,河面水初结冰时声音高下起伏,而冰下面水流无声,诗人一下子想起了人生也是如此。诗歌抒发了韶华闪逝、人生苦短的感慨。

寄澧州张舍人笛①

发匀肉好生春岭②,截玉钻星寄使君③。檀的染时痕半月④,落梅飘处响穿云⑤。楼中威凤倾冠听⑥,沙上惊鸿掠水分⑦。遥想紫泥封诏罢⑧,夜深应隔禁墙闻⑨。

[注释]

①澧州:治所在今湖南澧县。张舍人:张次宗,会昌年间曾任考功员外郎、知制诰,唐代以他官兼知制诰也可以称舍人。②发匀肉好:发量均匀,肌肤姣好,这里比喻竹子。③截玉钻星:截断竹子,钻出孔洞制成笛子。④檀的:古代女子用红色点于面部的装饰,这里借指美女。这句是说凿笛孔,留下紫色月牙形痕迹。⑤落梅:曲名,即《梅花落》。响穿云:笛声响亮悠扬。⑥威凤:有威仪的凤凰。《列仙传》记载,秦穆公的女儿弄玉嫁给了萧史,萧史擅长吹箫,每天教弄玉吹笛子仿凤凰的叫声。几年以后,吹得很像了,引来了凤凰,落在屋上。秦穆公为凤凰建造了一座凤台,弄玉夫妇住在上面几年都没有下来,后来都随着凤凰飞走了。倾冠:倾斜着头。⑦惊鸿掠水:惊飞的鸿雁从水面掠过。⑧紫泥封诏:皇帝的诏书用

紫泥封存，上面加盖玉玺。这里指诏书起草完毕。⑨禁墙：宫墙。

[评析]

　　此诗作于唐宣宗大中二年（848），是一首赠给友人的诗歌，又是一篇描绘音乐的篇章。诗歌正面描写、侧面描写相结合，运用神话传说和夸张的手法，赞颂了朋友音乐才华高超，其笛声响彻云霄，凤凰侧耳倾听，鸿雁动容；设想他起草诏书后吹起笛子，声传宫禁，称赞他富于雅兴，能够从容处理政务。

江南怀古

　　车书混一业无穷①，井邑山川今古同②。戊辰年向金陵过③，惆怅闲吟忆庾公④。

[注释]

　　①车书混一：《礼记·中庸》："今天下车同轨，书同文。"意思是车乘的轨辙相同，书写的文字相同，表示天下一统。唐杜甫《黄河》："愿驱众庶戴君王，混一车书弃金玉。"②井邑：城镇和乡村。《周礼·地官·小司徒》："九夫为井，四井为邑。"即九家为一井，四井为一邑。晋陆云《答张士然》："修路无穷迹，井邑自相循。"③戊辰年：唐宣宗大中二年，即848年。④惆怅：伤感。晋陶潜《归去来兮辞》："既自以心为形役，奚惆怅而独悲。"庾公：南北朝时期的庾信，字子山，南阳新野人，在当时与王褒同被誉为文学奇才。庾信生逢动荡之世，朝代更替频繁，他先仕于

梁，梁朝灭亡，被迫留在西魏，后来又出仕北周，巨大的生活变故使他内心非常压抑，时常深切思念自己的家乡。他创作了不朽的名作《哀江南赋》，序中有这样的叙述："粤以戊辰之年，建亥之月，大盗移国，金陵瓦解。余乃窜身荒谷，公私涂炭，华阳奔命，有去无归。"因杜牧也在戊辰年路过金陵，所以自然想起了庾信的名句，并感慨他的遭遇。

[评析]

　　唐宣宗大中二年（848），诗人为睦州刺史，由睦州入京，经过金陵。本年恰逢戊辰年，当年朝代更替，金陵瓦解，诗人庾信流亡。金陵有那么多盛景，那么丰富的历史容量，为何此刻庾信涌上诗人心头？明明是金陵瓦解，为何将一统大业冠于开篇？诗歌流露了人生的失意，表达了对于国家社稷大业的思索。眼下的唐朝，正处于下落衰退状态，从这个意义上说，诗有借古说今的意味。

今皇帝陛下一诏征兵不日功集河湟诸郡次第归降臣获睹圣功辄献歌咏[①]

　　捷书皆应睿谋期[②]，十万曾无一镞遗[②]。汉武惭夸朔方地[④]，宣王休道太原师[⑤]。威加塞外寒来早[⑥]，恩入河源冻合迟。听取满城歌舞曲，凉州声韵喜参差[⑦]。

[注释]

　　① 不日：不几天，不久。次第：依次。圣功：帝王的功业。《晋书·乐

志下》:"肃肃清庙,巍巍圣功。"辄:就。②捷书:平定叛乱的捷报。睿谋:皇帝的英明决策。期:预料。③十万曾无一镞(zú)遗:自身的兵力没受到什么损失。镞,箭头。汉贾谊《过秦论》:"秦无亡矢遗镞之费,而天下诸侯已困矣。"④汉武惭夸:面对唐宣宗收复河湟地区的功业,汉武帝显得惭愧,而无法夸口收复朔方的功劳。汉武帝元朔二年,派卫青斩杀前来掠夺的匈奴,收复河南地,置朔方、五原郡。⑤宣王休道太原师:周宣王不用夸赞自己征伐太原的功业。《诗经·小雅·六月》中记载:"薄伐玁狁,至于大原。"玁狁,即猃狁,匈奴族,宣王曾派兵把匈奴驱逐到太原即今宁夏、甘肃平凉一带。⑥威加塞外:对塞外的少数民族施加威力。⑦凉州声韵:凉州的地方歌曲,唐玄宗开元年间西凉府都督郭知运引进至京都,梨园弟子演习,于是盛行开来。凉州是西汉时设置的州郡,在今甘肃武威一带。参差:不齐,这里是形容乐曲抑扬顿挫。

[评析]

  这是一首歌功颂德的诗篇。唐宣宗大中三年(849)二月,吐蕃内乱,朝廷派兵,为吐蕃所侵占的秦、原、安乐三州等地陆续回归朝廷。八月,一千多名当地百姓来到长安,唐宣宗登延喜楼接见。这是中唐少见的中央政府扬眉吐气的时刻。司勋员外郎、史馆修撰杜牧在长安,亲临盛事,用夸张的修辞手法,运用典故,赞颂唐宣宗英明如汉武帝、周宣王,表达了人民回归大唐的欣喜。

奉和白相公圣德和平致兹休运岁终功就合咏盛明呈上三相公长句四韵①

行看腊破好年光②,万寿南山对未央③。黠戛可汗修职贡④,文思天子复河湟⑤。应须日御西巡狩⑥,不假星弧北射狼⑦。吉甫裁诗歌盛业⑧,一篇江汉美宣王。

[注释]

①白相公:白敏中,字用晦,白居易从父弟,唐宣宗和懿宗时期两次为相。休:吉庆,美好。三相公:马植、魏扶、崔铉,三人当时都在相位。②腊破:年终,腊月快过去了。③万寿南山:终南山,又名太一山、中南山、周南山,主峰在长安城南。未央:汉代的未央宫,这里指唐代大明宫。④黠戛:古代的民族名,即今柯尔克孜族。修职贡:藩属或外国按时向朝廷贡纳。《左传·襄公二十九年》:"鲁之于晋也,职贡不乏,玩好时至。"⑤文思天子:指唐宣宗,大中二年(848)上尊号为圣敬文思和武光孝皇帝。⑥日御:古代传说中太阳的车驾,这里指帝王的车驾。巡狩:天子出巡视察。⑦星弧:弧矢星,又名天弓,在天狼星的东南。由九颗星组成,其中八星排列如弓形,另一星像矢,故名。古人认为弧矢星移动不稳,就是盗贼群起,发生叛乱的征兆。狼:天狼星,主侵掠。屈原《楚辞·九歌·东君》:"青云衣兮白霓裳,举长矢兮射天狼。"⑧吉甫裁诗:周宣王时期的重臣尹吉甫,曾率领军队远征猃狁,大获全胜。尹吉甫不但武艺高强,而且文采出众,曾多次作诗颂美宣王,收录在《诗经》中,《江汉》是其中的一篇。

[评析]

此诗作于唐宣宗大中三年（849），杜牧在长安司勋员外郎任上。本年二月，吐蕃内乱，陇西人民以秦、原、安乐三州及石门等七关来归。朝廷出兵接应。六月，泾原节度使康季荣取原州及石门等六关。七月，灵武节度使朱叔明取安乐州，邠宁节度使张君绪取萧关，凤翔节度使李玭取秦州。八月，河陇收复，一时人心大振。十二月，宰相白敏中作《贺收秦原诸州诗》，马植、魏扶、崔铉都有和诗。诗歌颂宣宗收复河湟的文治武功和白敏中等诸位宰相辅佐唐宣宗的功绩。

李侍郎于阳羡里富有泉石牧亦于阳羡粗有薄产叙旧述怀因献长句四韵[①]

冥鸿不下非无意[②]，塞马归来是偶然[③]。紫绶公卿今放旷[④]，白头郎吏尚留连[⑤]。终南山下抛泉洞[⑥]，阳羡溪中买钓船[⑦]。欲与明公操履杖[⑧]，愿闻休去是何年。

[注释]

① 李侍郎：李褒，曾任吏部侍郎，晚年居住在阳羡，即今江苏宜兴。泉石：山水。② 冥鸿：高飞的鸿雁，比喻避世隐居的高才之士。语出汉扬雄《法言·问明》："鸿飞冥冥，弋人何篡焉？"③ 塞马归来：化用塞翁失马的典故。《淮南子·人间训》中载塞上有一家人的马跑到了胡人那边，人们都为之感到不幸，但这家做父亲的说，谁说这事不能变成好事呢？果然几个月以后，这匹马不但跑回来了，还带回了胡人的马，人们又都去祝贺。

④紫绶：系在腰间的紫色绶带，唐代高官才有资格带。放旷：放浪不拘，这里指自由的隐居生活。⑤白头郎吏：杜牧时任司勋员外郎，这里是自称。留连：拖延，指还没有弃官隐居。《后汉书·刘陶传》："事付主者，留连至今，莫肯求问。"⑥终南山下抛泉洞：抛开终南山的山水风光，指离开长安不做官。⑦买钓船：指过上钓鱼隐居的生活。⑧明公：对对方的美称。操履杖：想拿着几杖跟随在长者的身后。《礼记·曲礼上》："谋于长者，必操几杖以从之。"

[评析]

　　此诗作于唐宣宗大中三年（849），李褒该年以礼部侍郎知举，时杜牧为司勋员外郎。诗歌赞颂了友人的旷达自适，表现了对为官生活的不满和对隐逸生活的向往。"操履杖"表达出对友人由衷的敬仰与尊敬。

奉送中丞姊夫俦自大理卿出镇江西叙事书怀因成十二韵①

　　惟帝忧南纪②，搜贤与大藩③。梅仙调步骤④，庾亮拂橐鞬⑤。一室何劳扫⑥，三章自不冤⑦。精明如定国⑧，孤峻似陈蕃⑨。灞岸秋犹嫩⑩，蓝桥水始喧⑪。红旆挂石壁⑫，黑矟断云根⑬。滕阁丹霄倚⑭，章江碧玉奔⑮。一声仙妓唱⑯，千里暮江痕⑰。私好初童稚⑱，官荣见子孙⑲。流年休挂念，万事至无言。玉辇君频过⑳，冯唐将未论㉑，佣书酬万债㉒，竹坞问樊村㉓。

[注释]

①姊夫裴偁：杜牧的姐夫裴偁。②南纪：南方，这里指江西。《诗经·小雅·四月》："滔滔江汉，南国之纪。"③搜贤：选纳贤才。大藩：比较重要的州郡级的行政区。《梁书·明山宾传》："明祭酒虽出抚大藩，拥旄推毂，珥金拖紫，而恒事屡空。"④梅仙：汉代的梅福，年少时在长安求学，后来任南昌县尉。当时大司马王凤专权，王莽任新都侯，梅福深感危机，虽然官位低微，仍然多次上书指陈时弊，因此被迫弃官。梅福预料王莽势必篡权，就到南昌飞鸿山去学道避世，后来传说成仙得道，飞鸿山即改称梅岭。调步骤：快步走，表示尊敬，不敢怠慢。⑤庾亮：字元规，是晋明帝司马绍的皇后庾文君的兄长，在政治和军事方面都非常有作为。晋明帝司马绍即位，他辅助平定王敦叛乱。晋成帝司马衍即位后，庾太后临朝摄政，政事基本都由庾亮来决策。庾亮用严厉的法度来治理朝政，起到一定效果，但因此导致了苏峻之乱，几经周折终于复归平静。成帝时期，庾亮想收复中原故土，命辅国将军毛宝为豫州刺史，与西阳太守樊峻领精兵共守邾城，可惜不久邾城失陷，庾亮因此忧心成疾而死。櫜（gāo）鞬（jiān）：藏弓箭的器具。⑥一室何劳扫：东汉陈蕃年少的时候，自己所住的屋子很乱，屋外长满杂草。有一次父亲的朋友薛勤来看望他，问他为何不打扫屋子招待客人，陈蕃说大丈夫应该扫除天下，一个小屋子打扫它干什么？薛勤听了，觉得他很有志气。⑦三章：汉高祖刘邦攻下咸阳后，曾约法三章，即杀人者死，伤人及盗抵罪。这里指简明的法律。⑧定国：西汉于定国的父亲善于断狱，他长大以后，也做了狱吏，后来做廷尉，掌管吏事，精明果敢，朝廷上有美誉，说于定国做廷尉，老百姓没有觉得冤屈的。⑨孤峻：清高。陈蕃：字仲举，东汉名臣，少年有大志，举孝廉出身，为人刚直严峻，不畏权贵，

不接纳宾客,清望甚高。灵帝时为太傅、录尚书事,和大将军窦武一起谋划除掉专权的宦官,事情不幸泄露,被宦官杀害。⑩秋犹嫩:刚刚进入秋天。⑪蓝桥:在陕西蓝田蓝溪上。⑫红旓:旌旗上的红色飘带。⑬黑矟(huò):槊,长矛。⑭滕阁:南昌滕王阁。丹霄:天空。⑮章江:章水,在赣州与贡水汇合称赣江。⑯仙妓:漂亮的乐妓,美称。唐王维《奉和圣制十五夜燃灯应制》:"仙妓来金殿,都人绕玉堂。"⑰江痕:江水在江岸上冲刷留下的痕迹。唐元稹《送友封》:"斗柄未回犹带闰,江痕潜上已生春。"⑱私好:个人爱好。唐刘知几《史通·正史》:"宣帝即位,闻卫公子私好《穀梁》,乃召名儒蔡千秋、萧望之等,大议殿中,因置博士。"⑲官荣:官爵和荣誉。南朝陈徐陵《答诸求官人书》:"假以官荣,代于钱绢,义在抚绥,无计多少。"⑳玉辇:皇帝的车驾。㉑冯唐:汉文帝时,冯唐为郎中署长,有一次文帝乘车外出遇见了他,他借机跟文帝说有良将而不得任用。后来匈奴入侵,文帝想起这件事,就问冯唐良将是谁。冯唐说云中守魏尚战功卓著,却因为小事遭到了贬谪。文帝立即下令赦免魏尚,让他继续做云中守。㉒佣书:替人抄书赚钱,泛指为人做笔头上的工作。《后汉书·班超传》:"家贫,常为官佣书以供养。"酬万债:偿还巨债。㉓竹坞:被竹林包围的山间平地。樊村:杜牧有别墅在樊川,秦朝时这里是杜县的樊乡,又因汉代樊哙食邑于此而得名。

[评析]

　　此诗作于唐宣宗大中三年(849),时杜牧的姐夫裴俦出任江西观察使。诗歌用典故恰当地赞颂了裴俦在朝廷需要人才时获得重用,赞颂他志向远大,敬业典重,又受到君王器重,感慨自己落寞无成,沦落到靠文字偿还债务的境地,表达了深挚的思念之情。"流年休挂念,万事至无言",

传达出历经世事后百感交集，虽有千言万语却没有表达的冲动。诗歌语言色彩明丽，用字新颖，如写离开京师，用了蓝红黑三种色彩，写灞岸秋色着一"嫩"字。

中丞业深韬略志在功名再奉长句一篇兼有咨劝①

樯似邓林江拍天②，越香巴锦万千千③。滕王阁上柘枝鼓④，徐孺亭西铁轴船⑤。八部元侯非不贵⑥，万人师长岂无权。要君严重疏欢乐⑦，犹有河湟可下鞭⑧。

[注释]

①中丞：指裴俦。韬略：用兵的谋略。咨劝：询问，勉励。②邓林：古代神话中的夸父追赶太阳，在路途中渴死，他的手杖化作了方圆数千里的树林，称邓林。③越香："越"通"粤"，产于粤地的名贵香料。巴锦：蜀地盛产的锦缎。④柘枝：柘枝舞，来自西域石国的健舞，石国又名柘枝，所以得名。舞队成员全部用女伎。唐章孝标《柘枝》："柘枝初出鼓声招，花钿罗衫耸细腰。"⑤徐孺亭：东汉高士徐稚，字孺子，南昌人，淡泊而乐于助人，官府多次征召，他都不肯出来做官。豫章太守陈蕃极其欣赏他的人品，陈蕃一般不接待客人，而家中特意为徐稚设一榻，徐稚走了就把榻悬起来。徐稚死后葬在洪州，官府在墓侧立思贤亭。铁轴船：铁甲船，战船。⑥八部元侯：江南西道洪州、江州、饶州、虔州、吉州、信州、抚州、袁州八州之长。不贵：不显贵。⑦严重：严肃庄重。疏欢乐：远离娱乐。

⑧犹有河湟可下鞭：还是有可以作为的地方。下鞭，扬鞭，指作为。

[评析]

唐宣宗大中三年（849），裴俦出任江西观察使，杜牧作此诗奉送。诗歌描绘了江西物产富饶、风光旖旎，凸显江西地理位置以及观察使位高权重，劝诫裴俦远离娱乐场所，勤勉为官，不可忘了河湟之乱。"樯似邓林江拍天"，运用神话传说和夸张手法，描写江西商业繁华，往来船只众多，长江浩荡，"江拍天"，显其声势浩大；后来苏轼描写长江说"乱石穿空，惊涛拍岸"（《念奴娇·赤壁怀古》），为同一手法。

奉和仆射相公春泽稍愆圣君轸虑嘉雪忽降品汇昭苏即事书成四韵①

飘来鸡树凤池边②，渐压琼枝冻碧涟③。银阙双高银汉里④，玉山横列玉墀前⑤。昭阳殿下风回急⑥，承露盘中月彩圆。上相抽毫歌帝德⑦，一篇风雅美丰年⑧。

[注释]

①仆射相公：白居易的堂弟白敏中，字用晦，唐宣宗大中三年加尚书右仆射。春泽稍愆：春天的雨雪失常，干旱。圣君轸虑：皇帝深切忧虑。品汇昭苏：万物复苏。品汇，事物的品种和类别。唐韩愈《感春》诗之二："幸逢尧舜明四目，条理品汇皆得宜。"②鸡树：指中书省。三国时期，魏国的中书监刘放和中书令孙资要好，两个人多年在机要位置，夏侯献和

曹肇心里不平衡。殿中有鸡栖树,二人谈论说:这棵鸡栖树长了多年了,还能长到什么时候?刘放和孙资知道后,就想方设法排挤两人。凤池:凤凰池,禁苑中的池沼。魏晋时设中书省于禁苑,掌管机要,因接近皇帝,故称为凤凰池。唐代宰相处理政事的殿堂在凤凰池,因此凤凰池代指中书省。③琼枝:落满雪的树枝。碧涟:水面的涟漪。④银阙双高:长安大明宫前有栖凤、翔鸾两座城楼,因覆满了雪,所以称银阙。银汉:银河。⑤玉山:像山一样的白色陈列物。玉墀:宫殿的台阶。⑥昭阳殿:汉代宫殿名,这里指唐代大明宫。回:回旋。⑦上相:宰相,指白敏中。抽毫:抽出毛笔,借指写作。唐吴融《壬戌岁阌乡卜居》:"六载抽毫侍禁闱,不堪多病决然归。"歌帝德:颂扬帝王的功德。⑧风雅:《诗经》有风、雅、颂三个部分,风雅代指所做的诗歌。美:称美。

[评析]

　　此诗作于唐宣宗大中四年(850),时诗人在长安司勋员外郎、史馆修撰任上。诗歌紧扣春旱时分瑞雪降临一事,用典雅的语言,描绘了巍峨宫殿中美丽的雪景,用皎洁的月色比喻雪的洁白,用玉山横列突出降雪量大,赞颂白相国颂扬帝王的盛德,期盼美好丰收年头的到来。诗写雪景,而不用一个"雪"字,却写出雪的悄无声息、布满乾坤。

长安杂题长句六首

其　一

觚棱金碧照山高①,万国圭璋捧赭袍②。舐笔和铅欺贾马③,

赞功论道鄙萧曹④。东南楼日珠帘卷⑤，西北天宛玉厄豪⑥。四海一家无一事，将军携镜泣霜毛⑦。

其　二

晴云似絮惹低空，紫陌微微弄袖风⑧。韩嫣金丸莎覆绿⑨，许公鞭汗杏黏红⑩。烟生窈窕深东第⑪，轮撼流苏下北宫⑫。自笑苦无楼护智⑬，可怜铅椠竟何功⑭。

其　三

雨晴九陌铺江练⑮，岚嫩千峰叠海涛⑯。南苑草芳眠锦雉⑰，夹城云暖下霓旄⑱。少年羁络青纹玉⑲，游女花簪紫蒂桃⑳。江碧柳深人尽醉，一瓢颜巷日空高㉑。

其　四

束带谬趋文石陛㉒，有章曾拜皂囊封㉓。期严无奈睡留癖㉔，势窘犹为酒泥慵㉕。偷钓侯家池上雨，醉吟隋寺日沉钟。九原可作吾谁与㉖，师友琅琊邴曼容㉗。

其　五

洪河清渭天池浚㉘，太白终南地轴横㉙。祥云辉映汉宫紫㉚，春光绣画秦川明。草妒佳人钿朵色㉛，风回公子玉衔声㉜。六飞南幸芙蓉苑㉝，十里飘香入夹城。

其 六

丰貂长组金张辈㉞,驷马文衣许史家㉟。白鹿原头回猎骑,紫云楼下醉江花㊱。九重树影连清汉㊲,万寿山光学翠华㊳。谁识大君谦让德㊴,一毫名利斗蛙蟆㊵。

[注释]

①觚棱:宫阙上转角处的瓦脊呈方角棱瓣形,所以以觚棱代指宫殿。②主璋:朝会、祭祀时所用的玉制礼器。赭(zhě)袍:红袍,帝王所穿的衣服。③舐笔:用舌头舔毛笔。和铅:把水和到铅粉里用来书写。欺贾马:压倒著名辞赋家贾谊和司马相如。④赞功:辅助帝王创业的大功劳。《汉书·叙传下》:"受命之初,赞功剖符,奕世弘业,爵土乃昭。"论道:谈论治理国家的方法策略。鄙萧曹:鄙视汉代名相萧何和曹参。⑤东南楼日珠帘卷:汉乐府《陌上桑》:"日出东南隅,照我秦氏楼。秦氏有好女,自名为罗敷。罗敷喜蚕桑,采桑城南隅。"此句化用其意,珠帘卷则美人现,泛指社会安定,百姓悠闲的生活状态。⑥西北天宛玉厄豪:西域大宛国所产的雄壮天马,架着玉制的横木。厄,通"軛",车辕前面驾在马脖子上的曲木。⑦携镜泣霜毛:将军对着镜子里的白发流下眼泪,指无用武之地。⑧紫陌:京师繁华的道路。汉王粲《羽猎赋》:"济漳浦而横阵,倚紫陌而并征。"⑨韩嫣金丸:韩嫣,字王孙,汉武帝年少时的读伴,两人感情深厚,武帝即位后韩嫣成为宠臣,喜欢弹金丸,丢弃无数而不管。《西京杂记》卷四载:"韩嫣好弹。常以金为丸,所失者日有十余。长安为之语曰:'苦饥寒,逐金丸。'京师儿童,每闻嫣出弹,辄随之望丸之所落辄拾焉。"莎覆绿:绿油油的莎草覆盖着(金丸),形容生活奢华。⑩许公:指隋朝名将宇文述,字伯通,鲜卑族。隋朝开皇初,拜右卫大将军,

拥戴隋炀帝杨广。炀帝即位，宇文述受到重用，任左卫大将军，封许国公，总领军事。鞯汗：马鞍鞯，上面的装饰物垂在马的汗沟处即马的前腋，故称。《北史》卷七十九："述素好着奇服，炫耀时人。定兴为制马鞯，于后角上缺方三寸，以露白色，世轻薄者率仿学之，谓为许公缺势。"杏黏红：形容马鞍的颜色类似杏红。⑪窈窕：深幽的样子。东第：帝城的东面都是王侯的宅第，所以称东第。⑫轮撼流苏：车轮滚动时流苏随着晃动。流苏，车马上垂着的羽毛或丝绒等做成的穗子，用来作装饰用。北宫：在汉代未央宫之北的桂宫，常用于皇帝和贵族大臣游乐。⑬楼护智：楼护善辩的智慧。楼护，字君卿，东汉人。年少时随父在长安为医，出入贵戚家，能够背诵医经、本草、方术等数十万言，受到长者爱重，于是学经传。后来汉元帝皇后王氏一族大盛，五侯争名，宾客各有所厚，只有楼护同时博得了五个王侯的欢心。楼护为人短小精辩，论议常依名节，当时的士大夫都佩服他，与谷永齐名，长安号曰"谷子云笔札，楼君卿唇舌"。⑭可怜铅椠（qiàn）竟何功：可怜擅长文字的人没有什么功劳可言。指有文采不如能言善辩，巴结逢迎。铅椠，铅笔和没有写字的木板。汉扬雄《答刘歆书》："雄常把三寸弱翰，赍油素四尺，以问其异语，归即以铅摘次之于椠，二十七岁于今矣。"⑮九陌：汉代长安城中有八街九陌，这里指京城中的大路。铺江练：形容路宽而平，与白练般的大江相似。⑯岚嫩千峰叠海涛：轻薄雾气笼罩下的千山像叠起的海上波涛。岚嫩，山林间薄薄的雾气。⑰南苑草芳眠锦雉：芙蓉苑的草丛散发着清香，锦鸡藏在草里休息。⑱夹城：宫中的通道。霓旌：皇帝的仪仗，其中的旗帜是用羽毛染成五彩的颜色，缀上丝缕，类似虹霓。⑲羁络：马笼头。⑳紫蒂桃：带着花萼的紫红色桃花。㉑一瓢：形容过着简朴的生活。颜巷：颜回居住的小巷。《论语·雍也》："子曰：'贤哉回也，一箪食，一瓢饮，在陋巷，人不堪其忧,回也不改其乐。贤哉回也。'"㉒束带:整理衣带,表示恭敬严肃。《论语·公冶长》:"子曰:'赤也,束带立于朝,可使与宾客言也。'"谬趋:朝见皇帝。趋,小步跑,表示恭敬的行走礼仪。《战国策·触龙说赵太后》:"左师触龙言愿见太后,太后盛气而揖之。入而徐趋,至而自谢曰:'老臣病足,曾不能疾走。'"文石陛:有纹理的石头砌成的台阶。㉓章:奏章。皂囊封:汉代大臣所上奏折,如果涉及秘密,就用黑色的袋子封上。㉔期严:时间紧急。无奈:没办法。睡留癖:贪睡。㉕势窘:形势窘迫。酒泥慵:烂醉如泥,慵懒散漫。㉖九原可作:死而复生。九原,春秋时晋国大夫的墓地,后代指墓地。作,起。此句化用汉刘向《新序·杂事四》:"晋平公过九原而叹曰:'嗟乎!此地之蕴吾良臣多矣,若使死者起也,吾将谁与归乎?'"㉗师友琅琊邴曼容:以汉代琅琊人邴曼容为师为友。邴曼容,汉代一个极清高的人,为官不肯超过六百石,朝廷授予他超过六百石的官职,他就辞官而去,因此在当时的名声甚至超过了他的叔父邴汉。㉘洪河:大河,指黄河。清渭:清澈的渭水。浚(jùn):深。晋左思《魏都赋》:"洞庭虽浚,负之者北,非所以爱人治国也。"㉙太白:太白山,秦岭的主峰,在今太白县东南,山峰高峻,山顶常年积雪,看上去白茫茫一片,故名。终南:终南山,又名南山、太一山,在西安市南,是秦岭支脉。地轴:传说中大地的轴。晋张华《博物志》卷一:"地有三千六百轴,犬牙相举。"㉚祥云:五彩云,是吉祥的征兆。㉛钿朵:用金、银、玉、贝等镶嵌的花朵样首饰。㉜玉衔:玉制的马嚼子,这里代指马。㉝六飞:六马,指皇帝车驾。幸:帝王驾临。㉞丰貂:宽大厚实的貂皮衣。长组:长长的丝带。金张辈:金家和张家的子弟。西汉时金日䃅、张安世二人并称,子孙数世荣显,后来就用金张作为功臣显宦的代称。《汉书·盖宽饶传》:"上无许史之属,下无金张之托。"㉟驷马:驾着四匹马的高车,是贵族乘的车子。文衣：绣着纹理图案的华丽衣服。许史家：汉宣帝皇后姓许，母亲姓史，两家外戚势力都很强大。㊱紫云楼：在长安曲江边上，唐文宗时左右神策军所建。江花：浪花。㊲清汉：银河。陆机《拟迢迢牵牛星》："昭昭清汉晖，粲粲光天步。"㊳翠华：用翠色羽毛装饰旗杆的旗帜，帝王仪仗队所用。㊴谁识大君谦让德：唐宣宗大中三年十二月，因河湟地区收复，百官上表请加皇帝徽号，连上三次，宣宗都谦让不允许。㊵一毫名利斗蛙蟆：一些小人因为一些小名小利而争斗。蛙蟆，蛤蟆，比喻小人。《汉书·五行志中》："武帝元鼎五年秋，蛙与虾蟆群斗。"

[评析]

　　唐宣宗大中三年（849）十二月，河湟收复，群臣请加宣宗尊号，上深执谦让不许。此诗作于大中四年（850）春，杜牧四十八岁。组诗赞颂了收复失地的武功，描绘了百官朝贺歌功颂德的景象，再现了京师官员沉浸于歌舞升平、宴饮作乐的场景，生动展示了车马之声、宅邸富贵，在一片热闹景象中，诗人却如同颜回一样甘于寂寞。或许，这种反差中隐含着诗人对人们在胜利后歌舞升平而乏远谋的忧虑。

新转南曹未叙朝散初秋暑退出守吴兴书此篇以自见志①

　　捧诏汀洲去②，全家羽翼飞。喜抛新锦帐③，荣借旧朱衣④。且免材为累⑤，何妨拙有机⑥。宋株聊自守⑦，鲁酒怕旁围⑧。清尚宁无素⑨，光阴亦未晞⑩。一杯宽幕席⑪，五字弄珠玑⑫。越浦黄柑嫩，吴溪紫蟹肥。平生江海志，佩得左鱼归⑬。

[注释]

①南曹：唐代吏部员外郎设二人，一人判南曹，故此处指杜牧新任吏部员外郎。南曹是吏部补选官员的选院，在曹选街之南，称南曹。未叙朝散：吏部员外郎为六品上，叙阶可加朝散大夫，此时杜牧还没有叙阶。②汀洲：本指水边小洲，湖州有白蘋洲，这里指湖州。③喜抛新锦帐：不再做吏部员外郎。唐代入宫值班，官家提供新锦被、罗帐，这里代指吏部员外郎。④朱衣：绯衣。唐代文官朝散大夫以上才可以穿绯衣，刺史没有到朝散大夫级别，但是也可以穿绯衣，称为借绯。杜牧此前曾在多地任刺史，所以有"旧朱衣"之说。⑤材为累：因材而受累。《庄子·山木》："庄子笑曰：'周将处乎材与不材之间。材与不材之间，似之而非也，故未免乎累。若夫乘道德而浮游则不然。'"⑥拙有机：在国家机要大事上表现不灵活。⑦宋株：即守株待兔。《韩非子·五蠹》说，宋国有个人耕田，一只兔子跑来撞到树上死了，这个人于是放下工具不再耕地，坐在树旁，希望还有兔子来撞死，被人讥笑。⑧鲁酒：战国时楚国与诸侯会盟，鲁国和赵国都给楚王献酒，鲁国的酒味薄而赵国的酒味厚。楚国管酒的人向赵国要酒，赵国不给，管酒的人生气了，把两国的酒调换了一下，楚王以为赵国的酒味不好，就发兵围攻赵国的都城邯郸。这里指意料不到的灾祸。⑨清尚：高尚的品质。宁：哪里。素：素日，平日。⑩昕：拂晓，破晓。⑪宽幕席：以天为幕，以地为席。晋刘伶《酒德颂》："幕天席地，纵意所如。"⑫五字：五言诗。珠玑：比喻漂亮的辞藻。玑，不圆的珠子。⑬左鱼：鱼符的左半面。唐代刺史由朝廷授给铜鱼符作为信符。

[评析]

此诗写于唐宣宗大中四年(850)。去岁杜牧为司勋员外郎、史馆修撰,本年初秋转吏部员外郎。因为弟弟害眼病和妹妹寡居,自己为官清廉积蓄不多,曾多次请求外放,终于获得批准出守湖州。"羽翼飞"用比喻的手法,生动形象地写出接到诏书后,全家如同小鸟展翅高飞一般欢欣,接着化用典故,写出京城生活的忧惧和厌倦。"宋株聊自守,鲁酒怕旁围"点明京城为官的险境和自己的心态,从这里可以看出,请求外放绝非因经济上的拮据。

将赴吴兴登乐游原一绝①

清时有味是无能②,闲爱孤云静爱僧③。欲把一麾江海去④,乐游原上望昭陵⑤。

[注释]

①吴兴:今浙江湖州。杜牧大中四年(850)秋天离开京城,由尚书郎出任湖州刺史。乐游原:在长安城东南,汉宣帝时在这里建乐游庙,因此得名,是游览胜地。②清时:太平时代。有味:有情趣。无能:没有能力。此句自伤在清平之世没有得到君主的重用。③闲爱孤云静爱僧:悠闲的时候喜爱看孤零零飘浮着的白云,静的时候喜欢和僧人来往。④把一麾:手里拿着一杆军旗,指出任湖州刺史。麾,古代军队的军旗。⑤昭陵:唐太宗李世民的陵墓。

[评析]

　　唐宣宗大中四年（850），四十八岁的杜牧在京城转官吏部员外郎。夏天，他三次上书宰相请求外放，秋天即出守湖州。诗歌作于离开长安前夕。古代很少有京官请求外任的，杜牧的理由是外任官俸禄厚，可以养活患眼疾的弟弟及寡居的妹妹，这似乎合情合理，但其实也是自己政治上不受重视的无奈之举。诗歌于平静的景色描绘中，抒发了对时政的不满、对盛世的追念与志不获骋的悲愤。

将赴湖州留题亭菊

陶菊手自种①，楚兰心有期②。遥知渡江日，正是撷芳时③。

[注释]

　　①陶菊：晋代著名隐士陶渊明喜欢菊花，所以称陶菊。陶渊明有一年重阳节没有酒喝，就到宅院旁边的菊丛里摘了一把菊花坐在那里。②楚兰：兰花。战国时楚国屈原的辞赋中多次出现兰花意象，因称楚兰。③撷芳：采摘菊花。古人重阳节有采菊花的习俗。

[评析]

　　这首诗作于唐宣宗大中四年（850），诗人将赴湖州任刺史。临行前，诗人话别自己家的菊花。在家种菊花，到任种兰花，显示了诗人高雅的品性。尚未远行，却设想到任时候，正是菊花盛开之时，而这些菊花只能在家独自开放，诗歌流露出喜爱和惜别之情。菊兰之约，同时也隐含着诗人对陶渊明、屈原等高洁前贤的敬仰。

题白蘋洲①

山鸟飞红带②,亭薇拆紫花③。溪光初透彻,秋色正清华④。静处知生乐,喧中见死夸⑤。无多珪组累⑥,终不负烟霞⑦。

[注释]

①白蘋洲:古代湖州的游览胜地,在湖州城南,与霅溪相连。梁朝吴兴太守柳恽游此赋诗,其中有"汀洲采白蘋"句,为人传诵,因此称白蘋洲。②红带:练鹊的一种。因尾巴上拖着长长的红色羽毛,故称红带;另有一种尾巴是白色羽毛,故称白带。③亭薇拆紫花:亭边的紫薇花盛开。拆,开放。④清华:清丽,华美。⑤死夸:赞扬死的好处。庄子宣扬苦生乐死,杜牧受此影响。⑥珪组:玉珪和系印绶的丝带,这里指官职。⑦不负烟霞:不辜负美好的佳景。

[评析]

唐宣宗大中四年(850)秋,杜牧出为湖州刺史。到任后,游览白蘋洲,作此诗。诗中描绘了白蘋洲绚丽的秋色,流露出欣然自得的喜悦,表达了自己不会为官府杂务而心累,托志烟霞的旷达。五、六句富于哲理和人生智慧:寂静时分,体味到生命的活力;喧嚣之时,深悟不可虚夸浮躁。

寄李起居四韵①

楚女梅簪白雪姿②,前溪碧水冻醪时③。云罍心凸知难捧④,凤管簧寒不受吹⑤。南国剑眸能盼眄⑥,侍臣香袖爱欹垂⑦。自怜穷律穷途客⑧,正劫孤灯一局棋⑨。

[注释]

①起居:唐代门下省设起居郎二人,中书省设起居舍人二人,官阶从六品上。②梅簪:头上簪着梅花。③前溪:在湖州。冻醪(láo):冬天酿造的酒。④云罍(léi):刻着云雷纹的盛酒器。心凸:顶盖上突起。⑤凤管:笙管。⑥剑眸:女子的眼神。盼眄:顾盼。⑦侍臣:侍奉在皇帝左右的臣子。欹(qī)垂:醉舞的样子。⑧穷律:古代音乐的调律分为阳律和音律,共十二律,对应十二月,穷律为十二月份。穷途客:境遇困窘的人。南朝宋鲍照《代升天行》:"穷途悔短计,晚志重长生。"⑨劫:下围棋的一种方法。据《资治通鉴·晋纪·注》,晋代阮籍为开封令,县城有劫贼,有人报告情况紧急,阮籍下围棋正入迷,说:"局上有劫,亦甚急。"

[评析]

此诗作于唐宣宗大中四年(850)十二月,杜牧在湖州刺史任上。冬日无酒可饮,无乐可听,只有在昏灯下下棋打发日子。"自怜穷律穷途客"连用两个"穷"字,又用围棋造劫,写出湖州冬日生活百无聊赖。不过,作为一首寄送给友人的诗歌,亦委婉地表达了对友人的思念。

题茶山①

山实东吴秀,茶称瑞草魁②。剖符虽俗吏③,修贡亦仙才④。溪尽停蛮棹⑤,旗张卓翠苔⑥。柳村穿窈窕⑦,松涧渡喧豗⑧。等级云峰峻,宽平洞府开。拂天闻笑语,特地见楼台。泉嫩黄金涌⑨,牙香紫璧裁⑩。拜章期沃日⑪,轻骑疾奔雷。舞袖岚侵涧⑫,歌声谷答回。磬音藏叶鸟,雪艳照潭梅。好是全家到,兼为奉诏来。树阴香作帐,花径落成堆。景物残三月,登临怆一杯。重游难自克⑬,俯首入尘埃。

[注释]

① 茶山:湖州顾渚山,山中所产紫笋茶为唐代贡品。采茶的时候,郡守会来监督。② 瑞草:祥瑞之草。魁:第一。③ 剖符:接受铜鱼符为刺史。鱼符为官员信符,唐朝刺史信符为铜鱼符。④ 修贡:备置贡品。唐朝湖州上贡紫笋茶。⑤ 棹:划船工具,借指船。⑥ 卓:直立。⑦ 柳村:据《长兴志》,柳村为水口镇东一地名,因种植柳树环村而得名。窈窕:深远的样子。⑧ 喧豗(huī):轰响声。⑨ 黄金:金沙泉水。据陆羽《茶谱》,湖州有地名金沙泉,为湖州制造加工茶叶的地方。⑩ 牙:通"芽",茶叶芽。⑪ 拜章:大臣向帝王献奏章。⑫ 岚:山里的雾气。⑬ 自克:自己能够保证。

[评析]

此诗作于唐宣宗大中五年(851),时杜牧为湖州刺史。诗人用轻快明媚的笔调，描绘出茶山美丽而富于祥瑞气氛的景色，茶叶的美好，人们制茶时的虔诚，表达了自己监督采茶的责任与使命感。"等级云峰峻，宽平洞府开"，景色描摹如画；"拂天闻笑语，特地见楼台"，欢快而神圣，虽说是暮春景色最为让人伤感，可是这里哪里有一丝哀伤的影子！如此美好的景色诗人难以克制住自己的游兴，只到"俯首入尘埃"，才发现原来还在人间。诗歌将茶山写得恍如仙境，尤其是在暮春三月这个时节。

茶山下作

春风最窈窕①，日晓柳村西②。娇云光占岫③，健水鸣分溪④。燎岩野花远⑤，戛瑟幽鸟啼⑥。把酒坐芳草，亦有佳人携。

[注释]

①窈窕：形容风的温暖柔和。②日晓：拂晓时分。③岫：山峰。④健水：激流。⑤燎岩：开满火红野花的山岩。⑥戛瑟：鸟的叫声像敲击瑟一样。

[评析]

唐宣宗大中五年（851）春，湖州刺史杜牧入山监督采茶，作此诗。这是一首咏春篇章，也是一篇描写山水的诗作。诗歌用拟人、白描手法，以轻柔明快的词汇，描绘了江南顾渚山的秀美春色，既生机勃勃又有一种柔和秀美的特点，抒发了陶醉于美好春景中的惬意。

入茶山下题水口草市绝句①

倚溪侵岭多高树,夸酒书旗有小楼②。惊起鸳鸯岂无恨③,一双飞去却回头。

[注释]

①水口:湖州长兴县水口镇,唐代的贡茶院设置于此。草市:城外茅草屋形成的集市。②旗:酒旗,酒店外面悬挂的招牌。③恨:遗憾。

[评析]

此诗写于唐宣宗大中五年(851)春,杜牧在湖州刺史任上,时入山监督采茶。诗人用生动的画面、飞鸟的遗憾,赞美了茶山的繁华景象与秀美风光。首句动词连用,写山中树木生命力旺盛,高树林立,酒店的招牌似乎在炫耀酒的美好,一切都是那么活泼而有生机。由于招牌的炫耀与招摇,惊飞了此间的鸳鸯。它们不住地回头,乘机再看一眼这美好的春色!

书怀寄中朝往还①

平生自许少尘埃②,为吏尘中势自回。朱绂久惭官借与③,白头还叹老将来。须知世路难轻进④,岂是君门不大开⑤。霄汉几同学伴⑥,可怜头角尽卿材⑦。

[注释]

① 中朝：朝廷。往还：指朋友故交。② 尘埃：比喻为世俗所染。屈原《渔父》："安能以皓皓之白，而蒙世俗之尘埃乎？" ③ 朱绂（fú）：古代系佩玉或印章的红色丝带。官借与：即借绯。唐制官阶五品以上着绯衣及佩银鱼袋，未到五品而特许着绯衣的称借绯。④ 轻：轻易。⑤ 君门：朝廷不大开：化用宋玉《九辩》中语句："岂不郁陶而思君兮，君之门以九重。猛犬狺狺而迎吠兮，关梁闭而不通。" ⑥ 霄汉：朝中高官。⑦ 可怜：可叹，赞叹。头角：头顶左右的突出处，常用来比喻人的气概与才华。

[评析]

此诗作于唐宣宗大中五年（851），时杜牧在湖州刺史任上，借向京中故交写信的机会，称赞几多好友位居高位，表达了自己郁郁不得志和渴望被汲引的情怀。"世路难轻进"，委婉含蓄地写出自己被排挤而到黄州的情况，诗人运用对比与夸张的手法，写友朋如在霄汉，说自己如堕泥尘，"平生自许少尘埃"，说自己一向清高自许，但是长期"为吏尘中"势必会沾染尘土。一个"势"字，写出几多无奈，几多悲愤。杜牧今日的处境，一如杜甫的哀叹："冠盖满京华，斯人独憔悴。"（《梦李白》）

八月十二日得替后移居雪溪馆因题长句四韵 ①

万家相庆喜秋成，处处楼台歌板声 ②。千岁鹤归犹有恨 ③，一年人住岂无情 ④。夜凉溪馆留僧话，风定苏潭看月生 ⑤。景物登临闲始见，愿为闲客此闲行。

[注释]

①得替：官员新旧交换。霅（zhá）溪：在湖州城南。东苕溪和西苕溪都发源于天目山，在湖州汇合后，水流湍急，然有声，故名霅溪。②歌板：唱歌时伴奏的拍板。③千岁鹤归：传说辽东人丁令威在灵虚山学道，后来化成一只仙鹤回到故里，落在城门的华表柱子上，有人拉弓要射掉它，它急忙飞向空中说："有鸟有鸟丁令威，去家千年今始归。城郭如故人民非，何不学仙冢累累。"④一年人住：杜牧在湖州做了一年刺史。⑤风定：风停了。苏潭：即苏公潭，在湖州城南，因唐玄宗时名相苏颋于此落水得名。

[评析]

此诗作于唐宣宗大中五年（851）秋，杜牧辞去湖州刺史，将进京任考功郎中、知制诰。在诗人眼中，湖州民风朴素，为庆祝中秋，万家欢庆，一派欢乐。诗歌表达了诗人对湖州的依恋，以及对闲适生活的向往与追求。"景物登临闲始见"，既是自己辞官后欣喜情感的流露，同时富于哲理意味。自然界中的风光，生活中的美好，繁杂事物中的温馨，只有在内心静下来之后才能更好地体味到。令人遗憾的是，回京不久，诗人溘然辞世。溪馆与僧人夜话，苏潭赏月的娴雅，竟然是人生最后不多的闲适与安逸。

赴京初入汴口晓景即事先寄兵部李郎中①

清淮控隋漕②，北走长安道。樯形栉栉斜③，浪态迤迤好④。

初旭红可染⑤,明河澹如扫⑥。泽阔鸟来迟,村饥人语早。露蔓虫丝多⑦,风蒲燕雏老⑧。秋思高萧萧⑨,客愁长袅袅⑩。因怀京洛间,宦游何戚草⑪。什伍持津梁⑫,汹涌争追讨⑬。翾便讵可寻⑭,几秘安能考⑮。小人乏馨香⑯,上下将何祷⑰。唯有君子心,显豁知幽抱⑱。

[注释]

① 汴口:汴水流入淮河的地方,在今江苏盱眙。晓景:拂晓的景色。② 清淮:淮河。控:贯通。隋漕:隋炀帝时开凿的通济渠。③ 樯:船上的桅杆。栉(zhì)栉:密集的样子。④ 浪态:波浪的形态。迤迤:相连的样子。⑤ 初旭:刚刚升起的太阳。⑥ 明河:银河。⑦ 露蔓:带着露水的蔓草。⑧ 风蒲:蒲柳,即水杨,一种入秋就凋零的树木。燕雏老:小燕子长大了。⑨ 秋思:秋天的思绪。萧萧:寂寞凄凉。⑩ 袅袅:绵绵不绝。⑪ 戚草:匆忙,仓促。⑫ 什伍:古代军队或户籍的编制,五人为伍,十人为什。《礼记·祭义》:"军旅什伍,同爵则尚齿,而弟达乎军旅矣。"这里指驻守在渡口的士兵。持:把持。津梁:渡口。⑬ 汹涌:水势汹涌,深不可测。这里形容渡口的士兵气势汹汹。追讨:讨要。⑭ 翾(xuān)便:轻盈、轻便的样子。讵:哪里。⑮ 几秘:秘密,隐秘。⑯ 馨香:美好的声誉。⑰ 上下将何祷:向神仙祷告。《论语·述而》:"子疾病,子路请祷。子曰:'有诸?'子路对曰:'有之。诔曰:"祷尔于上下神祇。"'子曰:'丘之祷久矣。'"⑱ 幽抱:幽静孤独的情怀。南朝齐谢朓《奉和竟陵王同沈右率过刘先生墓》:"善诱宗学原,鸣钟霁幽抱。"

[评析]

唐宣宗大中五年（851）秋，杜牧由湖州刺史拜考功郎中、知制诰，入京，途经汴口，作此诗。由地方官转为京官，考核官员，为皇帝起草诏书，也算是进入权力中心，自然是一件欣喜的事情。所以诗人眼中的景物也呈现出一派静谧美好的景象，运河的浪花呈现出美妙姿态，初升的太阳如同染过一样。不过，往昔京洛短暂的任职经历，在心中落下的阴霾依旧。正如沿途风景，有胜景也有凄凉萧瑟景色。在向京中的实权派官员兵部郎中的这首汇报诗中，诗人恰当地运用景色表达了自己的感受。

岁日朝回口号[①]

星河犹在整朝衣[②]，远望天门再拜归[③]。笑向春风初五十，敢言知命且知非[④]。

[注释]

① 岁日：元旦，旧历大年初一。朝回：古代新年伊始，百官要穿着朝服去宫中朝拜庆贺。口号：随口吟成的诗篇，类似于口占。口号的用法始见于南朝梁简文帝萧纲《仰和卫尉新渝侯巡城口号》。后来被诗人普遍沿用。② 朝衣：上朝穿的衣服，官服。③ 天门：皇宫的宫门。再拜：拜两次。④ 知命且知非：《论语·为政》记载孔子"五十而知天命"。《淮南子·原道训》中说：春秋时期卫国的贤人蘧伯玉五十岁的时候知道了自己前四十九年的过失。后来就用"知命""知非"称五十岁。唐白居易《自咏》："诚知此事非，又过知非年。"

[评析]

　　此诗作于唐宣宗大中六年（852）正月初一，杜牧时年50岁，任中书舍人。诗歌以轻松愉快的笔触，抒发了早朝归来的喜悦，自嘲经过磨炼，知道了命运的安排，世事的是与非原则。前两句点明早朝归来时间尚早，抒发了自己对朝廷的敬意；后两句直接抒写自己感受，也表明作为大臣，已经超脱了俗务干扰的境地，可见诗人对朝中复杂的关系与事情已经了然于胸。

早春阁下寓直萧九舍人亦直内署因寄书怀四韵①

　　御水初消冻②，宫花尚怯寒③。千峰横紫翠，双阙凭栏干④。玉漏轻风顺⑤，金茎淡日残⑥。王乔在何处⑦，清汉正骖鸾⑧。

[注释]

　　①寓直：值班。萧九舍人：萧置时任翰林学士兼知制诰，故称舍人。舍人，官名，本宫内人之意，后世以为亲近左右之官。秦汉有太子舍人，为太子属官；魏晋以后有中书通事舍人，掌传宣诏命；隋唐又置起居舍人，掌修记言之史，置通事舍人，掌朝见引纳。内署：翰林院。②御水：御沟中的流水，御沟是流经宫苑的河道，唐代御沟边上有许多高大的杨树，又称杨沟。初消冻：刚刚解冻。③宫花：宫中的花木。唐李白《宫中行乐词》之五："宫花争笑日，池草暗生春。"怯寒：畏惧寒冷。④双阙：宫殿两边高台上的楼观。《古诗十九首·青青陵上柏》："两宫遥相望，双阙百余尺。"⑤玉漏：玉制的漏刻计时器，有时是对漏刻的美称。⑥金茎：承露盘的铜柱，这里代指承露

盘。承露盘最早是汉武帝所建，武帝迷信神仙，在建章宫筑神明台，上面铸有青铜仙人像，仙人手中捧着铜盘，据说高二十丈。汉武帝将铜盘承接的甘露和玉屑搅在一起饮用，认为这样可以延年益寿。⑦王乔：传说中的仙人，周灵王的太子晋。喜欢吹笙，像凤凰的鸣叫，道士浮丘公把他接上了嵩高山。三十多年后，他转告家里，七月七日在缑山顶上等候。到了那天，家人果然看见他骑着白鹤在山顶，只能看而不能接近，他向众人举手问好，几天后不见了。⑧清汉正骖鸾：正在天上驾着鸾鸟云游。清汉，天空。南朝沈约《高松赋》："既梢云于清汉，亦倒景于华池。"骖鸾，骑着鸾鸟。南朝江淹《别赋》："驾鹤上汉，骖鸾腾天。"

[评析]

唐宣宗大中六年（852）春，杜牧任考功郎中、知制诰，与友人同在宫中官署内值夜班。诗歌描绘了宫禁初春景象，水初解冻、花朵怯寒，然而生机盎然，翠云紫气当空，象征祥瑞。日初升点明友人与自己一夜值班勤于职守，而在点点滴滴的刻漏声中，诗人感受到春风的柔和而畅快。"风顺"不仅是景致的描绘，更是心境的写照。诗人以景色传达出在宫中值班的喜悦。

年代待考诗

闻庆州赵纵使君与党项战中箭身死长句①

将军独乘铁骢马②,榆溪战中金仆姑③。死绥却是古来有④,骁将自惊今日无⑤。青史文章争点笔⑥,朱门歌舞笑捐躯。谁知我亦轻生者⑦,不得君王丈二殳⑧。

[注释]

①庆州:唐代州名,治所在安化,今甘肃庆阳。赵纵:时任庆州刺史。党项:西北少数民族,羌族的一支。②铁骢马:披着铁甲的毛色青白相间的战马。③榆溪:榆溪塞,又名榆林塞,唐代属于胜州。在今内蒙古鄂尔多斯境内,位于黄河北岸。金仆姑:箭名,泛指利箭,典出《左传·庄公十一年》:"乘丘之役,公以金仆姑射南宫长万。"④死绥:军队败退,将军死亡。⑤骁将:勇猛善战的将领。⑥青史:古代用竹简记事,所以称史书为青史。点笔:记下赵纵的忠烈事迹。⑦轻生:不贪生怕死。⑧不得君王丈二殳(shū):君王没有赐给我军权。丈二殳,古代的竹木兵器,一端有棱,但没有刃,长一丈二尺。《诗经·卫风·伯兮》:"伯也执殳,为王前驱。"

[评析]

据《资治通鉴》卷二百四十九记载,唐宣宗大中四年(850)九月,党项侵扰边境,朝廷多年发兵,没有起色。此诗作于这几年间。诗歌用层进、反衬的手法,突出赵纵将军为国捐躯的英勇,令史家称颂,而令人痛心的是如此值得称颂的壮举竟然有人冷嘲热讽。"朱门歌舞笑捐躯"点出某些上层人物沉迷歌舞,置国家民族大义于不顾。在大义与善行遭到非议的情景下,诗人毅然信守报效祖国的念头,慨叹自己连到前线的机会都没有。诗人赞扬赵纵捐躯,再现了当时社会舆论的分歧,表明了报国志向。清人余成教说读杜牧此诗,"可以知其立志之远大"(《石园诗话》卷二)。

独 酌

长空碧杳杳①,万古一飞鸟②。生前酒伴闲,愁醉闲多少。烟深隋家寺③,殷叶暗相照④。独佩一壶游⑤,秋毫泰山小⑥。

[注释]

①杳杳:高旷深远的样子。②万古一飞鸟:一万年的时间,就像鸟从眼前飞过一样,形容时光飞快地逝去。晋张协《杂诗》之二:"人生瀛海内,忽如鸟过目。"③烟深:雾气浓重。隋家寺:隋朝时建的佛寺,指长安万年县的大兴善寺。④殷叶:茂密的叶子。⑤独佩一壶游:自己带着一壶酒去游玩。《晋书·刘伶传》:"常乘鹿车,携一壶酒,使人荷锸而随之,谓曰:'死便埋我。'"佩,携带。⑥秋毫泰山小:语出《庄子·齐物论》:"天下莫大于秋毫之末,而太山为小。"意思是秋毫虽然小,但是

还有更小的东西;泰山虽然大,但是还有更大的东西。这里的用意是不要计较是非物我,对人生的态度要洒脱。

[评析]

　　这首诗作于长安,具体时间不可知。诗歌以拟人、夸张、用典的手法,抒发了诗人独自饮酒消愁的情思与自我解脱的胸襟。诗人于清冷山寺中,幻化为一只翱翔的小鸟;长空的辽阔与万古的时空,凸显了诗人的孤傲与愁绪。前生以酒相伴的玄想,分明是今生愁闷的心理影像。曹操说:"何以解忧?唯有杜康。"诗人如同刘伶,沉迷于醉乡;恍如进入庄子世界,泰山也变得微不足道了:一切界限消弭,混同如一。看似洒脱,实则愁思弥襟。清人潘德舆以此诗为例,说杜牧诗歌"伉爽有逸气,实出李义山、温飞卿、许丁卯诸公上"(《养一斋诗话》卷十)。

出宫人二首①

其 一

闲吹玉殿昭华管②,醉折梨园缥蒂花③。十年一梦归人世④,绛缕犹封系臂纱⑤。

其 二

平阳拊背穿驰道⑥,铜雀分香下璧门⑦。几向缀珠深殿里,妒抛羞态卧黄昏。

[注释]

① 出宫人：唐代在遭遇自然灾害、新帝登基时，或者为了节约开支，曾多次放出宫女，每次几百至几千人不等。这些宫女有亲属的就投靠亲属，无家可归的就被安置在长安城的寺观里。② 玉殿：宫殿的美称。昭华管：笛名。《西京杂记》记载咸阳宫中有玉管，吹奏起来就会看见隐隐约约的车马和山林，吹完了这些就都不见了，玉管有铭文，称为"昭华之管"。③ 梨园：在长安城宫苑之南，原来是皇帝游乐的地方，唐玄宗曾选宫女数百人在这里演习乐曲。缥（piǎo）：青白色。④ 人世：普通人生活的社会。⑤ 系臂纱：据《晋书·胡贵嫔传》，晋武帝司马炎在位时，选良家女子入后宫，看见貌美中意的，就命人用红色纱布系在女子的手臂上，表示入选。⑥ 平阳拊背：据《史记·外戚世家》，汉武帝有一次从灞上回来，路过姐姐平阳公主家，看中了歌女卫子夫，平阳公主于是把卫子夫送进了宫中，临行，卫子夫上车，平阳公主拍着她的后背嘱咐多吃饭保养好身体，以后富贵了，不要忘故人。后来卫子夫果然做了皇后。⑦ 分香：东汉末年，曹操造了一座宏伟的铜雀台，临终时吩咐姬妾要不时登上台去眺望他的坟墓，以安慰思念之情，还说余香可分给诸姬妾，没事的时候，学着做些鞋子卖。璧门：汉武帝建章宫南有璧门，这里泛指宫门。

[评析]

此诗歌咏宫女出宫。宫女是封建君主制社会特有的现象，当初入选，或者喜不自胜，一条通达富贵之门或许敞开，正如诗中所咏叹的，或可成为皇后，但分香卖鞋为业典故的运用则指向另外一条道路，那就是若干年出宫门后的寻常百姓日子。第一首诗用白描手法，写宫女出宫后依然吹奏华丽的笛子，"闲吹"与"醉折"，显示出一种百无聊赖，十年的大好时光回顾起来恍如一梦。身上依旧带着最初入宫时的标志,或许这个红色的臂纱就成为一种难以言明的痕迹,或喜或忧,或悲或乐,人生的转折由此开始。第二首诗运用典故,看到这些被驱出宫门的女人,诗人头脑中闪现出当年她们在宫中的争宠、落魄。明代周珽评论说:"热极者肠,冷极者意。热极令人欲叫,冷极令人自叹。前追思昔时之虚宠,后叹想今日之空花。盖人生幻世,荣瘁喧寂,总属梦中,何独宫人然?退而犹恋系臂之纱,尤是世人常态。刘得仁有《旧宫人》诗,敖子发谓其托喻,有讽刺……杜之此诗,自谓乎?讽人乎?"(《唐诗选脉会通评林》)

湖南正初招李郢秀才①

行乐及时时已晚②,对酒当歌歌不成③。千里暮山重叠翠,一溪寒水浅深清。高人以饮为忙事④,浮世除诗尽强名⑤。看著白蘋芽欲吐⑥,雪舟相访胜闲行⑦。

[注释]

① 湖南:当为"湖州"之误。正初:正月初一。李郢:字楚望,长安人。生卒年不详,早年居住杭州,出入于山水,琴书自娱,不求仕进。唐宣宗大中十年(856)中进士,曾任藩镇从事,后来做过侍御史。唐末避乱岭南。与李商隐、杜牧、僧清塞(周贺)、贾岛、方干等为诗友,与女道士鱼玄机也有过交往,并以诗篇唱酬。② 行乐及时:及时娱乐消遣。《古诗十九首·生年不满百》:"生年不满百,常怀千岁忧。昼短苦夜长,何不秉烛游。为乐须及时,何能待来兹?"③ 对酒当歌:用曹操《短歌行》意:"对酒当歌,

人生几何。譬如朝露,去日苦多。"④高人:超脱世俗的人,这里指李郢。⑤浮世:人间,人世。古人以为世事虚浮无定,故称。强名:虚名。⑥看著:转眼间。白蘋:一种水中浮草。湖州有白蘋洲,盛产白蘋。宋谈钥《嘉泰吴兴志》卷五:"白蘋洲在湖州府霅溪东南,梁太守柳恽《江南曲》:'汀洲采白蘋,日暮江南春。'后人因以名洲。""杜牧之有《题白蘋洲》诗。"⑦雪舟相访:用王子猷雪夜访友典故。《世说新语·任诞》:"王子猷居山阴,夜大雪,眠觉,开室命酌酒,四望皎然,因起彷徨,咏左思《招隐诗》。忽忆戴安道,时戴在剡,即便夜乘小船就之。经宿方至,造门不前而返。人问其故,王曰:'吾本乘兴而行,兴尽而返,何必见戴!'"

[评析]

这是一首召唤友人饮酒的诗歌。由于诗歌以召唤友人到来为目的,所以诗中及时行乐以及放纵的思想比较突出。首联写及时行乐遗憾时光闪逝,对着酒樽无法饮酒,只因为友人的缺席。颔联以江水比喻交情深,颈联赞颂饮酒为高,诗名为胜,写出召唤的目的是饮酒作诗,你还能拒绝吗?有人以此评论杜牧的思想与精神状况,其实应该将诗歌的写作功能思索一番再下结论更妥当些。

赠朱道灵①

刘根丹篆三千字②,郭璞青囊两卷书③。牛渚矶南谢山北④,白云深处有岩居⑤。

[注释]

①朱道灵：事迹不详。②刘根：汉代术士，字君安，颍川人，一说为长安人，隐居嵩山，传说能令人白日见鬼。《后汉书·刘根传》："诸好事者自远而至，就根学道，太守史祈以根为妖妄，乃收执诣郡，数之曰：'汝有何术，而诳惑百姓？若果有神，可显一验事。不尔，立死矣。'根曰：'实无它异，颇能令人见鬼耳。'"丹篆：用朱砂写的篆文，常指仙书符箓。③郭璞：东晋文学家、方士，字景纯，河东闻喜（今属山西）人。博学多才，有出世之道。精于阴阳、历算、五行、卜筮之术，占卜奇验。东晋初为著作佐郎，后为王敦任记室参军。善堪舆术，被奉为堪舆之祖。今传《郭弘农集》，系明人辑本。有《尔雅注》《方言注》《山海经注》《穆天子传注》等。④牛渚矶：在今安徽马鞍山市西南翠螺山麓，相传古时有金牛出渚而得名。又因盛产五彩石，故又名采石矶。与南京燕子矶、岳阳城陵矶统称为长江三矶。唐代诗人李白《泊牛渚怀古》，即指此。谢山：今安徽当涂县东南三十里青山。《太平寰宇记》卷一百五：谢公山"在县东三十五里。齐宣城太守谢朓筑室及池于山南。其它阶址犹存，路南砖井二口。天宝十二年改为谢公山。周回八十里"。⑤岩居：建房舍于岩石上。

[评析]

这是一首赠给道士的诗歌，诗人巧妙地运用典故，赞颂其丹书多，道术高明灵验，勤于耕读，著述多，而居住的地方为一方名胜，富有人文景观，汉晋两大神仙方士指代本来已经具有神秘色彩，白云深处结岩而住，更是云山雾绕，富有神仙韵味。

惜　春

春半年已除①，其余强为有②。即此醉残花，便同尝腊酒③。怅望送春杯④，殷勤扫花帚⑤。谁为驻东流⑥，年年长在手？

[注释]

①除：时光过去。《诗经·唐风·蟋蟀》："今我不乐，日月其除。"②强：勉强。③腊酒：腊月酿的酒。④怅望：惆怅地张望、想望。南朝齐谢朓《新亭渚别范零陵》："停骖我怅望，辍棹子夷犹。"⑤殷勤：情深义重。《南史·任昉传》："为《家诫》，殷勤甚有条贯。"⑥驻：留住。东流：东去的流水，比喻逝去的时光。

[评析]

文人多感，伤春惜春为诗词常见题目。然而一般都是在暮春时节，抒写韶华易逝青春难再。诗人却在仲春时节警觉地感受到春天的消逝，声称此外的时光不足为道，警句开篇，出语不凡，而不久前腊岁迎春的喜庆气氛尚未远离。于是，诗人饮酒送春，归拢落红，痴痴地期盼着能够遮断滚滚东流水，挽回花儿千朵艳。李商隐说："刻意伤春复伤别，人间唯有杜司勋。"(《杜司勋》)这种情怀也感染了宋代诗人吴芾，他在《二月晦日惜春有感》中写道："春半年已除，旧闻诗人语。老夫始信之，倍觉伤时序。"(《湖山集》卷三)

过骊山作①

始皇东游出周鼎②,刘项纵观皆引颈③。削平天下实辛勤④,却为道旁穷百姓⑤。黔首不愚尔益愚⑥,千里函关囚独夫⑦。牧童火入九泉底⑧,烧作灰时犹未枯⑨。

[注释]

① 骊山:在今陕西省西安临潼区东南,是秦岭北侧的一个支脉,山势远望如骏马,所以称骊山。秦始皇的陵墓在此,自古以来是游览胜地。② 周鼎:周代的传国宝鼎,共九个,是国家权力的象征,据说沉在泗水中。秦始皇统一六国后东游,路过彭城,斋戒祷告,又让千人到泗水中去捞取,都没有找到周鼎。③ 刘项:指刘邦和项羽。引颈:伸长脖子。刘邦在咸阳观看秦始皇出巡,叹息说:"大丈夫当如是也。"项羽和叔父项梁在浙江一起看秦始皇东巡,说:"彼可取而代也。"④ 削平天下:统一天下。⑤ 穷百姓:指汉高祖刘邦,刘邦以平民起身,夺得天下。⑥ 黔首:秦代将老百姓的称呼更名黔首。《史记·秦始皇本纪》:"始皇二十六年统一天下,刻石颂德,分立三十六郡,更民名曰黔首。"益愚:更加愚昧。⑦ 函关:函谷关,在今河南灵宝西南。⑧ 牧童火:据《汉书·刘向传》记载,秦始皇死后,一个牧童的羊进入了墓穴,牧童拿着火把找寻,失火烧掉了棺椁。刘向叹道:"自古至今,葬未有盛如始皇者也,数年之间,外被项籍之灾,内离牧竖之祸,岂不哀哉!"九泉:地下极深的地方,指死者的葬处。⑨ 犹未枯:尸体烧成灰前还没有干枯,形容秦朝彻底灭亡之速。

[评析]

　　这是一首咏史诗，命题立意与《阿房宫赋》相仿佛。骊山为秦始皇陵墓所在地，诗人驻足长思，心绪难平，却最终没有歌颂秦始皇的兼并六国、一统天下，而是将这位帝王的身世与秦朝的命运相结合，着眼于朝代更替教训，通过秦始皇的暴政与悲惨教训，警示统治者不可骄奢放纵，否则只是江山也罢、财富也好最终难保，帝王自己也只是在为他人打工而已。巡游天下与寝陵失火浓缩在一个短章中，富于悲剧性与讽刺效果。

史将军二首①

其 一

　　长铍周都尉②，闲如秋岭云③。取蜃弧登垒④，以骈邻翼军⑤。百战百胜价⑥，河南河北闻⑦。今遇太平日，老去谁怜君⑧？

其 二

　　壮气盖燕赵⑨，耽耽魁杰人⑩。弯弧五百步⑪，长戟八十斤⑫。河湟非内地⑬，安史有遗尘⑭。何日武台坐⑮，兵符授虎臣⑯？

[注释]

　　① 史将军：史宪忠，字元贞，唐代名将，曾任贝州刺史、检校右散骑常侍、陇州刺史、泾原节度使，多次守边，打败吐蕃、突厥兵的入侵，累封北海县子、检校尚书左仆射兼金吾大将军。② 长铍周都尉：周灶，西汉时任长铍都尉，在楚汉之争中立下战功，封侯。这里用周灶来比喻史宪忠。

③闲：沉静，冷静。④蝥弧：春秋时期诸侯郑伯的旗名，后用来借指军旗。《左传·隐公十一年》："颍考叔取郑伯之旗蝥弧以先登，子都自下射之，颠。"登垒：登上军事堡垒。⑤骈邻翼军：合并两骑为军翼。《汉书·高惠高后文功臣表》："柏至靖侯许盎，以骈邻从起昌邑。"⑥价：声价。⑦河南河北：河南道和河北道。⑧怜：爱惜，关怀。⑨盖：超过，胜过。《庄子·应帝王》："老聃曰：'明王之治，功盖天下而似不自己，化贷万物而民弗恃。'"燕赵：原为战国时期燕赵之地的河北一带，唐代时常为藩镇割据。燕赵在战国时期多出奇士、壮士。⑩眈眈：同"眈眈"。目光炯炯，威严注视的样子。晋陆机《汉高祖功臣颂》："烈烈黥布，眈眈其眄。"魁杰人：在杰出的人中占魁首。⑪弯弧五百步：射箭能射到五百步之外。步，古代的长度单位，定制不一，或八尺、六尺，或五尺为一步。五百步与下文的八十斤都是夸张的写法。⑫长戟：长柄的戟，古代合戈、矛为一体的兵器，外形略似戈而兼有戈之横击、矛之直刺的两种功能，因此杀伤力比戈、矛强。《吴子·图国》："为长戟二丈四尺，短戟一丈二尺。"⑬内地：靠近国家的中心地带，相对于边疆和沿海地区而言。⑭安史有遗尘：安史之乱留下了后患。⑮武台：召见武将受命的宫室。原是汉未央宫中的殿名。《汉书·李陵传》："天汉二年，贰师将三万骑出酒泉，击右贤王于天山。（武帝）召陵，欲使为贰师将辎重。陵召见武台……陵对：'无所事骑，臣愿以少击众，步兵五千人涉单于庭。'上壮而许之。"⑯兵符：古代调兵遣将用的凭证。《史记·魏公子列传》："嬴（侯嬴）闻晋鄙之兵符常在王卧内，而如姬最幸，出入王卧内，力能窃之。"虎臣：勇武之臣。《后汉书·班勇传》："孝明皇帝深惟庙策，乃命虎臣，出征西域，故匈奴远遁，边境得安。"

[评析]

在中唐藩镇割据与战乱频仍的境遇下,出身官宦世家的文官杜牧写了大量诗歌,称颂武官良将,表达了对国家富强与统一的渴望。史将军是一位战功卓著的统帅,然而晚年却不受重视。这两首诗歌颂了史将军的威武勇猛而又儒雅淡定,边塞声望卓著。第一首慨叹史将军功成而不获重用,次首慨叹国事多艰正需要人才之际其却又不能上战场杀敌,表现了深切的同情和强烈的愤慨。人才不受重视或者才非所用,或许是衰世的表征。杜牧文武兼备,多年沉寂下僚,或许诗中不乏自己的身世感慨。

过勤政楼①

千秋佳节名空在②,承露丝囊世已无③。
唯有紫苔偏称意④,年年因雨上金铺⑤。

[注释]

①勤政楼:唐玄宗在兴庆宫西南所建的楼,西面题"花萼相辉之楼",南面题"勤政务本之楼",是商议政事的处所。②千秋佳节:唐玄宗生日,农历八月初五,开元十七年定为千秋节。③承露丝囊:千秋节这天,玄宗在勤政楼下宴请百官,群臣献万寿酒,王公贵戚献金镜绶带,普通士人和百姓相互赠承露囊,上面系着丝带。世已无:今天已经不存在了。④紫苔:青苔。称意:如意,得意。⑤因雨上金铺:因为雨的滋润,苔藓长到了门上。金铺,门上铜制的兽面环纽,可以衔门环。汉司马相如《长门赋》:"挤玉户以撼金铺兮,声噌吰而似钟音。"

[评析]

　　唐玄宗前期勤政楼在唐朝辉煌强大的政治生活中闪耀着璀璨的光芒，然而如今却是荒凉空旷苔藓满地。当年的繁盛与荣华早已随风而逝，只有门首上的金饰兽纽显示着过去皇室的气派。蔓延的苔藓，引发诗人穿越历史时空，迈入盛唐。游览勤政楼，杜牧触景生情，于断垣残壁中感慨历史兴亡、唐朝的盛衰，当年的功名追逐，其至所谓功名事业的意义所在。

过华清宫绝句三首①

其 一

长安回望绣成堆②，山顶千门次第开③。一骑红尘妃子笑④，无人知是荔枝来⑤。

其 二

新丰绿树起黄埃⑥，数骑渔阳探使回⑦。霓裳一曲千峰上⑧，舞破中原始下来⑨。

其 三

万国笙歌醉太平⑩，倚天楼殿月分明⑪。云中乱拍禄山舞⑫，风过重峦下笑声⑬。

[注释]

①华清宫：在今陕西西安市临潼区骊山北，唐太宗时在这里建汤泉宫，玄宗时大兴土木，改名华清宫。玄宗经常游幸此处，有时从初冬十月住到第二年三月。②绣：华清宫在骊山上，骊山两侧为东绣岭与西绣岭，唐玄宗时，骊山遍植花木，看上去像锦绣一般，因此名绣岭。这里兼有双关之意，同时也形容华清宫的富丽堂皇。③山顶：指出华清宫坐落之高。千门：宫中殿阁庞多，所以宫门也多。次第：一个接一个。④一骑红尘妃子笑：杨贵妃喜欢吃荔枝，广东地区所产胜过四川，但荔枝不容易保存，所以玄宗命人骑快马连夜赶送荔枝。一骑红尘，快马驰过，尘土飞扬。妃子笑，杨贵妃看见荔枝非常高兴。⑤无人知是荔枝来：没有人知道快马驮着的是荔枝。⑥新丰：旧县名，与华清宫相距不远，同在今西安临潼区内。黄埃：黄色的尘土。这里专指刺探军情的兵士所骑的马扬起的尘土，预示着战乱。⑦渔阳探使：指太监辅璆琳一行。安禄山在渔阳谋反前，唐玄宗有所察觉，曾派太监辅璆琳以送珍果的名义前去探视情况。谁知辅璆琳暗地里受了安禄山的贿赂，回来禀报玄宗说安禄山没有谋反的意思，于是玄宗放松了警惕。⑧霓裳一曲千峰上：在千峰耸立的骊山上，唐玄宗和杨贵妃还在宫中演奏《霓裳羽衣曲》。霓裳，指《霓裳羽衣曲》，杨贵妃善舞此曲。⑨舞破中原始下来：直到中原被叛军攻占了，玄宗才停止宫中的舞蹈，仓皇出逃。⑩万国：全国，天下。⑪倚天楼殿：殿阁高耸入云。分明：明亮。⑫乱拍：不和节奏。禄山舞：安禄山擅长跳胡旋舞，胡旋舞是从西域康国流传过来的舞蹈。⑬风过重峦下笑声：清风吹过层层叠叠的山峦，传来宫中的笑声。

[评析]

　　这三首诗是咏史名篇,为杜牧经过骊山华清宫时有感而作。一般来说,七言绝句多以描写静态景观见长,而这三首诗歌却如同戏剧一样,以大胆的想象,运用夸张、双关的手法,展示动态场景,通过送荔枝、杨玉环舞《霓裳羽衣曲》、安禄山宫中舞等典型事件,讽喻唐玄宗的荒淫好色,杨贵妃的恃宠而骄,安禄山的狡诈,慨叹安史之乱,总结唐朝由盛转衰的原因,可谓以小见大,见微知著。虽无一字评说,但强烈的讽刺意味呼之欲出。

登乐游原①

　　长空澹澹孤鸟没②,万古销沉向此中③。看取汉家何事业④,五陵无树起秋风⑤。

[注释]

　　①乐游原:在长安城东南曲江池北的一处高旷的黄土地,因汉宣帝曾在这里建乐游庙而得名。②澹澹:广阔的样子。③销沉:消亡,衰退。④汉家:汉朝。⑤五陵:汉代五个皇帝的陵墓,即汉高帝长陵、汉惠帝安陵、汉景帝阳陵、汉武帝茂陵、汉昭帝平陵。无树起秋风:这里没有树,只有空荡的秋风回旋。暗指三国时这些陵墓都在兵荒马乱中被盗。

[评析]

　　这是一首写景诗,也是咏史名篇。虽然具体写作时间不得而知,诗人何种心境下登临乐游原难以确定,但诗中的兴亡感慨却超越历史时空扑面而来。就一般意义上来说，乐游原紧邻唐朝京师红极一时的旅游景点曲池，虽为汉代名胜却已经荒芜少有人来。荒草蔓延之地吸引作者的是历史人文知识与汉朝衰亡的感慨，而从这首诗中，有作为的统治者或可得到一种警示。首句写景，此地荒凉甚至鸟迹罕至，只有天空辽阔。次句抒发感受，人们不由会问：如此淡宕景色中何以容纳万古的惆怅？第三、四句揭示真相：原来这个地方，在汉朝是如此显赫啊！与王朝丰功伟绩相联系的，诗人选取了帝王陵墓，而古代陵墓必有树木，寻常百姓的坟墓都是如此，然而帝王的陵墓却一棵树也没有！前人评价说："汉家基业之广大，为何如今日登原一望，五陵变为荒田野草，无树木可以起秋风矣？盛衰无常，废兴有时。有天下者观此，亦可以栗栗危惧。"（高棅《唐诗品汇》卷五十三）经历宋朝灭亡的宫廷诗人汪元量在《忆王孙》中写道："五陵无树起秋风，千里黄云与断蓬。"（《湖山类稿》卷五）

春申君[1]

烈士思酬国士恩[2]，春申谁与快冤魂[3]？三千宾客总珠履[4]，欲使何人杀李园[5]？

[注释]

[1]春申君：战国时楚国人黄歇的封号。楚考烈王元年黄歇为相，赐淮北封地十二县，封地介于蕲春、申息之间，称春申君。[2]烈士：坚贞刚烈之士。酬：报答。国士恩：以国士之礼相待的恩惠。[3]快冤魂：为春申君复仇。快，使动用法，使他人感到痛快。冤魂，春申君被门客李园派

的刺客杀死,故称冤魂。④三千宾客总珠履:春申君家有三千宾客,上等宾客都穿着珠玉装饰的鞋子,形容待遇之厚。⑤欲使何人杀李园:春申君门客李园把妹妹献给春申君。其妹怀孕后,又被献给了楚考烈王。楚王宠爱李园妹妹,把其子立为太子,还立她为王后。门客朱英非常气愤,献计杀李园,但是春申君觉得李园软弱没有采纳他的意见。楚考烈王死后,李园派刺客杀死春申君。令人更加不平的是,春申君门客却没有人来为他报仇。

[评析]

春申君为战国四大公子之一,门客众多,孰料竟然死于门客之手,而更令人难以置信的是三千门客中没有人来为他复仇。这首咏史诗慨叹春申君无人为其复仇,痛斥其门客忘恩负义、恩将仇报的行为。诗歌以议论开篇,义正词严,从而为诗歌奠定慷慨激昂悲愤难平的基调。"三千宾客总珠履",形象地写出其门客待遇不菲,然而却无人敢于担当。有人认为此诗讽刺时事,感于甘露之变。

读韩杜集①

杜诗韩集愁来读②,似倩麻姑痒处搔③。天外凤凰谁得髓?无人解合续弦胶④。

[注释]

① 韩杜集:韩愈和杜甫的诗文集,杜牧对这两位大文人极其崇拜。

②杜诗韩集愁来读：在心情愁苦郁闷的时候读杜甫和韩愈的诗文集。③似倩麻姑痒处搔：好像是让麻姑挠自己的痒处，非常痛快。比喻二人诗文能够产生共鸣，情感相通。倩，请求。麻姑，传说中的女仙。《神仙传》记载东汉桓帝年间，仙人王远带着麻姑到蔡经家里去。麻姑才十八九岁，长得很漂亮，却声称已经三次看见东海变为桑田。蔡经仔细端详，见麻姑手指纤细，像鸟的爪子一样，心里想要是用来挠痒该有多好。谁知王远看透了蔡经的心思，让人拉着他用鞭子抽。别人只看见鞭子打在蔡经的后背上，却看不见拿鞭子的人。④天外凤凰谁得髓？无人解合续弦胶：意思是没有人能够真正继承杜、韩作品的精髓，两人的艺术水平实在是太高超了。古代神话记载西海中的凤麟洲上有数不清的凤麟，把凤凰的喙和麟角煮在一起，做成膏，可以把弓上拉断的弦、折断的刀剑粘上，粘好的断处非常牢固，要是让大力士来折，其他的地方能断，而粘的地方却折不断。解，懂得。合，合成。

[评析]

这是一首读后感，也是论史诗。诗人以形象生动的笔触，传神地表达了诗人对韩愈、杜甫的推崇以及对其诗文的艺术感受。前两句用通感手法与神话传说，写出二人诗文解人愁绪。两个伟大文人，作品众多，气象万千，诗人却以一个"愁"字高度概括，笔力千钧。原来杜、韩二人不仅精于构思，匠心独运，更重要的是在忧国忧民这一方面心灵相通，而杜牧常常心怀天下，故而读二人诗文感触深。后两句用天外凤凰赞颂二人创造性强，无人能够比肩。

自 贻[1]

杜陵萧次君[2]，迁少去官频[3]。寂寞怜吾道[4]，依稀似古人。饰心无彩缋[5]，到骨是风尘[6]。自嫌如匹素[7]，刀尺不由身[8]。

[注释]

[1] 自贻：自己写给自己。[2] 萧次君：汉代杜陵人萧育，字次君，是著名经学家萧望之的儿子，曾经辅佐过元帝、成帝、哀帝三代君主。[3] 迁：升迁。去官频：萧育性情刚直仕途不顺，很少升迁。荫授太子庶子，历任郎官、御史、功曹、谒者、光禄大夫。[4] 吾道：自己的仕途经历。[5] 饰心：装饰自己的内心。彩缋（huì）：五彩的布帛、丝带。[6] 风尘：比喻尘世烦扰。[7] 自嫌：自己不满意自己。素：白色的生绢。[8] 刀尺不由身：生绢任刀尺剪裁，由不得自己。比喻自己不能左右命运。

[评析]

这是一首赠给自己的诗歌。一个人到了何等孤苦、愤懑的境地才会给自己写诗？杜牧出生于官宦世家，资质不凡又胸怀天下，却又屡遭挫折报国无门，内心凄苦。诗歌以古人自况，表明自己坚守朴素，内心无杂念。而布匹任人裁剪的比喻，很有一种任人宰割陷害的清醒与无奈。写此诗时，诗人应该处于一个"非常"时期。在这种境遇中，诗人坚守"吾道"，不与他人同流合污。

长安秋望

楼倚霜树外①,镜天无一毫②。南山与秋色③,气势两相高。

[注释]

① 霜树:经过霜的树木。② 镜天:天空像镜子一样,非常明净。无一毫:没有一丝云彩。③ 南山:终南山。

[评析]

这是一首歌咏秋天的诗歌,抓住了秋日天空澄碧秋高气爽的特征,用白描和拟人的手法,化虚为实、转实为虚相结合,将终南山和长安城内的秋色写得生气勃勃,因而深受后人喜爱,人们甚至纷纷效仿。清代彭端淑说:"牧之绝句尤佳,如《长安秋望》云'南山与秋色,气势两相高',笔力甚健。"《雪夜诗谈》卷中) 元代王恽在《送表弟韩云卿赴台》中写道:"南山与秋色,依旧两峥嵘。"明代董其昌《题王叔明画》有"南山与秋色,气势两争峙"诗句。

长安送友人游湖南

子性剧弘和①,愚衷深褊狷②。相舍嚣谤中③,吾过何由鲜。楚南饶风烟④,湘岸苦萦宛⑤。山密夕阳多,人稀芳草远。青梅繁枝低⑥，斑笋新梢短⑦。莫哭葬鱼人⑧，酒醒且眠饭⑨。

[注释]

①子：对男子的尊称或美称。性：性格，个性。剧：非常，十分。弘和：宽宏平和。②愚衷：谦称自己的性格。褊狷：褊狭狷介，不合俗。③嚣诿（náo）：喧哗吵闹。④风烟：风光，景象。唐骆宾王《在江南赠宋五之问》："风烟标迥秀，英灵信多美。"⑤苦：非常，很。魏曹丕《善哉行》："上山采薇，薄暮苦饥。"萦宛：盘曲迂回。⑥繁枝：茂密的树枝。⑦斑笋：斑竹的笋。斑竹即紫竹，竹竿上有紫色或褐色的斑纹，据说舜南巡途中死去，其妃子娥皇、女英痛哭不止，流下的眼泪滴在竹子上，就产生了斑竹。⑧葬鱼人：指屈原。屈原被流放，自沉汨罗江前曾回答渔父的问话："宁赴常流而葬乎江鱼腹中耳，又安能以皓皓之白而蒙世之温蠖乎？乃作怀沙之赋。"⑨眠饭：睡觉和吃饭。指过平静安稳的生活。宋曾巩《戏书》："交游断绝正当尔，眠饭安稳余何求。"

[评析]

  这首赠别诗写作年代不可考，南下友人也不知姓名。但是从诗中来看，二人为诤友，因为这位朋友的存在，杜牧感到在都市喧嚣的人海中多了一些快乐，少了一些过失。因而分别在即，心中自然怅惘若失。诗人不直接写分别的哀怨，而是设想友人南下后的情形。"山密夕阳多，人稀芳草远"，通过景物描写，刻画出夕阳荒山中友人独自游赏的景象，委婉含蓄地表达了对友人的思念与关切。

独 酌[1]

窗外正风雪[2]，拥炉开酒缸[3]。何如钓船雨[4]，篷底睡秋江[5]。

[注释]

①独酌：独自饮酒。②风雪：名词用作动词，刮风下雪。③拥炉：围着火炉。④何如：怎么样。钓船雨：雨点滴在钓船的篷上。⑤秋江：秋天的大江。

[评析]

这首五绝用对比反衬的手法，抒写自己内心的苦闷，妙在不言愁苦而凄然之境跃然纸上。试想，风雪之时对着炉火，喝着小酒，应该是何等惬意的事情，而诗人却说不如秋雨夜眠篷船。秋雨萧瑟，容易使人陷入愁绪，更何况孤舟江中。

西江怀古[1]

上吞巴汉控潇湘[2]，怒似连山净镜光。魏帝缝囊真戏剧[3]，苻坚投棰更荒唐[4]。千秋钓舸歌明月[5]，万里沙鸥弄夕阳。范蠡清尘何寂寞[6]，好风唯属往来商。

[注释]

①西江:蜀江。蜀江水从西来,故称。②上吞巴汉:上游合并了巴水和汉水。控潇湘:控制着下游的潇水和湘水。③缝囊:三国时期,吴国丞相步骘曾经上表孙权,说听人说魏国用布囊来装沙土,想塞住长江,大举进攻荆州,希望有所准备。大臣吕范和诸葛恪知道了,当作笑谈,说长江哪能用沙囊塞住。④苻坚投棰:前秦苻坚想要进攻东晋,为长江所阻,他向群臣夸说:"以吾之众旅,投鞭于江,足断其流。"见《晋书》卷一百十三《苻坚载记》。⑤明月:《诗经》中收录的陈国的一首民间情歌,名《月出》,共三章。⑥清尘:遗风,高风亮节。屈原《楚辞·远游》:"闻赤松之清尘兮,愿承风乎遗则。"

[评析]

诗人在壮美秀丽的长江景色中感慨历史,评价帝王曹操与苻坚用"戏剧"与"荒唐",对归隐的范蠡却赞赏有加。诗歌当作于诗人宦海失意之时。"上吞巴汉控潇湘,怒似连山净镜光",用"吞"与"控",写出长江的气势雄伟,"怒似连山"动荡万千却清澈如镜;千秋渔船在月下徜徉,万里沙鸥于晚霞中飞翔,又展示出长江秀美的一面。

江南春绝句

千里莺啼绿映红,水村山郭酒旗风①。南朝四百八十寺②,多少楼台烟雨中。

[注释]

① 水村：靠近水的村庄。山郭：靠着山的城镇。酒旗风：酒店前悬挂的幌子在风中飘动。② 南朝四百八十寺：南朝宋、齐、梁、陈四个朝代都建都于南京，当时佛教非常盛行，建了很多佛寺。

[评析]

杜牧在江南时，感于江南景物繁丽，追想起南朝历史，遂写此诗。诗人以概括洗练的笔法描绘江南春色、春声与建筑，写出了辽阔江南春景的丰富多彩与深邃迷离，表现了对江南美景的赞美与热爱；也有人认为此诗借楼台虽在而南朝已亡讽刺唐代的佞佛政策。

忆齐安郡

平生睡足处，云梦泽南州①。一夜风欺竹②，连江雨送秋。格卑常汩汩③，力学强悠悠④。终掉尘中手⑤，潇湘钓漫流⑥。

[注释]

① 云梦泽：湖北江汉平原古代湖泊群的总称，是中国历史上最大的淡水湖。② 风欺竹：风吹竹吹得很猛。③ 格卑常汩汩：自谦品格低下，常常沉溺在俗世之中。④ 力学强悠悠：努力学习，勉强做出悠然超脱的样子。⑤ 终掉尘中手：终于放弃了尘世。⑥ 潇湘钓漫流：在潇湘一带钓鱼隐居。

[评析]

　　这首诗是对诗人在黄州任刺史期间生活的回忆,"平生睡足处"表达了对于这段为官经历的不满与失意,也正是在这种远离政治中心的失意中,诗人放浪江湖,最终变得超脱。一个"强"字,澄清了人们的一个误解,以为旷达自然是天生而来的,谁知性格的锻造渗透了多少艰辛。"一夜风欺竹,连江雨送秋",笔力深厚,秋日本来已经是容易沾惹愁绪,而寒风连秋也不放过,一夜之间寒气顿生,这两句将冬秋交替写得肃杀凄楚,让人感慨万千。

题魏文贞①

　　蟪蛄宁与雪霜期②,贤哲难教俗士知③。可怜贞观太平后,天且不留封德彝④。

[注释]

　　① 魏文贞:唐代名相魏征(580~643),字玄成,魏郡内黄(今河南内黄西北)人,谥号文贞,著名政治家,以敢言直谏闻名。② 蟪(huì)蛄(gū):蝉的一种。宁与雪霜期:蟪蛄夏日出生,秋天就死了,所以见不到霜雪,形容生命短暂。③ 贤哲:指魏征。俗士:与魏征政见不同的封德彝。④ 封德彝:唐太宗时期的宰相。太宗刚即位的时候,和大臣们商议怎么治理国家,魏征主张仁治,封德彝不同意,说这是书生的纸上言论,会扰乱国事。太宗深思之后,还是采纳了魏征的意见。等到天下出现繁荣太平的景象,封德彝已经死了。事载《新唐书·魏征传》,此句化用了这

个典故。

[评析]

这首诗歌是诗人经过魏征故居有感而发,赞颂了唐太宗、魏征时期的政治局面,用比喻的手法,慨叹远见卓识不为一般人所理解,暗含着对时局的不满。诗歌用比兴手法,谐趣生动。

街西长句①

碧池新涨浴娇鸦,分锁长安富贵家。游骑偶同人斗酒②,名园相倚杏交花。银鞦騕褭嘶宛马③,绣鞅璁珑走钿车④。一曲将军何处笛⑤?连云芳树日初斜⑥。

[注释]

①街西:唐代的长安城分为东西两部分,以朱雀门大街为界限,街西属于长安,街东属于万年县,各五十四坊。②游骑:在街上巡逻的骑兵。斗酒:比酒量。③鞦:同"鞧",拴在驾辕的马匹身后的皮带子。騕褭(yǎo niǎo):骏马。北齐刘昼《新论·惜时》:"天回日转,其谢如矢,騕褭迅足,神马弗能追也。"宛马:古代西域大宛国所产的马,泛指骏马。唐高适《送浑将军出塞》:"控弦尽用阴山儿,登阵常骑大宛马。"④鞅:套在马脖子上的皮带。璁珑:明净的样子。钿车:妇女所乘的用花钿装饰的车子。⑤将军:指东晋大将桓伊,《晋书·桓伊传》记载他以吹笛闻名,有一次在南京渡口,恰逢王羲之的第五子王徽之应召入京。两人素不相识,但放浪不羁的王徽之

毫不客气,直接派人去请桓伊为他吹笛,桓伊也听说过王徽之狂放清高的名声,于是下车吹了《梅花三弄》,吹完就上车走了,两人没有说一句话,在名士间传为美谈。⑥芳树:花木。三国魏阮籍《咏怀》之十三:"芳树垂绿叶,清云自逶迤。"

[评析]

诗歌描写长安西街春景,春水融融,杏花娇艳,香车宝马,华丽豪奢,富贵门第相连,然而门禁森严,连乌鸦洗澡也划分区域,确实是封建社会帝都的景象。也有人例如金圣叹,以为通过写将军夕阳下吹笛,暗含社会江河日下,恐怕有些求解过当。

少年行①

连环羁玉声光碎②,绿锦蔽泥虹卷高③。春风细雨走马去,珠落璀璀白罽袍④。

[注释]

① 少年行:乐府杂曲歌辞名,内容多歌咏任侠游乐的事。② 连环羁玉:连接在一起的玉环。③ 蔽泥:垂在马肚子两侧用来遮挡尘土的装饰。虹卷高:像虹龙一样卷曲得很高。④ 璀璀:璀璨鲜明的样子。白罽(jì)袍:白色毛织物做成的袍子。

[评析]

诗人敏锐地抓住春风细雨中游侠少年快马飞驰的景象,运用白描的手法,通过衣饰含蓄地刻画出一个华贵不羁的少年形象。我们只看到少年骏马飞驰的身影,看到他的华丽服饰,听到其所佩带的珠玉相击的声响,至于他何去何从,诗人有何感受,只能在想象中品味琢磨。

故洛阳城有感①

一片宫墙当道危②,行人为汝去迟迟③。笮圭苑里秋风后④,平乐馆前斜日时⑤。锢党岂能留汉鼎⑥,清谈空解识胡儿⑦。千烧万战坤灵死⑧,惨惨终年鸟雀悲⑨。

[注释]

①故洛阳城:指汉魏时期洛阳的旧城,在今河南洛阳市东洛水北岸。②危:高。③迟迟:走路缓慢,眷恋的样子。《诗经·邶风·谷风》:"行道迟迟,中心有违。"④笮圭苑:汉灵帝所建,梁元帝萧绎所撰《金楼子》中记载,灵帝所建的笮圭和灵琨两苑都以玉为壁,非常奢华。汉末董卓乱政,灵帝迁都长安,董卓驱赶百姓西迁,曾驻军在笮圭苑,纵火焚烧了二百里内的宫殿和民居。⑤平乐馆:汉代建造的游乐之所,汉灵帝曾自称是无上将军,在平乐馆讲习军事,后来也泛指一般的园林馆阁。⑥锢党:禁锢党人。汉末宦官专权,李膺等人发动数万太学生奋起抨击,被桓帝镇压下去,李膺等被撤职,放归田里。桓帝时李膺又被起用,他继续谋划除掉宦官,结果没有成功,几百人被诛杀、监禁或流放。留汉鼎:保住汉朝的

政权。鼎是权力的象征，传国的重器，汉武帝曾得到周代的汾阴鼎，群臣上表祝贺，以为汉代会传国久远。⑦清谈：谈论老庄之道。胡儿：少数民族人，这里指十六国时期后赵的开国之君石勒。石勒是羯族人，十四岁时和家乡的人一起到洛阳做生意，倚门大喊，被擅长清谈的晋国大臣王衍看见。王衍觉得这个胡人的孩子有大志，将成为天下的祸患，就派人去追捕，但是石勒已经远去了。⑧千烧万战：形容洛阳自古以来经历了太多次战争和大火。坤灵死：大地的灵秀之气都消失殆尽了。⑨惨惨：萧瑟的样子。

[评析]

　　这是一首咏史诗。杜牧唐文宗大和九年（835）秋至开成元年（836）秋为监察御史、分司东都，诗大概作于这两年间。洛阳曾为繁华都市，如今却一派荒凉景象。昏鸦乱啼真是凄惨动人，"去迟迟"写出诗人沉浸于怀旧伤感之中依依难舍的，哀叹那些清醒的人士难以发挥作用，最终洛阳这个都市饱经战火劫难，人民遭殃。而驻足于荒废城墙前的杜牧，是否想起了不久前宫中发生的甘露之变？

送薛种游湖南①

贾傅松醪酒②，秋来美更香。怜君片云思，一棹去潇湘③。

[注释]

　　①薛种：杜牧友人，事迹不详。②贾傅：西汉政治家、文学家贾谊，主张改革，为权贵排挤，任长沙王太傅，称贾太傅。松醪（láo）酒：用

松肪或松花酿制的酒。戎昱《送张秀才之长沙》："松醪能醉客，慎勿滞湘潭。"③棹（zhào）：船桨，引申为船。

[评析]

这首赠别小诗写分别而没有离别悲伤场面，虽然简短却情真意切，轻快悠扬。前两句写湖南风物，点明去湖南的时节，贾谊曾经品赏的美酒散发着清香，等待着友人来畅饮。后两句将自己对友人的思念幻化为天际的云彩，伴随着友人远行。

郑瓘协律[①]

广文遗韵留樗散[②]，鸡犬图书共一船。自说江湖不归事，阻风中酒过年年[③]。

[注释]

①郑瓘（guàn）：郑虔之孙，临海（今浙江台州）人，字莹之，为协律郎。协律：即协律郎，掌调和律吕，正八品上。②广文：广文博士，此指郑虔。郑虔，字弱齐，荥阳（今属河南）人，盛唐著名诗人、书画家，又是一位精通天文、地理、博物、音律、兵法、医药近乎百科全书式的一代通儒，诗圣杜甫称赞他"荥阳冠众儒""文传天下口"，天宝间为广文馆学士。遗韵：遗传下来的风韵。樗（chū）散：本指像樗木那样被散置的无用之材，比喻不合世用。《庄子·逍遥游》："吾有大树，人谓之樗。其大本拥肿而不中绳墨，其小枝卷曲而不中规矩，立之途，匠者不顾。"杜甫《送郑十八

虔贬台州司户》诗有"郑公樗散鬓成丝,酒后常称老画师"句,为此诗所本。③阻风:为风所阻,比喻仕途不利。中酒:醉酒。张华《博物志》卷九:"人中酒不解,治之以汤,自渍即愈。"

[评析]

诗歌首句写郑瓘具有祖辈郑虔流风遗韵,次句通过鸡犬图书共乘一船突出了他的狂荡不羁,最后两句刻画出他的风流俊雅形象,同时流露出对友人怀才不遇的深切同情。清翁方纲最为称道后两句,说:"'自说江湖不归事,阻风中酒过年年。'直自开、宝以后百余年无人能道。而五代、南北宋以后,亦更不能道矣。此真悟彻汉魏六朝之底蕴者也。"(《石洲诗话》卷二)

寄崔钧[①]

缄书报子玉[②],为我谢平津[③]。自愧扫门士[④],谁为乞火人[⑤]。
词臣陪羽猎[⑥],战将骋骈邻[⑦]。两地差池恨[⑧],江汀醉送君[⑨]。

[解析]

① 崔钧:唐代义成节度使崔元略的弟弟元受的儿子,字秉一,登进士第,曾为太常少卿、苏州刺史。② 缄书:书信。子玉:崔瑗,这里指崔钧。《后汉书·崔瑗传》:"瑗字子玉,与扶风马融、南阳张衡笃相友好。"③ 平津:汉武帝时公孙弘为丞相,为平津侯。汉代凡非列侯为丞相者必封侯爵,自此始。诗中当指对杜牧有知遇之恩之人。④ 扫门士:用魏勃来喻自己。《史

记·齐悼惠王世家》："魏勃少时欲求见齐相曹参,家贫无以自通,乃常独早夜扫齐相舍人门外。"⑤乞火人:用蒯通的典故。蒯通是楚汉时期的辩士,齐国宰相曹参的门客。⑥词臣:文学侍从之臣,如翰林之类。羽猎:帝王狩猎,士卒负羽箭随从,故名羽猎。⑦骈(pián)邻:比邻。⑧差池:不齐,这里指分别不在一处。⑨汀:水边平地。

[评析]

这是一首寄给好友的诗歌,写作年代不可考。诗歌典雅情深,运用典故,向友人表明感激,并嘱咐他向某位提携自己的人表示感谢。从平津侯的指称来看,恩公位列宰相。"扫门士"的自愧与"乞火人"的疑问,隐约包含着期待某种事情需要他人相助。诗歌表达了诗人对友人的思念,委婉地表明自己的请求。

柳长句①

日落水流西复东,春光不尽柳何穷。巫娥庙里低含雨②,宋玉宅前斜带风③。莫将榆荚共争翠④,深感杏花相映红。灞上汉南千万树⑤,几人游宦别离中。

[注释]

① 长句:唐人称五七律为长句。② 巫娥庙:巫山神女庙。郦道元《水经注》卷三十四:"丹山西即巫山者也,又帝女居焉。宋玉所谓天帝之季女名曰瑶姬,未行而亡,封于巫山之阳。"③ 宋玉:战国时期辞赋家,据《渚

宫故事》,住宅在江陵城北三里。④榆荚:榆树的果实。初春时先于叶而生,联缀成串,形似铜钱,俗呼榆钱。⑤灞上:地名,在今陕西省西安市东、灞水西高原上,故名。《史记·白起王翦列传》:"于是王翦将兵六十万人,始皇自送至灞上。"杜甫《怀灞上游》:"怅望东陵道,平生灞上游。"汉南:汉水之南。庾信《枯树赋》:"桓大司马闻而叹曰:昔年种柳依依汉南,今看摇落凄怆江潭。树犹如此,人何以堪?"

[评析]

  这首诗最为恃才自傲的金圣叹所激赏,称是杜牧"以第一天眼,看尽一切众生于生死海中,头出头没,浩无底止,故借柳以发之也"(《金圣叹批唐才子诗·杜诗解》)。诗人借柳树抒写人生感慨。首联在无尽的时空中写出柳树的生命力,虽然是广袤无边无处不在生机勃发无时不有,但诗句却有一种亘古惆怅。第三、四句运用神话传说和典故,不言柳树却赋予柳树一种愁绪。第五、六句写实景,用对比衬托的手法写榆树虽然形体婀娜近似于柳树,但与柳树是无法媲美的,只有火红的杏花与之相映衬。最后写柳树见证了人世间的离别和凄苦。而体味人生挫折困苦的杜牧,这一次一见到曾经熟悉的柳树,心旌动荡,上至仙界,下至人间,古往今来的凄楚,似乎一股脑儿涌上心头。

鸂 鶒①

  芝茎抽绀趾②,清唳掷金梭③。日翅闲张锦④,风池去罥罗⑤。静眠依翠荇⑥,暖戏折高荷。山阴岂无尔⑦,茧字换群鹅⑧。

[注释]

①鸡(jiāo)鹟(jīng)：即池鹭，鸟名。体长一般四五十厘米。活动于湖沼、稻田一带。冬季多单独生活。迁徙和繁殖期常组成大群，营巢高树。食鱼类、蛙类及水生软体动物和水生昆虫。北方主要为夏候鸟，南方为留鸟。背上蓑羽，可供装饰用。杜甫《曲江陪郑八丈南史饮》："雀啄江头黄柳花，鸡鹟鸂鶒满晴沙。"②芝茎：比喻池鹭腿。绀：青中透红之色。③咳：鸣叫声。④日翅：张开翅膀晒太阳。⑤风池：指聚风之处。庾信《奉报赵王惠酒》："风池还更暖，寒谷遂成暄。"倪璠注："风池，如风井之类。宋玉《风赋》曰：'夫风，生于地，起于青蘋之末，侵淫溪谷，盛怒于土囊之口。'李善注引盛弘之《荆州记》曰：'宜都狼山县有山，山下有穴，大数尺，为风井。'"罥(juàn)罗：罗网。罥，以绳子张网捕获鸟兽。⑥荇(xìng)：多年生水生草本植物，叶呈对生圆形，嫩时可食，亦可入药。《诗经·周南·关雎》："参差荇菜，左右流之。"⑦山阴：县名，治所在今浙江绍兴。⑧茧字：写在茧纸上的字。《晋书·王羲之传》记载："性爱鹅。会稽有孤居姥养一鹅，善鸣，求市未能得，遂携亲友命驾就观。姥闻羲之将至，烹以待之，羲之叹惜弥日。又山阴有一道士，养好鹅。羲之往观焉，意甚悦，固求市之。道士云：'为写《道德经》，当举群相赠耳。'羲之欣然写毕，笼鹅而归，甚以为乐。"

[评析]

这是一首咏物诗。诗歌前六句描绘了池鹭形体特征，赞颂了池鹭娴雅舒适悠然自得和极强的自我保护能力，能于风井处逃脱罗网，并说王羲之或许是因为山阴没有池鹭才转而求其次喜爱鹅。诗歌表现了诗人对池鹭的细腻观察和无限喜爱，诗人赋予池鹭这种化险为夷与娴雅自适的特征，蕴含着对社会险恶的洞察，诗人将自身的期待投射于池鹭身上，于是它就成为诗人自我理想的化身。

鹦　鹉

华堂日渐高①，雕槛系红绦②。故国陇山树③，美人金剪刀。避笼交翠尾，罅嘴静新毛④。不念三缄事⑤，世途皆尔曹。

[注释]

①华堂：华丽的房舍。②雕槛：这里指鹦鹉笼子。绦：丝带。③故国：故乡。陇山：六盘山南段别称。古称陇坂、陇坻。今陕西陇县至甘肃平凉一带，以鹦鹉闻名天下。祢衡《鹦鹉赋序》："惟西域之灵鸟。"李善注："西域谓陇坻，出此鸟也。"④罅（xià）嘴：裂开嘴。⑤三缄：封口三重。缄，封。刘向《说苑·敬慎》："孔子之周，观于太庙，右陛之侧，有金人焉，三缄其口而铭其背曰：'古之慎言人也。'"后指言语谨慎，少说或不说话。《淮南子·说山训》："鹦鹉能言，而不可使长是。何则？得其所言，而不得其所以言。"

[评析]

这首咏物诗描写在笼中不得自由的鹦鹉。诗人发挥想象，将笼中鹦鹉视为多言受到惩罚，嘴角受剪刀之苦，"避笼交翠尾，罅嘴静新毛"，缩在鸟笼一角，静静地摆弄羽毛。诗人借以告诫自己，不要在险恶的社会中多言，尽可能明哲保身。

夏州崔常侍自少常亚列出领麾幢十韵①

帝命诗书将②,坛登礼乐卿③。三边要高枕④,万里得长城。对客犹褒博⑤,填门已旆旌。腰间五绶贵⑥,天下一家荣。野水差新燕⑦,芳郊哢夏莺⑧。别风嘶玉勒⑨,残日望金茎⑩。榆塞孤烟媚⑪,银川绿草明⑫。戈矛虓虎士⑬,弓箭落雕兵⑭。魏绛言堪采⑮,陈汤事偶成⑯。若须垂竹帛⑰,静胜是功名⑱。

[注释]

① 夏州:唐代州名,在今陕西横山一带。少常亚列:太常少卿,太常寺的副职,正三品下。出领麾(huī)幢(zhuàng):出任节度使。麾幢,官员出行时的仪仗队所用的旗帜。② 诗书将:春秋时期,晋文公想建三军巩固王位,寻求元帅人选的时候,赵衰极力荐举大夫郤縠,并称赞郤縠"说礼乐而敦诗书",必知用兵,晋文公于是任命郤縠为中军元帅。③ 坛登:登坛,古代帝王拜将,一般都设坛场,举行隆重的授官仪式。礼乐卿:太常少卿掌管朝廷礼乐郊庙之事,故称。④ 三边:泛指边境。⑤ 褒博:衣襟宽大的袍服和长长的衣带,是儒者的服饰。⑥ 绶:系印绶的丝带。古代用不同颜色的丝带作为官员职位高低的标志。⑦ 野水:原野上的河流。《管子·侈靡》:"今使衣皮而冠角,食野草,饮野水,孰能用之?"差:差池,参差不齐的样子。《诗经·邶风·燕燕》:"燕燕于飞,差池其羽。"⑧ 芳郊:长满花草的郊野。唐王勃《登城春望》:"芳郊花柳遍,何处不宜春。"哢(lòng):鸟鸣。⑨ 别风:同"列风",即烈风,猛烈的风。晋陆云《纡思》:

"耻蒙垢于同尘,思振挥于别风。"玉勒:玉制的马衔,这里指马。⑩金茎:汉武帝建铜人,擎着承露盘接雨露,金茎是撑着铜盘的铜柱。汉班固《西都赋》:"抗仙掌以承露,擢双立之金茎。"⑪榆塞:榆林塞,在今陕西榆林。战国时北方边塞多种植榆树作为围栅,秦统一中国,收复内蒙古河套地区后,也在这里栽植了很多榆树,据说这就是榆林塞得名的缘由。媚:美好。⑫银川:银川郡,在今陕西横山一带。⑬虓(xiāo):勇猛。⑭落雕:北齐武将斛律光善骑射,有一次在打猎时射下一只大雕,人称落雕都尉。⑮魏绛:春秋时期晋国的大夫。晋悼公时期,北方少数民族常来侵犯,晋悼公想派兵讨伐,魏绛力劝晋悼公突破历史常规,采取和戎的办法,政策实施后大见成效。⑯陈汤事偶成:汉元帝时期,匈奴郅支单于背信弃义,杀害了护送他儿子返回匈奴的汉朝使者,又在西域大力扩充自己的地盘。陈汤趁其不备,假托皇帝的命令发动军队,一举消灭了郅支单于的势力。汉元帝念陈汤大功,没有追究他擅自发兵的罪责,还封他为关内侯。⑰垂竹帛:名垂青史。竹帛,竹书和帛书,古人在纸张发明以前,在竹简和白绢上写字。《墨子·天志中》:"又书其事于竹帛,镂之金石,琢之盘盂,传遗后世子孙。"⑱静胜:不战而胜,以静取胜。

[评析]

　　崔常侍由太常寺少卿出任节度使戍守边关,诗人写此诗,紧扣其文官身份,称赞他文武兼修,预言从此边疆可得安宁,而"静胜是功名",不战而胜,应该是节度使出行前收到的最美好的祝福。边塞风景在文人笔下一般都是苦寒景象,而在这首诗中却生意盎然,诗人于景色描绘中蕴含美好的祝福。

帘

徒云逢剪削①，岂谓见偏装②。凤节轻雕日③，鸾花薄饰香④。问屏何屈曲⑤，怜帐解周防⑥。下渍金阶露⑦，斜分碧瓦霜⑧。沉沉伴春梦⑨，寂寂侍华堂⑩。谁见昭阳殿⑪，真珠十二行⑫。

[注释]

①徒：只，仅仅。逢：遇到。②装：装饰。③凤节：竹节。④鸾花：五彩花鸟。⑤屏：屏风。屈曲：曲折。⑥怜：怜惜。帐：罗帐。解：明白，理解。周防：四面防护。⑦渍：浸渍，沾染。金阶：帝王宫殿的台阶。唐王涯《宫词》："欲得君王一回顾，争扶玉辇下金阶。"⑧碧瓦：青绿色的琉璃瓦。唐杜甫《冬日洛城北谒玄元皇帝庙》："碧瓦初寒外，金茎一气旁。"⑨沉沉：寂静无声的样子。唐柳宗元《游黄溪记》："黛蓄膏渟，来若白虹，沉沉无声，有鱼数百尾，方来会石下。"春梦：春天的梦。唐沈佺期《杂诗》："妾家临渭北，春梦著辽西。"⑩寂寂：悄然无声的样子。唐王维《寒食汜上作》："落花寂寂啼山鸟，杨柳青青渡水人。"⑪昭阳殿：汉代宫殿名，成帝时赵飞燕居住在昭阳殿，这里泛指皇后的宫殿。⑫真珠：珍珠。相传昭阳殿所挂都是珍珠帘，风至则发出美妙的音响。

[评析]

这是一首咏帘诗。诗人首先点明诗中所咏的帘子不是普通的帘子，而是精工细雕、精心装饰过的帘子。这一帘子的所在也不平凡，不在寻常百姓家,而是在华丽高贵的皇宫中。但是与客观环境的优越形成对比的是,这个帘子的功用仅仅是和屏风、帐幕一样非常简单,并没有因为它的华美而受到格外的欣赏,它在寂寞的殿堂里寂寞地存在着。最后引用了汉代昭阳殿的珍珠帘一典,令人联想到汉成帝皇后赵飞燕波折的一生,因能歌善舞被成帝百般宠爱,立为皇后,哀帝时尊为皇太后,等到平帝即位,因大臣揭发其参与杀害皇子,被废为庶人,后自尽。从立为皇后到自尽不过十几年,人生变故巨大而无常,繁华转瞬即逝。诗人通过末句的点睛之笔,赋予作为日常用品的帘子不同寻常的意蕴,表达了深沉的历史苍茫之感,大大提升了整首诗的层次和境界。

寄题甘露寺北轩[①]

曾上蓬莱宫里行[②],北轩栏槛最留情。孤高堪弄桓伊笛[③],缥缈宜闻子晋笙[④]。天接海门秋水色[⑤],烟笼隋苑暮钟声[⑥]。他年会着荷衣去[⑦],不向山僧道姓名[⑧]。

[注释]

① 甘露寺:在江苏镇江,相传最早是三国吴甘露年间所建,建寺时天降露水,所以得名。据说这里就是刘备在吴国招亲的处所。② 蓬莱宫:传说中仙人居住的宫殿。这里指甘露寺。③ 孤高:孤傲清高。桓伊笛:王羲之的儿子王徽之把船停在青溪边上,正好右军将军桓伊经过这里。王徽之派人去请桓伊为他吹笛。桓伊听说过王徽之狂放清高的名声,于是下车坐在胡床上吹了三支曲子,吹完就上车去了,两个人一句话都没说。④ 缥缈:高远隐约的样子。子晋笙:周灵王的太子王子晋,又名王子乔,擅长吹笙,

后来被浮丘公接到嵩高山上,得道成仙。⑤海门:长江入海口。⑥隋苑:隋炀帝在扬州建造的上林苑。⑦着:穿着。荷衣:荷叶做成的衣裳。屈原《离骚》:"制芰荷以为衣兮,集芙蓉以为裳。"借指隐者穿的衣服。⑧山僧:山寺里的僧人。

[评析]

　　这是一首题壁诗,写于重游润州甘露寺之时,是一篇写景咏怀之作。诗歌描绘了甘露寺缥缈清旷的秋日景色,称赞这里恍如天宫,幽静清丽,适合听仙人妙曲,正是受这优美的景色的感染,诗人由衷产生了归隐的念头。在诗歌缥缈的仙境中,笼罩着一种静谧氛围。古人盛赞道:"此诗佳处在骨力,不在字句。"(陆次云《五朝诗善鸣集》)

闺　情

　　娟娟却月眉①,新鬓学鸦飞②。暗砌匀檀粉③,晴窗画夹衣④。袖红垂寂寞⑤,眉黛敛依稀⑥。还向长陵去⑦,今宵归不归?

[注释]

　　①娟娟:姿态美好的样子。唐杜甫《寄韩谏议注》:"美人娟娟隔秋水,濯足洞庭望八荒。"却月眉:像月亮一样弯弯的眉毛。梁元帝萧绎《玄览赋》:"看白沙而似雪,望却月而成眉。"②新鬓学鸦飞:新梳理的发型鬓角上翘,像乌鸦展翅一样。郭茂倩《乐府诗集》卷七十二《西洲曲》:"单衫杏子红,双鬓鸦雏色。"③砌:形容脂粉涂得很厚。檀粉:红色的香粉。④晴窗:

明亮的窗子。宋陆游《临安春雨初霁》:"矮纸斜行闲作草,晴窗细乳戏分茶。"夹衣:双层的衣服。⑤寂寞:文静、恬静的样子。《淮南子·原道训》:"其魂不躁,其神不娆,湫漻寂寞,为天下枭。"⑥眉黛:古代女子用黛画眉,所以称眉为眉黛。黛,青黑色的颜料。白居易《喜小楼西新柳抽条》:"须教碧玉羞眉黛,莫与红桃作曲尘。"敛依稀:眉头稍微有点儿皱的样子。唐黄滔《祭陈先辈》:"谨以依稀蔬果,一二精诚,愿冥符于盻蚉,申永诀于幽明。"⑦长陵:汉高祖刘邦的陵墓,在今陕西咸阳东北。

[评析]

　　闺怨是中国古代诗歌中源远流长的一个主题,诗人们常用比兴手法,先描写柳丝、春日、芳草之类蕴含深切相思之情的意象,再转而写女子的寂寞情思。杜牧的这首诗以"闺情"为题,稍别于"怨",而写法上也比较独特。整首诗没有外界环境中的任何意象,每一句都是直接对女主人公外貌、情态和语言的描摹。在表现次序上,也是很有讲究的,视线经历了从上到下,再从下到上的循环。先是看到了像远山一样的美眉,与之平行的是雏鸦展翅一样的发鬓,然后往下,描写了女子脸上敷的香粉,再往下描写了女子身上穿的夹衣和下垂的衣袖,最后返回上面,又留心到了女子微皱的眉头,进而过渡到相关的心态和语言描写,问男子今晚回不回来。逻辑上非常清晰,衔接尤为自然。

偶　题

甘罗昔作秦丞相①,子政曾为汉辇郎②。千载更逢王侍读③,

当时还道有文章④。

[注释]

①甘罗：秦国甘茂之孙。史载秦武王时期，甘茂为秦国丞相，而甘罗不曾为相，但他也是一个才能出色的人，十二岁的时候就侍奉丞相吕不韦。后来秦始皇想扩大河间郡，甘罗毛遂自荐，游说赵王割了五座城池给秦国，因此封上卿，还得到了原属于祖父甘茂的田宅。②子政曾为汉辇郎：汉代著名文学家、经学家刘向字子政，是汉高祖刘邦异母弟、楚元王刘交的四世孙，十二岁时，因为父亲刘德的推荐任辇郎。汉成帝时得到重用，任光禄大夫，官至中垒校尉。③王侍读：梁代著名文学家徐摛曾为晋安王侍读。徐摛，字士秀，幼而好学，遍览经史，写文作诗好为新变，不拘旧体，虽然相貌不佳，仍被武帝看好，于是侍奉晋安王多年。见《梁书·徐摛传》："会晋安王纲出戍石头，梁武帝萧衍谓周舍曰：'为我求一人，文学俱长，兼有行者，欲令与晋安游处。'舍曰：'臣外弟徐摛，形质陋小，若不胜衣，而堪此选。'高祖曰：'必有仲宣之才，亦不简容貌。'以摛为侍读。"④文章：才学。唐韩愈《苗氏墓志铭》："夫人年若干，嫁河南法曹卢府君，讳贻，有文章德行。"

[评析]

这首诗题为"偶题"，实际上诗中表现的并不是诗人的突发奇想，而是通过对历史名人事迹的反思来鞭策自己。第一句似乎是误用，甘罗十二岁做宰相的讹传早就有，但《史记》中记载甘罗十二岁侍奉秦相吕不韦，而不是做了宰相，以杜牧的学识，对此应该知晓，大概这里是为了句式的对称和匀整才这样写的。但也不妨把这句话理解为甘罗曾经侍奉过秦丞相，因为一方面有史实在，而且后两句提到的刘向和徐摛也是从低级官吏做起的,这样全诗内容可以一致。作为宰相之孙的甘罗放下身段侍奉吕不韦,作为皇室后代的刘向屈为御辇郎,出身官宦之家的徐摛也是跟从晋安王做记室参军,后来逐步提升的,三个人最终在历史上都负有盛名。此诗旨在通过对经历相似的名人的反思,提出这样一种信念:有才能的人只要不以事小而不为,肯踏踏实实地努力,最终会有大作为。

有怀重送斛斯判官①

苍苍烟月满川亭②,我有劳歌一为听③。将取离魂随白骑④,三台星里拜文星⑤。

[注释]

①斛斯:复姓。②苍苍:茫茫无边。唐末五代齐己《送人润州寻兄弟》:"闲游登北固,东望海苍苍。"烟月:云雾笼罩,朦胧的月色。唐张九龄《初发道中赠王司马》:"林园事益简,烟月赏恒余。"川亭:河边的亭子。③劳歌:忧伤、送别之歌。许浑《谢亭送别》:"劳歌一曲解行舟,红叶青山水急流。"④离魂:漫游他乡的游子的思绪。宋柳永《满江红》:"两两栖禽归去急,对人相并声相唤。似笑我、独自向长途,离魂乱。"白骑:白马。唐李贺《蝴蝶飞》:"东家蝴蝶西家飞,白骑少年今日归。"⑤三台:星名,《晋书·天文志上》记载:"三台六星,两两而居……在人曰三公,在天曰三台,主开德宣符也。西近文昌二星曰上台,为司命,主寿。次二星曰中台,为司中,主宗室。东二星曰下台,为司禄,主兵,所以昭德塞违也。"常用来比喻朝廷上的三公。文星:文昌星,又名文曲星,主

文才，借指有文才的人。唐裴说《怀素台歌》："杜甫、李白与怀素，文星酒星草书星。"

[评析]

　　这是一首怀友送别诗。诗题中的"重送"，表明已经写了一首送别诗给朋友，现在离愁未解，于是又作了一首。诗以景物描写起兴，在茫茫月色笼罩下的河边，有亭可以饮酒饯别，斛斯判官就从这里出发，骑着白马远去。诗人接下来没有直接抒发离别挚友的哀伤，而是说恨不得让自己的魂魄追随斛斯判官的马，委婉地道出了自己的不舍之情，末句道出对斛斯判官文采的崇拜。全诗内容精练，每句都在转换语义，读起来却非常流畅。感情真挚自然，风格朴素而清新。

少年行①

官为骏马监②，职帅羽林儿③。两绶藏不见④，落花何处期？猎敲白玉镫⑤，怒袖紫金锤⑥。田窦长留醉⑦，苏辛曲让歧⑧。豪持出塞节⑨，笑别远山眉⑩。捷报云台贺⑪，公卿拜寿卮⑫。

[注释]

　　①少年行：古乐府杂曲歌辞名，本源于《结客少年场行》。唐代虞世南、卢照邻等名诗人都有同名之作，吟咏少年游侠重义轻生之类的事。如李白《结客少年场行》："少年学剑术，凌轹白猿公。珠袍曳锦带，匕首插吴鸿。""笑尽一杯酒，杀人都市中。羞道易水寒，从令日贯虹。"②骏马监：掌管马匹

事务的官员,即太仆卿。③羽林儿:皇帝的近身卫队。④绶:系官印的丝带。⑤玉镫:马镫的美称,借指马。唐张祜《少年乐》:"醉把金船掷,闲敲玉镫游。"⑥怒:气势强盛的样子。袖:袖子里藏着。紫金锤:赤铜和黄金做成的武器。⑦田窦长留醉:西汉外戚田蚡和窦婴,贵为相侯。《汉书·灌夫传》记载:灌夫服丧,田蚡戏弄他说想约他到窦婴家饮酒,灌夫信以为真,就和田蚡约定了时间。窦婴和夫人对此非常重视,亲自买酒肉,打扫庭院,忙到通宵。灌夫来叫田蚡时,田蚡还没当回事,在家躺着,后来换好衣服,走得又很慢,灌夫非常不高兴,趁着酒劲骂了田蚡。窦婴赶忙把灌夫送走,又向田蚡道歉,田蚡则"卒饮至夜,极欢而去"。⑧苏辛曲让歧:指西汉守节的苏建、苏武和辛武贤、辛庆忌父子。《汉书·赵充国辛庆忌传赞》:"苏、辛父子著节,此其可称列者也。"元朔六年,苏建以几千人的军队全力抵挡匈奴几万人,全军覆没后仍不惧死罪,逃回汉朝,汉武帝因此没有杀他。他的儿子苏武出使匈奴被扣留,在威逼利诱下,十九年也没有变节,终于被汉使设计召回。辛武贤是汉宣帝时期的著名武将,为抵抗、招抚羌人立下汗马功劳。他的儿子辛庆忌也是一国虎臣,官至左将军,匈奴对辛庆忌十分畏惮。⑨持出塞节:拿着出边塞的符节。古代使臣奉命出行时必须拿符节作为凭证。⑩远山眉:像远山一样的眉毛,代指美人。晋葛洪《西京杂记》卷二:"文君姣好,眉色如望远山,脸际常若芙蓉。"⑪云台:汉宫中高台名。光武帝刘秀常在此召集群臣议事。汉明帝即位,命画邓禹等二十八将像,供于云台,后用来泛指纪念功臣名将之所。⑫寿卮:捧着酒卮来祝贺。汉司马迁《报任安书》:"陵未没时,使有来报,汉公卿王侯皆奉觞上寿。"

[评析]

　　杜牧年少时也曾以才气自负,优越的出身让他对未来充满豪情,梦想着有一番大作为。少年气盛，任性豪放，重义轻生，侠肝义胆，这些豪侠品质在他的身上都有所体现，放纵潇洒的游侠生活也令他无限神往，因此这首《少年行》也写得颇有气魄。在诗中，这个胸怀大志的少年不想在宫中监管御马，也不想当皇帝的贴身侍卫，而是希望自己骑着白马，拿着武器，驰骋疆场，抛弃儿女情长，像那些名垂青史的忠臣一样，立下赫赫功勋。在文学史上，杜牧往往给人以风流多情的深刻印象，从此诗可以窥见，杜牧的性格也是具有多重性的，建功立业仍是他人生的执着追求。

哭韩绰①

平明送葬上都门，绋翣交横逐去魂②。归来冷笑悲身事③，唤妇呼儿索酒盆④。

[注释]

①韩绰：杜牧的好友，淮南节度使判官。②绋（fú）：古代出殡时拉棺材的大绳。翣（shà）：出殡时像扇子一样的棺饰。③冷笑：无可奈何地笑。④唤妇呼儿索酒盆：《晋书·刘伶传》记载，有一次刘伶让他妻子拿酒喝，他的妻子把酒倒了，把酒器毁了，哭着责备他喝得太多了，必须戒酒。刘伶说他管不住自己，必须向鬼神发誓，拿酒肉来起誓。妻子于是拿来了酒肉。刘伶发誓说：天生我刘伶，以豪饮出名。妇人和小儿的话，都不能听。于是喝酒吃肉，大醉。

[评析]

这是一首悼友诗。诗人不直接赞颂友人的功绩、品行、著述,而是直接抒发自己哀痛不已、看破红尘、以酒消愁,表现了诗人极度的痛苦,这实际上是对友人无限思念所致。"冷笑悲身事",写出自己归来后的一反常态,大有万事皆空的愁绪。

怀钟陵旧游四首①

其 一

一谒征南最少年②,虞卿双璧截肪鲜③。歌谣千里春长暖,丝管高台月正圆。玉帐军筹罗俊彦④,绛帷环佩立神仙⑤。陆公余德机云在⑥,如我酬恩合执鞭⑦。

其 二

滕阁中春绮席开⑧,柘枝蛮鼓殷晴雷⑨。垂楼万幕青云合,破浪千帆阵马来。未掘双龙牛斗气⑩,高悬一榻栋梁材⑪。连巴控越知何有?珠翠沉檀处处堆⑫。

其 三

十顷平湖堤柳合,岸秋兰芷绿纤纤⑬。一声明月采莲女,四面朱楼卷画帘。白鹭烟分光的的⑭,微涟风定翠㴱㴱⑮。斜晖更落西山影,千步虹桥气象兼。

其 四

控压平江十万家,秋来江静镜新磨。城头晚鼓雷霆后,桥上游人笑语多。日落汀痕千里色,月当楼午一声歌⑯。昔年行乐秾桃畔⑰,醉与龙沙拣蜀罗⑱。

[注释]

① 钟陵:唐代洪州治所,今江西南昌。唐文宗时期,沈传师曾任江西观察使,杜牧在他幕下做幕僚。② 一谒:初次拜见。征南:西晋开国元勋羊祜曾任征南大将军,这里借指沈传师。③ 截肪:切开的脂肪。比喻璧玉的白润。④ 军筹:筹划军事。俊彦:英才。⑤ 绛帷:红色的帷幕。神仙:幕府里的官吏。⑥ 陆公余德机云在:三国时吴国名将陆逊,有两个出名的孙子陆机和陆云,都擅长文学。这里比喻沈传师的两个儿子沈枢和沈询。⑦ 如我酬恩合执鞭:我愿意报答恩情为他们赶马。《史记·管晏列传》太史公曰:"假令晏子而在,余虽为之执鞭,所忻慕焉。"⑧ 绮席:华丽铺张的宴席。⑨ 柘枝:乐舞曲名。蛮鼓:外族的舞蹈。殷:振动,敲击。⑩ 牛斗气:宝剑的光气。晋代张华和雷焕一起观天象,看见斗宿和牛宿之间有紫气,雷焕说这是宝剑的精气,于是张华让雷焕做丰城令,雷焕到丰城后,掘地,得到了宝剑龙泉和太阿。⑪ 高悬一榻:东汉陈蕃为太守,在郡时不接宾客,只有隐士徐稚来时特意设一榻,徐稚走了他就把榻挂起来。⑫ 沉檀:沉香和檀香。⑬ 芷:香草。⑭ 的的:分明,清楚。⑮ 微涟:细小的波纹。潺潺:水静静地流淌。⑯ 午:午夜。⑰ 秾桃:盛开的桃花。⑱ 龙沙:在南昌北,江沙白而地势高,传说人们看见过龙的脚印,所以称龙沙。

[评析]

杜牧 26 岁入沈传师江西幕,度过人生一段美好时光。回忆起来,当时"最少年",依然兴奋自豪。诗歌笔调轻快,洋溢着欢乐气息,描写了钟陵的奇异美好景色、华丽宴席、歌舞楼台、奇人趣事,显得既清新明快又波澜壮阔、气象恢宏。清人黄叔灿《唐诗笺注》说:"此赋湖上景色,宛成图画,风流俊逸,真是牧之本色。"同时表达了对沈传师的感激和怀念。

台城曲二首①

其 一

整整复斜斜,隋旗簇晚沙②。门外韩擒虎③,楼头张丽华④。谁怜容足地,却羡井中蛙⑤。

其 二

王颁兵势急⑥,鼓下坐蛮奴⑦。潋滟倪塘水⑧,叉牙出骨须⑨。干芦一炬火⑩,回首是平芜。

[注释]

①台城:东晋、宋、齐、梁、陈的宫城,在今江苏南京东。②隋旗簇晚沙:隋朝灭陈前,隋朝大将贺若弼率军与陈军隔江对峙,他下令沿江设防的士兵每次换岗时必须集中起来大列旗帜,陈朝军队以为是大军到了,赶紧调集兵马,后来才知道隋军是换岗,就放松了警惕。后来贺若弼率大军渡江时,陈军一时竟没有发觉。③韩擒虎:隋朝大将,攻打陈朝时韩擒虎是先锋,他率领五百精兵进入宫城,俘获了后主陈叔宝。④张丽华:陈后主的宠妃,

隋灭掉陈以后，杨广想纳她为妃，被大臣劝阻，最终被斩首。⑤井中蛙：韩擒虎进入宫城后，陈后主和张丽华、孔贵嫔躲进井里。士兵在井口喊陈后主，陈后主不答应，后来士兵说不答应就往井里扔石头，陈后主才开口。隋兵用绳子拉他们，奇怪怎么会这么重，等到拉出来一看，原来有三个人。⑥王颁：隋朝将领，他的父亲王僧辩在梁朝为官，被陈武帝陈霸先设计杀死。王颁在隋攻打陈朝时，自请作战，以报父仇。陈灭亡后，王颁召集父亲的旧部下，连夜挖掘了陈武帝的陵墓，焚烧尸首，把骨头投到水里，还喝了河里的水。之后王颁向隋文帝杨坚请罪，杨坚没有怪罪他。⑦鼓下：本意是军中杀人的地方，这里指俘虏坐的地方。蛮奴：陈朝大将任忠的小名，韩擒虎率兵来时，为镇东大将军，守朱雀门。他不但没有誓死把守，反而不让士兵抵抗，全部投降。⑧倪塘：在南京城东南，倪氏所筑，故名。⑨叉牙出骨须：王颁挖开陈武帝的陵墓，见陈武帝尸体上的胡须没有烂掉，胡须的根都长在了骨头上。⑩干芦一炬火：隋将贺若弼进攻陈朝宫城的时候，放火烧了宫城的北掖门。

[评析]

　　这是一组凭吊古迹的咏史诗。诗人来到六朝宫城遗址，想起六朝历史，咏叹南朝陈朝灭亡。透过荒芜的台城，诗人的目光聚焦于陈朝灭亡的那一刻。第一首设想陈后主、张丽华进入井中躲难，恨不得变为青蛙，讽刺了陈后主荒唐至极与荒淫亡国；第二首写大臣不战而降，致使国家败亡，甚至皇室陵墓也遭受奇耻大辱。杜牧生活的时代，王朝日趋衰败，诗人免不了有总结历史教训警示当朝的用心。诗歌精警动人，苏轼在《虢国夫人夜游图》中有"门外韩擒虎，楼头张丽华"句，可见其对这一组诗歌的喜爱。

咏歌圣德远怀天宝因题关亭长句四韵①

圣敬文思业太平②,海寰天下唱歌行③。秋来气势洪河壮④,霜后精神泰华狞⑤。广德者强朝万国⑥,用贤无敌是长城。君王若悟治安论⑦,安史何人敢弄兵⑧?

[注释]

①天宝:唐玄宗年号。关亭:在潼关附近。②圣敬文思:唐宣宗徽号。③海寰:海宇。④洪河:黄河。⑤泰华狞:指华山山势险峻。⑥广德者强朝万国:指玄宗开元时期德泽广布,各国都来朝拜。⑦治安论:汉代贾谊曾经作《治安策》。⑧安史:安禄山、史思明。弄兵:造反。

[评析]

这是一首题壁诗,描写了山河壮丽,关河险要,歌咏了国家长治久安的关键在于以德治国和任用贤明,慨叹唐玄宗如果领悟治国之道,就不会爆发安史之乱。诗歌前半部分歌颂玄宗前期的太平盛世景象和山河险峻,最后两句突起发问,诗意陡转直下,感慨良多。由此可知,在诗人心目中,对于唐玄宗真是既称颂又讽刺,五味杂陈。

汴河怀古①

锦缆龙舟隋炀帝②,平台复道汉梁王③。游人闲起前朝念,折柳孤吟断杀肠④。

[注释]

① 汴河:隋炀帝时发动河南淮北的民众开凿的通济渠。② 锦缆龙舟:隋炀帝在大业元年沿着运河南游江都,所乘龙舟和尾随的船只在河上绵延二百多里。炀帝下令用五彩锦缎做船帆和缆绳,穷奢极欲。③ 平台:鲁襄公十七年(前556),宋国的皇国父做了太宰,为了讨好宋平公,他提议为宋平公建造一座高台,孔子的弟子、著名的贤臣子罕进谏说等农事忙完再造不迟,但是宋平公没采纳。后因为建造这座平台,百姓无暇收割庄稼,耽误了农事。平台的位置在今河南商丘。复道:楼阁之间有上下两层通道而且架空。汉梁王:汉景帝的同母弟梁孝王刘武。因为太后对他过于宠爱,风流豪奢,大兴土木筑造梁园。他设计了复道,把宫殿和平台连起来,率领一些文人墨客在这里赋诗游乐。④ 折柳:古乐府横吹曲辞中的《折杨柳》。《折杨柳》是表达哀愁之思的,同时隋炀帝在汴河两岸遍植杨柳,这里是双关手法。孤吟:一个人吟唱《折杨柳》。断杀肠:形容伤感到极点。

[评析]

这是一首咏史怀古的篇章。诗人游览汴河,想起曾经活跃于当地的汉梁王层楼复阁和隋炀帝锦绣揽船的场景,他们穷奢极欲,荒淫误国,诗人不由得发出一声声慨叹。前两句,诗人平静地托出两个不同时期王朝的奢华景象,而游赏之人,也只是在闲来无事时才偶尔想起了前朝往事也就是第一、二句展示的华丽的场景,这里采用了倒叙的手法。第三句既挽结了前两句,又自然地带出末句。最终诗人的感慨是什么呢?诗中没有交代,却只是渲染自己陷入无尽哀愁中。《折杨柳》是写哀愁的诗篇,诗人情不自禁地吟唱,而且真的"断杀肠"。诗人揭示了国家衰亡的道理,和自己深沉的感慨,却以平和闲散的笔调写出,层次井然,情韵悠长,含蓄委婉,耐人寻味。

冬至日遇京使发寄舍弟

远信初逢双鲤去①,他乡正遇一阳生②。樽前岂解愁家国,辇下唯能忆弟兄③。旅馆夜忧姜被冷④,暮江寒觉晏裘轻⑤。竹门风过还惆怅⑥,疑是松窗雪打声。

[注释]

①双鲤:古代有鱼雁传书之说。汉乐府《饮马长城窟行》:"客从远方来,遗我双鲤鱼。呼儿烹鲤鱼,中有尺素书。长跪读素书,书中竟何如。上言加餐食,下言长相忆。"②一阳生:古代认为冬至日开始阳气上升,万物复苏,所以冬至又称一阳生。③辇下:即辇毂下,皇帝的车辇之下,代指京城。晋袁宏《后汉纪·章帝纪上》:"今辇毂下,民食不造岁,汤火之忧也。"④姜被:《后汉书·姜肱传》:"肱与二弟仲海、季江,俱以孝行著闻。其友爱天至,常共卧起。"李贤引《谢承书》注曰:"肱性笃

孝,事继母恪勤。母既年少,又严厉。肱感《凯风》之孝,兄弟同被而寝,不入房室,以慰母心。"后来就用"姜被"指兄弟或兄弟的情义。⑤晏裘:春秋时期齐国的丞相晏婴以节俭著称于时,他经常穿着布衣鹿裘去上朝。孔子的弟子有若说晏子一件狐皮衣裳一连穿了三十年。后来用晏子裘作为称赞节俭的典故,有时也用晏子裘来形容一个人的困顿。⑥惆怅:伤感,失意。

[评析]

这是一首怀念弟弟的诗篇。杜牧与弟弟感情深厚,为了给弟弟看病,甚至辞官不做。冬至节是亲人欢聚的日子,而自己在外地馆舍中,与弟弟天各一方。诗歌写出了自己的困顿,表达了对弟弟的思念。"樽前岂解愁家国,辇下唯能忆弟兄",用衬托手法,国家大事、思乡愁绪,相比之下只有弟弟最为重要,这是一种极度夸张的手法,不过在节令特殊的日子里,似乎情感上也说得过去,可见情深义重。"竹门风过还惆怅,疑是松窗雪打声",形象传神,写出自己惆怅之中,听到门外竹叶响声,脑海中闪现了往昔与弟弟在家团聚,窗外大雪纷纷的场景。

寄题宣州开元寺

松寺曾同一鹤栖①,夜深台殿月高低②。何人为倚东楼柱,正是千山雪涨溪③。

[注释]

①栖:休息。②台殿:寺中的楼台殿阁。月高低:月亮从中天渐渐向

西移动。③雪涨溪：积雪融化，溪水上涨。

[评析]

  这是一首题赠诗。诗中追忆了往年初春时节，自己在开元寺终夜欣赏美景的情形，表现了清雅的兴味和孤高自赏的情怀，从而赞美了开元寺优美的景色。对月亮升沉变化的关注，既表明景色的变化，时光的流逝，也隐含了诗人痴情于景色的执着。"千山雪涨溪"写出冰雪融化，溪水见长，泉声幽咽，水流悠扬，诗人竟然入了神，倚着柱子一动也不动。

寄李播评事①

  子列光殊价②，明时忍自高③。宁无好舟楫④，不泛恶风涛。大翼终难戢⑤，奇锋且自韬⑥。春来烟渚上，几净雪霜毫⑦？

[注释]

  ① 李播：字子烈，元和进士，曾任大理评事。是唐代著名诗人，但是流传下来的作品很少。② 子列：子烈。光殊价：才能、价值不一般。③ 自高：自我珍重。④ 舟楫：这里指才能与仕途晋升的评介。⑤ 戢（jí）：收敛，收藏。⑥ 韬：深藏。⑦ 雪霜毫：毛笔。

[评析]

  这是一首赠送友人的诗篇。诗人赞颂了友人的过人才华，慨叹人才的不获重视，致使有才之士在江湖上写诗咏叹。"宁无好舟楫，不泛恶风涛"，用船行江上比喻仕途，形象地写出官场黑暗，人才不被重视，流露出同情和劝慰的感情。政治清明的"明时"尚且如此，昏暗时期该是何等景象！不过诗人还是劝勉友人，大鹏终归会展翅高飞，劝告他暂时再忍耐一下，不妨在美好的江面上，写几首诗。

洛　阳

文争武战就神功①，时似开元天宝中②。已建玄戈收相土③，应回翠帽过离宫④。侯门草满宜寒兔⑤，洛浦沙深下塞鸿⑥。疑有女娥西望处⑦，上阳烟树正秋风⑧。

[注释]

①就：成就。神功：非凡的功绩。②开元天宝：唐玄宗的两个年号。③建：树立。玄戈：画有玄戈星的旗帜。相：在黄河之北，今河南安阳西。④翠帽：以翠羽为装饰的车盖。汉张衡《西京赋》："天子乃驾雕轸六骏駮，戴翠帽，倚金较。"离宫：为帝王临时游幸建筑的宫殿。⑤寒兔：寒冬的野兔。南朝梁沈约《宿东园》："茅栋啸愁鸱,平冈走寒兔。"⑥洛浦：洛水岸边。塞鸿：塞外的鸿雁。⑦女娥：宫女。⑧上阳：上阳宫，在洛阳金苑的东面。烟树：云雾缭绕的树林。

[评析]

诗歌写于一次收复失地之后，描绘了洛阳荒凉凋敝的景象，流露出诗人对时局的失望和凄苦之情，尽管战争胜利似乎给人一些欣喜。"疑有女娥西望处,上阳烟树正秋风",是诗人设想唐玄宗时期,唐朝尚处于盛世时期,宫中已经出现萧瑟景象,诗句显得沉痛哀绝。朱三锡说:"'女娥西望','烟树秋风',言当日已如此,今日倍觉凄凉矣。"

寄唐州李玼尚书①

累代功勋照世光②,奚胡闻道死心降③。书功笔秃三千管④,领节门排十六双⑤。先揖耿弇声寂寂⑥,今看黄霸事搟搟⑦。时人欲识胸襟否?彭蠡秋连万里江⑧。

[注释]

①唐州:古代州名。在今河南泌阳一带。李玼:唐代著名将领李愬之子,曾任刑部尚书,大中年间为唐州刺史。②累代功勋:李玼祖上数代都立有卓越战功。高祖李思恭、曾祖李钦、祖父李晟、伯父李愿、父亲李愬、叔父李听都是唐代名将。③奚胡:东胡族,汉代时称乌桓。闻道:听说。死心:断绝进犯唐朝的念头。④书功笔秃三千管:用来记载战功的笔用秃了三千只,形容功劳之大、之多。⑤领节门排十六双:唐代节度使都配有双节双符,掌军多少年就领节多少双。东晋时期,谢安执掌军权十六年,此句是把李玼的军功与谢安相媲美。⑥耿弇:东汉开国将领,云台二十八将之一,东汉建立后封建威大将军、好畤侯。声寂寂:声名已经消逝了。⑦黄霸:字次公,西汉大臣。汉武帝和昭帝时曾任河南太守丞、廷尉、扬州刺史、颍川太守等职。在颍州任职八年,清明廉政,百姓和睦,路不拾遗,朝廷考察以后,下诏说黄霸是国家栋梁之材,于是汉宣帝命黄

霸入京，代替丙吉为丞相，封建成侯。摐（chuāng）摐：纷杂，众多的样子。⑧彭蠡：江西鄱阳湖，向北流入长江。

[评析]

　　这是一首酬赠诗。诗人热情洋溢地赞颂了李玭出身官宦世家，祖上功名显赫，用意与屈原《离骚》开篇"朕皇考曰伯庸"相同，凸显李玭与众不同，又富于政治才能，同时情操高尚，身在庙堂，却有隐士清雅情怀。"彭蠡秋连万里江"，写出彭蠡旷达飘逸的形象，用一个雄阔场景以比喻胸襟，新颖别致。

别　家

　　初岁娇儿未识爷①，别爷不拜手吒叉②。拊头一别三千里③，何日迎门却到家④？

[注释]

　　①爷：父亲。《木兰辞》："昨夜见军帖，可汗大点兵。军书十二卷，卷卷有爷名。阿爷无大儿，木兰无长兄。愿为市鞍马，从此替爷征。"②手吒叉：叉手礼，两手交叉在胸前，俯首到手，类似于后世的作揖，又作"抄手"。③拊头：抚摸孩子的头。④迎门：在门口等候。唐韩愈《平淮西碑》："蔡之卒夫，投甲呼舞；蔡之妇女，迎门笑语。"

[评析]

　　诗人因事情要远离故乡，而且此去时间不短，远隔千里。孩儿尚小，不懂得问候礼节。临行前，诗人不住地抚摸他的脑袋，表达了出远门前对儿子依依难舍的亲情。语言明白如话，而感情真挚深沉。

雨

连云接塞添迢递①，洒幕侵灯送寂寥②。一夜不眠孤客耳，主人窗外有芭蕉。

[注释]

①连云接塞：上与云相连，远与塞外相接，形容雨水漫天。迢递：连绵不断。南朝梁沈约《九日侍宴乐游苑》："虹旌迢递，翠华葳蕤。"②洒幕侵灯送寂寥：雨水溅在帐幕和室内的灯火上，使人感到更加寂寞。

[评析]

这是一首咏物诗，生动地写出雨势、雨声以及人的感受。诗人从大处动笔，先写雨势大，上连接天空，远及边塞，弥漫整个宇宙洪荒。继而由外及内。"洒幕侵灯"，进一步突出雨水无所不在；"送寂寥"，用拟人手法点出人的愁苦。第三、四句借景抒情，写陷入愁绪的人彻夜未眠。诗中未出现"雨"字，却处处写雨景，不写何种愁绪，只是说愁闷程度很深，含蓄有味。

宫词二首

其 一

蝉翼轻绡傅体红①，玉肤如醉向春风②。深宫锁闭犹疑惑③，更取丹沙试辟宫④。

其 二

监宫引出暂开门⑤，随例须朝不是恩⑥。银钥却收金锁合，月明花落又黄昏。

[注释]

① 蝉翼轻绡：像蝉翼那样轻薄的白纱。傅体红：附着在红润的身体上。② 玉肤：洁白莹润的皮肤。③ 锁闭：上锁关闭。北齐颜之推《颜氏家训·风操》："北朝顿丘李构，母刘氏，夫人亡后，所住之堂，终身锁闭，弗忍开入也。"④ 辟宫：守宫，即壁虎，因为常在屋壁，所以称守宫。晋张华《博物志》记载，东方朔对汉武帝说守宫可以试验女子的贞操。《淮南子·万毕术》中也有这样的记载："守宫饰女臂，有文章。取守宫新舍阴阳者各一，藏之瓮中，阴干百日，以饰女臂，则生文章，与男子合阴阳，辄灭去。"但据古代医学家说仅有壁虎是不行的，要用朱砂喂壁虎，喂够三斤以后，把壁虎杀了晒干，磨成末，才可以涂在女子身上。⑤ 监宫：太监。宫人失宠住在凄清的宫院里，还有朝见君王的常例。但是如果出来，需要太监在前面导引。暂开门：因为宫门经常闭锁，所以开门是暂时的。

⑥ 须朝：朝见。

[评析]

  这是一组歌咏宫女的作品，通常意义上称这类题材的诗为宫词。宫词一般是抒写宫女哀怨，而这组诗却写得更为凄惨悲凉。组诗中，宫女被召见与否，都是失意。第一首侧重于心理描写，第二首用景物衬托的手法，抒发了宫女的幽怨之情。貌美如花的宫女，在春天里，深锁宫门，疑虑重重，君王为何不召见呢？难道是自己不够忠贞吗？于是拿起丹砂。胡仔说："此绝句极佳，意在言外，而幽怨之情自见，不待明言之。"（《苕溪渔隐丛话后集》卷十五）第一首写失意宫女期待接见，内心仍然充满着希冀和幻想，而受到召见的宫女呢？"暂开门"，用一个"暂"字，说明宫门常闭，内心凄苦；召见呢，只不过例行公事，没有些许恩情。宫女已经彻底失望了，因为在长期的幽闭生活中，已经不再有任何幻想。锁门的声音是那么刺耳，皎洁的月色是如此凄楚，有些恐怖，而娇艳的花儿就如此败谢。花落与黄昏，既是景，又是写人老珠黄，更是抒情。王尧衢说："开门之后，欲睡不睡，只见满宫明月，空庭落花，是向日受惯之凄凉，而今又依然在此矣。说至此，字字怨入骨髓。"（《唐诗合解》卷六）

悲吴王城①

  二月春风江上来，水精波动碎楼台②。吴王宫殿柳含翠③，苏小宅房花正开④。解舞细腰何处往？能歌姹女逐谁回⑤？千秋万古无消息，国作荒原人作灰⑥。

[注释]

①吴王城:春秋末年,吴国大夫伍子胥伐楚还师后,奉吴王阖闾之命筑城,称为阖闾城,即今苏州。阖闾城北靠诸山,南临太湖,可以抵御楚、越两国的入侵。②水精:水晶。比喻清澈透明的江水。③含翠:透着青绿色。④苏小:钱塘名妓苏小小。从小知书明理,精于诗词,后来因相思成疾而死,一位钟情于她的豪士把她葬在西泠桥畔。今苏小小墓仍是杭州西湖的名胜之一。⑤姹女:美女。⑥荒原:荒凉的原野。

[评析]

这首怀古诗抒发了对吴国灭亡的感慨。诗歌前四句用清词丽句极力赞美吴王宫殿的美景,春风浩荡,柳色正新,楼台高耸,鲜花正艳,是设想之词。五、六两句是今日场景,慨叹宫女不见,故地成为荒丘。对比手法的运用,使得情感表现深沉而摇曳。末两句"千秋万古无消息,国作荒原人作灰",冷艳哀绝,是写吴国衰景,又是写时空与宇宙的凄凉。

秋 感

金风万里思何尽①,玉树一窗秋影寒②。独掩柴门明月下③,泪流香袂倚阑干④。

[注释]

①金风:秋风。张协《杂诗》:"金风扇素节,丹霞启阴期。"李善注:"西

方为秋而主金,故秋风曰金风也。"②玉树:美丽的树木。宋之问《折杨柳》:"玉树朝日映,罗帐春风吹。"③掩:关门。柴门:用碎木板或树枝做成的简陋的门,有时比喻穷苦人家。曹植《梁甫行》:"柴门何萧条,狐兔翔我宇。"④香袂:散发着香气的衣袖。阑干:栏杆。

[评析]

这是一首闺怨诗。通过秋风中女子月下倚门哭泣,写出妇女对远行在外的丈夫的思念与内心的凄苦。"金风万里"是写景,意境开阔,又暗示思念的人远在千里之外。在清秋时节,玉树还没有凋零,呈现一派美好景象,可是影子却那么寒冷。明月柴门,本应充满家的温馨,如今只有一个女子孤苦伶仃地哭泣,期盼着远行在外的丈夫归来。

叹 花

自恨寻芳到已迟①,往年曾见未开时。如今风摆花狼藉②,绿叶成阴子满枝③。

[注释]

① 自恨:自我遗憾。寻芳:游览美景。② 狼藉:花儿开败,花瓣零落满地的样子。③ 子满枝:枝头结满了果实。

[评析]

这是一首花的咏叹诗,也是一篇惜时的篇章。一次没有遇见开放时刻的花儿容颜,在记忆中留下美好而深刻的印象,而今再来赏花,却是花瓣凋零一片狼藉景象,心中难免充满了惆怅、遗憾。诗歌表达了诗人对花的痴迷,及时光流逝的怅惘。也有人认为此诗是诗人咏叹自己的一段浪漫经历,当年所思慕之女子,今已生儿育女,诗人空有惆怅。《樊川诗集注》载:"《摭言》牧佐宣城幕,游湖州。刺史崔君张水戏,使州人毕观,令牧闲行阅奇丽,得垂髫者十余岁。后十四年,牧刺湖州,其人已嫁生子矣,乃怅然而为诗。"

山　行

远上寒山石径斜①,白云生处有人家。停车坐爱枫林晚②,霜叶红于二月花③。

[注释]

①石径:石头铺垫的山路。②坐:因为。③霜叶:经霜的枫叶。

[评析]

这是一首山水诗,也是一幅山旅行程图,通过描写山中秋景,表达了诗人对于秋天的喜爱。首句写山高路窄,白云从上面涌起,可见山的巍峨险峻,使人感受到丝丝寒意,极力突出了山的高峻。可是这种地方,也有人家居住。自己也久久停留,是因为喜欢傍晚中的红叶。虽说山高、路远、天冷,可是诗人却十分惬意,毫无困顿之意,也不急着赶路,只因为这里的枫叶红了。"霜叶红于二月花"是千古名句,写出了枫叶的勃勃生命力,给人以奋发向上的激励。诗歌虽然用了衬托、对比等手法，读来却令人感到自然天成，毫无雕饰感觉。

赠猎骑①

已落双雕血尚新，鸣鞭走马又翻身②。凭君莫射南来雁，恐有家书寄远人③。

[注释]

① 猎骑：骑马打猎的人。李白《观猎》："江沙横猎骑，山火绕行围。"② 鸣鞭：挥动鞭子赶马。鲍照《代陈思王白马篇》："白马骍角弓，鸣鞭乘北风。"走马：骑马疾驰。翻身：反身，转身。杜甫《哀江头》："翻身向天仰射云，一笑正坠双飞翼。"③ 凭君莫射南来雁，恐有家书寄远人：请不要射杀南来的大雁，恐怕大雁的足上系着寄给远方家人的书信。这里化用了雁足传书的典故。汉武帝时期，苏武出使匈奴被扣留。汉昭帝即位后，汉朝向匈奴索要苏武，匈奴谎说苏武已死。后来汉朝使者又到匈奴，有人透露说苏武还活着。汉使就对单于说：天子在上林苑射猎，射中一只大雁，大雁脚上系着一封帛书，说苏武等人还在北海。单于无奈，放回了苏武。

[评析]

这是一首新奇别致的诗篇，赞颂了猎人技艺高超，劝慰他千万不要射大雁，表达了深沉的思念。沈存中化用"凭君莫射南来雁，恐有家书寄远人"句意,"作《拱辰乐府》,曰'弯弓不射云中雁,归雁而今不寄书'"(程大昌《演繁露续集》卷四)。

秋 夕①

银烛秋光冷画屏②,轻罗小扇扑流萤③。天阶夜色凉如水④,卧看牵牛织女星⑤。

[注释]

①秋夕:秋天的夜晚。②银烛:白色的蜡烛。秋光:秋天的月光。画屏:画有彩绘的屏风。③轻罗小扇:轻巧的丝质小团扇。流萤:随意乱飞的萤火虫。南朝齐谢朓《玉阶怨》:"夕殿下珠帘,流萤飞复息。"④天阶:天上。夜色:夜光。凉:清凉。⑤牵牛织女星:传说七月七日是牛郎织女会面的日子,民间妇女有在庭院内焚香乞巧的习俗。

[评析]

这是一首宫词,描绘出一幅深宫生活的图景,抒写了宫女的孤独和凄凉心情。第一、三句写宫中景象,色调暗淡而幽冷。深宫出现萤火虫,可见荒凉程度,宫女遭冷落的情形已经清晰可见。"冷"字点明寒意袭人,"凉如水"也增强了冷寂色彩。宫女闲来无事,捉萤火虫,看牛郎织女星。虽然用字娴雅,但含蓄蕴藉,意境清幽,耐人寻味。贺裳《载酒园诗话又编》说这首诗"全写凄凉,反多含蓄"。

闻　角①

晓楼烟槛出云霄②，景下林塘已寂寥③。城角为秋悲更远，护霜云破海天遥④。

[注释]

①角：古代军中的一种乐器。②烟槛：城楼的栏杆被雾气笼罩着。③景下：城楼的影子下面。景，同"影。"林塘：树林和池塘。南朝梁刘孝绰《侍宴饯庾于陵应诏》："是日青春献，林塘多秀色。"寂寥：萧条寂静。④护霜：霜降。宋费衮《梁溪漫志·方言入诗》："方言可以入诗，吴中以八月露下而雨谓之愀露，九月霜降而云谓之护霜。"云破：云彩散去。

[评析]

诗歌用夸张手法描写城楼高耸，极力写角声嘹亮，连海天空旷处都听得见，赞颂了角声的嘹亮与穿透力，而这声音中，隐含着秋的凄凉，抒发了悲秋情绪。"晓楼烟槛出云霄"突出楼高，早晨太阳已经升起，栏杆却依然云雾笼罩；形容楼高一般用"入"云霄，这里却用了"出"，不同凡响。

华清宫①

零叶翻红万树霜②,玉莲开蕊暖泉香③。行云不下朝元阁④,一曲淋铃泪数行⑤。

[注释]

①华清宫:唐玄宗时期在骊山扩建的宫殿,天宝十五载(756)毁于安史之乱的兵火。②零叶:凋零的叶子。翻红:变红。霜:经霜。③玉莲开蕊暖泉香:华清宫温泉池的池壁是用有文采的宝石砌成的,中间有玉莲花,汤泉喷出来而成浴池。五代王仁裕《开元天宝遗事·锦雁》:"奉御汤中以文瑶密石,中央有玉莲,汤泉涌以成池。"④行云:行踪不定的云彩。战国时期楚怀王游高唐,梦见一个美丽的女子自称巫山神女,愿意陪侍怀王。女子离去的时候说:"妾在巫山之阳,高丘之阻,旦为朝云,暮为行雨。"这里是用巫山神女的典故,喻指杨贵妃。不下:不来。朝元阁:华清宫的一处宫殿。传说天宝七载(748)老子降临朝元阁,与玄宗交谈,因此改名降圣阁。⑤淋铃:唐代的教坊曲《雨霖铃》。据说杨贵妃在马嵬坡被赐死后,唐玄宗逃到蜀地,在山谷中遇到大雨,路过栈道时又听见铃声在山谷间回响,深悼杨贵妃,有感而作《雨霖铃》曲,寄托心中的无限思念与哀愁。

[评析]

这是一首怀古咏史诗篇。诗人凭吊华清宫,只见秋叶染霜,温泉如故,可是哪里有唐玄宗与杨贵妃的影子?诗人想象逃亡蜀川的唐明皇失去杨贵妃之后,雨中伤感,泪流不止。诗歌流露出对于荒淫误国的唐玄宗的讥讽。

望少华三首①

其 一

身随白日看将老②,心与青云自有期③。今对晴峰无十里,世缘多累暗生悲④。

其 二

文字波中去不还⑤,物情初与是非闲⑥。时名竟是无端事⑦,羞对灵山道爱山⑧。

其 三

眼看云鹤不相随⑨,何况尘中事作为。好伴羽人深洞去⑩,月前秋听玉参差⑪。

[注释]

① 少华:位于江西省德兴、玉山两县交界处,有玉京、玉虚、玉华三峰,峻峭挺拔,宛如道教的玉清、上清、太清三仙境,所以后来又叫三清山。
② 白日:光阴。唐白居易《浩歌行》:"既无长绳系白日,又无大药驻朱颜。"
③ 青云:高空的云彩。《楚辞·远游》:"涉青云以泛滥兮,忽临睨夫旧乡。"

这里比喻隐逸自由的生活。期：约定，期待。④世缘：人世间的事。唐钱起《过桐柏山》："投策谢归途，世缘从此遣。"累：连续，堆积。⑤文字：公文，案牍。宋范仲淹《耀州谢上表》："今后贼界差人赍到文字，如依前僭伪，立便发遣出界，不得收接。"⑥物情：事物的道理，人情。⑦时名：当时的名声。唐韩愈《举钱徽自代状》："可以专刑宪之司，参轻重之议，况时名年辈俱在臣前，擢以代臣，必允众望。"无端：没来由。⑧灵山：福地仙山，这里指少华山。⑨云鹤：比喻隐居高洁的人。唐卢肇《将归宜春留题新安馆》："天外鸳鸾愁不见，山中云鹤喜相忘。"⑩羽人：传说羽人之国有不死的人，得道后全身长满羽毛，升天而去。道家学仙，所以道士也称为羽人。⑪参差：洞箫，即没有封底的排箫，又名笙。相传是舜发明的，像凤凰的羽翼那样参差不齐。《楚辞·九歌·湘君》："望夫君兮未来，吹参差兮谁思？"

[评析]

　　这是一组咏怀诗。诗人远望道教名山少华山，流露出世事日非的感慨，以为功名利禄都是身外物，从而参透红尘，产生了归隐的念头。"世缘多累暗生悲""羞对灵山道爱山"，写诗人面对少华山，深感沾染人世间尘埃，心生悔恨与愧疚之情。

宫人冢①

　　尽是离宫院中女②，苑墙城外冢累累③。少年入内教歌舞④，不识君王到老时。

[注释]

①宫人冢：也称"宫人斜""内人斜"，专属埋葬宫女的地方。秦朝时埋葬宫女的地方就在都城咸阳的旧城墙内，唐代也埋在宫城附近。②离宫：行宫，供帝王临时出巡居住的宫室。《史记·刘敬叔孙通列传》："孝惠帝曾春出游离宫。"③苑墙：宫墙。④入内：进宫。

[评析]

这是一首宫怨诗，抒写了宫女不受重视的凄苦与悲凉。前两句写人数众多，坟丘累累。后两句概括她们悲惨的一生，年少时送入宫中，或许是一种荣幸，可是在宫中竟然一辈子也没有见过君王。这真是人生的悲剧，也隐然包含着对君王的批判。而宫女一辈子的唯一愿望就是见到君王，真是凄然、悲愤而无奈。

寄浙西李判官①

燕台上客意何如②？四五年来渐渐疏。直道莫抛男子业③，遭时还与故人书④。青云满眼应骄我⑤，白发浑头少恨渠⑥。唯念贤哉崔大让⑦，可怜无事不歌鱼⑧。

[注释]

①浙西：指浙西观察使幕，治所在今江苏镇江。判官：唐代节度使、观察使、防御使幕中都设置判官职位，辅理政事。②燕台：战国时期燕昭王为招纳贤士所筑的黄金台，后来代指幕府。李商隐《梓州罢吟寄同舍》：

"长吟远下燕台去,惟有衣香染未销。"上客:上等的门客。③直道:正确的道理。吕岩《促拍满路花》:"是非海里,直道作人难。"④遭时:赶上好时机。⑤青云:官位高的人。骄:傲气自满,自高自大。⑥浑头:满头。渠:它。⑦贤哉:品质高尚。《论语·雍也》:"子曰:'贤哉回也,一箪食,一瓢饮,在陋巷,人不堪其忧,回也不改其乐。贤哉回也。'"⑧无事不歌鱼:无事可做也不抱怨。战国时期,冯谖前去投靠孟尝君,孟尝君问他有什么才能,冯谖为了试探孟尝君的胸怀,说没有才能,孟尝君笑笑,还是接纳了他。孟尝君的手下人因此瞧不起冯谖,按下等门客对待他,给他粗劣的饮食。冯谖于是弹着手中的长剑,唱道:"长铗归来兮,食无鱼。"以此发泄不满。孟尝君听到了,叫人给他鱼吃。后来冯谖又要求出门坐车,孟尝君也满足了他。由此冯谖了解了孟尝君的为人,发挥才干,为孟尝君的政治事业立下了不少功劳,留下"狡兔三窟"等著名历史典故。

[评析]

诗人运用典故、对比手法,抒发了自己的郁郁不得志,赞颂了友人的功业、为人。人世间通常是功成名就远离旧交,而这位判官虽然春风得意,依然不忘老友,时不时来封信问候一下情况。"遭时"说明仕途顺利,从"还与故人书"这件小事上看,判官不是"势利眼"。所以杜牧收到他的信后很感动,立马写了这首诗寄了过去。

寄杜子二首

其 一

不识长杨事北胡①,且教红袖醉来扶②。狂风烈焰虽千尺,豁得平生俊气无③?

其 二

武牢关吏应相笑④,个底年年往复来⑤。若问使君何处去,为言相忆首长回。

[注释]

①长杨:秦汉时的宫殿,是皇家的游猎之所。汉成帝为了向胡人显示中国野兽种类之多,让人捕捉很多野兽,放到长杨宫的射熊馆里,让胡人自己去选捉。北胡:北方边地的少数民族。②红袖:女子的红色衣袖,代指美人。③豁得:显露。俊气:豪放之气。④武牢:原名虎牢关,因西周时期周穆王在这里圈养老虎而得名,唐代时避唐高祖李渊的祖父李虎的名讳改称武牢关。此处临近汜水,因此又称汜水关。位置在洛阳以东,今河南荥阳境内,因山岭纵横,自成天险,历来是兵家必争之地。⑤个底:为何,为什么。

[评析]

这是一组寄给杜姓友人的诗。首篇讽刺某位二人都熟悉的人的豪横与倚红偎翠,好钢用不到刀刃上,并非真正英雄俊杰。首句点明少数民族已经入侵,而他却纵歌行酒。"狂风烈焰虽千尺,豁得平生俊气无",提出一种俊杰标准,虽然叱咤风云,不发挥作用,也是徒然。第二首诗写某位首长的旧部下年年前去拜访,从语意看,这位老领导似乎已经受到冷落或者备受争议。

羊栏浦夜陪宴会

戈槛营中夜未央①,雨沾云惹侍襄王②。球来香袖依稀暖③,酒凸觥心泛滟光④。红弦高紧声声急⑤,珠唱铺圆袅袅长⑥。自比诸生最无取⑦,不知何处亦升堂⑧?

[注释]

① 戈槛:军营中的兵器排列整齐,像栏杆一样。夜未央:夜已深,但是天还没亮。《诗经·小雅·庭燎》:"夜如何其?夜未央,庭燎之光。君子至止,鸾声将将。"② 雨沾云惹侍襄王:楚襄王游高唐,梦见巫山神女来陪侍,神女道别时说自己"旦为朝云,暮为行雨"。③ 香袖:古代女子的衣袖熏香,所以称香袖。④ 觥:古代的一种酒器,上有提梁,下有圈足,有兽头形的盖。⑤ 红弦:乐器上的红色丝弦,也有说就是筝弦的。唐李贺《洛姝真珠》:"兰风桂露洒幽翠,红弦袅云咽深思。"高紧:乐音嘹亮而急促。⑥ 珠唱铺圆:形容歌声圆润,像滚珠和圆形的铜铺一样。袅袅长:声音绵长,婉转悠扬。⑦ 无取:没有什么长处可取。⑧ 升堂:进入内室。古代建筑有堂有室,堂上有台阶,登上台阶才进入室。顾况《公子行》:"入

门不肯自升堂，美人扶踏金阶月。"

[评析]

　　这是一首描写夜宴的诗篇，描写了唐代高级将领设置的宴席场面。诗歌运用典故，用华丽的语言和夸张手法，描写了深夜军营中依旧纵酒高歌，美女陪酒，歌姬、舞姬表演节目，唱腔圆润，余音袅袅，谦称自己本无才能，却能够入席，表达了受邀请就座的感激之情。此诗描写生动，色彩艳丽，是了解唐代宴饮场面的一首杰作。

边上晚秋①

　　黑山南面更无州，马放平沙夜不收②。风送孤城临晚角③，一声声入客心愁。

[注释]

　　① 边上：边境，边疆。耿㵑《送河中张胄曹往太原计会回》："遥听边上信，远计朔南程。" ② 平沙：广阔的沙地。张仲素《塞下曲》："朔雪飘飘开雁门，平沙历乱转蓬根。"收：赶回马厩。③ 孤城：边远孤立的城寨。王昌龄《从军行》："青海长云暗雪山，孤城遥望玉门关。"

[评析]

　　这是一首边塞诗，描绘了边疆的苦寒、荒无人烟，马儿夜晚也不用拉回马棚，边塞角声凄苦，抒发了客子思乡的愁绪，从而进一步烘托了戍守边疆的将领、战士们内心的凄苦。诗歌语句浅显明白，而情感质朴深厚。

青 冢①

青冢前头陇水流②，燕支山上暮云秋③。蛾眉一坠穷泉路④，夜夜孤魂月下愁。

[注释]

①青冢：汉成帝时期，王昭君嫁给匈奴呼韩邪单于和亲，其墓在今内蒙古自治区呼和浩特市南，传说这里多白草，其墓上的草独青，故名。②陇水：发源于六盘山南段陇山的河流，由渭水和崖水汇流而成。唐李白《秋浦歌》之二："青溪非陇水，翻作断肠流。"③燕支山：因盛产燕支草而得名。燕支草可做红色的染料。④蛾眉：女子的秀眉，代指美人。一坠穷泉路：一旦坠入九泉之路，意思是死去了。

[评析]

这是一首歌咏王昭君的诗篇。昭君出塞虽然在政治外交上意义重大，可是对于昭君来说，实属不幸，历代文人对其多表示同情，如杜甫《咏怀古迹》之三："一去紫台连朔漠，独留青冢向黄昏。"这其中也隐含着对君王无能的讥讽和文人失意之感。这首诗描绘昭君坟墓愁云密布，用月下孤魂犯愁情景，抒写了王昭君远离故乡的凄苦，表达了诗人对王昭君不幸身世的同情。诗歌笼罩着一种悲凉凄惨气氛。

边上闻笳三首①

其 一

何处吹笳薄暮天②？塞垣高鸟没狼烟③。游人一听头堪白,苏武争禁十九年④。

其 二

海路无尘边草新⑤,荣枯不见绿杨春。白沙日暮愁云起⑥,独感离乡万里人。

其 三

胡雏吹笛上高台⑦,寒雁惊飞去不回。尽日春风吹不散,只应分付客愁来⑧。

[注释]

① 笳:北方少数民族发明的一种乐器,类似于笛。最初是吹卷着的芦叶以娱乐,后来把芦叶制成的哨插入了竹管中,成为双簧乐器。汉代时笳传入了中原。② 薄暮:傍晚。唐韩愈《感春》诗之五:"清晨辉辉烛霞日,薄暮耿耿和烟埃。"③ 塞垣:边境地带。高鸟:高飞的鸟儿。狼烟:狼粪燃烧的烟不易飘散,所以军事上用来报警,传递信号。④ 苏武争禁十九年:西汉苏武出使匈奴,被扣留十九年才回来。⑤ 海路:沙漠中的道路。⑥ 白沙:白色的沙。唐李白《送萧三十一之鲁中兼问稚子伯禽》:"六月南风吹白

沙，吴牛喘月气成霞。"⑦胡雏：年轻的胡人。⑧分付：寄托。杨恢《祝英台近》："都将千里芳心，十年幽梦，分付与一声啼鴂。"

[评析]

　　这是一组边塞诗。通过描写听到胡笳的感触、边塞风光，抒写了游人思乡离别之苦。第一首诗写胡笳感染力强，夸张地说人一听到它的声音头发就白了，不由得慨叹苏武如何忍受了十九年。游子尚且如此，吹胡笳的人、戍守边疆的人是如何打发日子的呢？诗人运用层层衬托的手法，写出边疆人的孤苦。第二首所呈现的景色单调，一片沙漠，没有树木，写游子思乡之苦。第三首照应第一首，写笛声带来的凄苦，惊飞大雁，春风想驱除掉它也没有办法。

经阖闾城

　　遗踪委衰草①，行客思悠悠②。昔日人何处？终年水自流。孤烟村戍远③，乱雨海门秋④。吟罢独归去，烟云尽惨愁⑤。

[注释]

　　①遗踪：遗迹，旧址。潘岳《西征赋》："眺华岳之阴崖，觌高掌之遗踪。"委：舍弃。②悠悠：忧伤的样子。③村戍：村子里的守卫之所。贾岛《宿孤馆》："落日投村戍，愁生为客途。"④海门：河流的入海口。⑤惨愁：极度愁苦。

[评析]

　　这是一首情韵悠长的怀古咏史诗,抒发了沧海桑田、万事皆空的深沉感受。首句写往昔吴王盛时的踪迹已经不见了,只有一片衰草;往日的帝王英雄与美女佳丽,也消失殆尽,无影无踪,只留下孤烟袅袅,乱雨纷飞。诗歌以凄冷景色、巨大反差,写出历史感慨。也许文人多失意落魄,不得已在荒芜中思慕着久远的不属于自己的朝代,与当下社会日渐疏离。所以自古诗篇中的胜迹与伟业最终不过一缕青烟,几处荒草。

并州道中①

　　行役我方倦②,苦吟谁复闻③?戍楼春带雪④,边角暮吹云。极目无人迹⑤,回头送雁群。如何遣公子?高卧醉醺醺⑥。

[注释]

　　① 并州:今山西太原。② 行役:服兵役、劳役或因为公务而外出跋涉。《诗经·魏风·陟岵》:"嗟!予子行役,夙夜无已。"③ 苦吟:作诗苦心推敲吟咏。冯贽《云仙杂记·苦吟》:"孟浩然眉毫尽落,裴佑袖手,衣袖至穿,王维至走入醋瓮,皆苦吟者也。"④ 戍楼:边防军用来瞭望的城楼。萧绎《登堤望水》:"旅泊依村树,江槎拥戍楼。"⑤ 极目:极力远望。杜甫《自京赴奉先县咏怀五百字》:"群水从西下,极目高崒兀。"⑥ 高卧:悠闲地躺着。《晋书·陶潜传》:"尝言夏月虚闲,高卧北窗之下,清风飒至,自谓羲皇上人。"

[评析]

　　这是一首行旅诗，描绘了并州风土及春寒料峭、荒凉凄苦的景象，抒发了游子思念家乡的浓郁情感。并州并非一个荒芜之地，但是行途中却是"极目无人迹，回头送雁群"，只有大雁在空际飞翔，似乎有些生机。诗歌直抒胸臆，意境开阔，悲凉豪放。

渔　父

　　白发沧浪上①，全忘是与非。秋潭垂钓去，夜月叩船归②。烟影侵芦岸，潮痕在竹扉③。终年狎鸥鸟，来去且无机④。

[注释]

　　①沧浪：青绿色的波浪。屈原《渔父》："渔父莞尔而笑，鼓枻而去，乃歌曰：'沧浪之水清兮，可以濯吾缨。沧浪之水浊兮，可以濯吾足。'"②叩船：敲击船只。③潮痕：潮水留下的痕迹。④终年狎鸥鸟，来去且无机：终年和鸥鸟亲近，没有不良的动机。化用《列子·黄帝》中的典故："海上之人有好沤鸟者，每旦之海上，从沤鸟游，沤鸟之至者百住而不止．其父曰：'吾闻沤鸟皆从汝游，汝取来，吾玩之。'明日之海上，沤鸟舞而不下也。"沤鸟，鸥鸟。

[评析]

　　这是一首人物赞歌，也是化用前人典故的篇章。战国时期屈原的《渔父》中出现一个世外高人——渔父，自此"渔父"成为历代文人诗歌吟咏的对象。这首诗运用典故和景物描写，描绘了一个忘怀得失荣辱、有天然机趣毫无人间世故与官场恶习的隐者形象，表达了诗人的隐逸倾向和人生理想。这个超脱旷放、无拘无束的形象，也是古代文人心中的偶像之一。

长安夜月

寒光垂静夜①，皓彩满重城②。万国尽分照③，谁家无此明？古槐疏影薄，仙桂动秋声④。独有长门里⑤，蛾眉对晓晴⑥。

[注释]

①寒光：清冷的月光。《木兰辞》："朔气传金柝，寒光照铁衣。"②皓彩：皎洁的月光。重城：古代城市在外城之中又建有内城，故称，这里指都城长安。唐李白《鼓吹入朝曲》："捶钟速严妆，伐鼓启重城。"③万国：天下。《周易·乾卦》："首出庶物，万国咸宁。"④仙桂：传说月亮之中有桂树，所以称"仙桂"。唐段成式《酉阳杂俎·天咫》："旧言月中有桂、有蟾蜍，故异书言月桂高五百丈，下有一人常斫之，树创随合。"秋声：秋天到来时自然界的风声、落叶声、虫鸟声等各种声音。北周庾信《周谯国公夫人步陆孤氏墓志铭》："树树秋声，山山寒色。"⑤长门：汉代宫名，这里指长安的皇宫。⑥蛾眉：代指宫中的女子。

[评析]

这是一首写景诗，又是一篇宫词。诗歌描绘了长安皎洁美好的夜色，含蓄委婉地抒发了宫女的幽怨之情。诗歌采用了对比反衬的手法，写月亮公正无私，照亮每一个角落，"万国尽分照，谁家无此明"，而君王却是如此偏心，宫中女子一夜未眠，直至天亮，无聊地看着太阳升起。写夜景却说"蛾眉对晓晴"，一方面说明夜色美好，宫女赏月至天亮；另一方面也表明宫女失宠落寞。

春　怀

年光何太急①，倏忽又青春②。明月谁为主？江山暗换人③。莺花潜运老④，荣乐渐成尘⑤。遥忆朱门柳⑥，别离应更频。

[注释]

①年光：岁月，时光。徐陵《答李颙之书》："年光道尽，触目崩心。扶心含毫，诸不申具。"②青春：春天。因为春天草木生长茂盛，颜色青绿，所以称青春。《楚辞·大招》："青春受谢，白日昭只。"③暗换：不知不觉地变换。白居易《答尉迟少监水阁重宴》："鸡黍重回千里驾，林园暗换四年春。"④莺花：莺鸟啼叫，鲜花盛开，泛指春天的景色。杜甫《陪李梓州等四使君登惠义寺》："莺花随世界，楼阁倚山巅。"潜运：悄悄地运转。⑤荣乐：荣华与逸乐。曹丕《典论·论文》："年寿有时而尽，荣乐止乎其身。"⑥朱门柳：富贵人家门前的柳树。古人有折柳送别的习俗。

[评析]

这是一首抒怀之作，也是感慨春光闪逝的惜春之作。春天应该是百花开放、群鸟争鸣、欢欣鼓舞的时节，可是诗人却写尽了无穷哀叹。春天纵然美好，黄莺与花朵尽管美妙，可是消失得太快。"明月谁为主？江山暗换人",写出物是人非的感慨,一个"暗"字突出了这种变化在不知不觉中发生;"莺花潜运老,荣乐渐成尘",凸显了世事无常。人世间亲人的远行,又给春天增加了一丝凄楚。痛惜、哀叹,正表明诗人对于美好景象的喜爱与执着。

逢故人

年年不相见,相见却成悲。教我泪如霰①,嗟君发似丝②。正伤携手处,况值落花时③。莫惜今宵醉,人间忽忽期④。

[注释]

① 霰:天空中降落的白色不透明的小冰粒。② 发似丝:头发像蚕丝一样,意思是头发已经白了。③ 况值:何况赶上。④ 忽忽:时光飞快逝去的样子。《楚辞·离骚》:"欲少留此灵琐兮,日忽忽兮其将暮。"

[评析]

这是一首别致的述怀诗。"年年不相见",如今相逢,本应是欣喜万分,诗歌却写出相逢后的凄苦悲凉,不由得泪落涟涟。"相见却成悲",写出历经尘世侵扰、人生不算顺利的故人相逢时刻的特有情感。流泪之际,抬头一看,老朋友头发已经白了,真是让人感慨唏嘘。此时,只见落花飘零,两人只好借酒消愁。

闲 题

男儿所在即为家,百镒黄金一朵花①。借问春风何处好?绿杨深巷马头斜。

[注释]

① 百镒:亦作"百溢",指钱多。镒是古代黄金的计量单位,二十两或二十四两为一镒。三国魏阮籍《咏怀》之八:"黄金百溢尽,资用常苦多。"

[评析]

这是一首描写少年游侠生活的篇章。诗歌以热情洋溢的语言,描写游侠四海为家、千金一掷的豪奢生活。如此游侠生活,真是狂放不羁,浪漫潇洒。这或许是少年杜牧心目中崇尚的一个场景,一如当下少年对梁羽生、金庸武侠小说的喜爱。

金谷园①

繁华事散逐香尘②,流水无情草自春。日暮东风怨啼鸟,落花犹似坠楼人③。

[注释]

①金谷园：西晋石崇在荆州刺史任上以打劫致富，后来做了京官，得到了美艳而且擅长吹笛子的绿珠，为排解绿珠的思乡之苦，满足自己豪奢的生活要求，石崇在金谷涧中建筑了一座别墅，名金谷园，金谷园中有百丈高楼，绿珠可登楼南望。石崇还招纳了很多著名文人在金谷园游乐，有金谷二十四友之称。②香尘：芳香的尘土。晋王嘉《拾遗记·晋时事》载石崇"又屑沉水之香如尘末，布象床上，使所爱者践之"。③坠楼人：指石崇的爱妾绿珠。赵王司马伦的亲信孙秀垂涎绿珠的美色，曾向石崇要绿珠，石崇不给，两人结下了怨恨。后来赵王司马伦专权，石崇等人反对赵王司马伦，孙秀借机率领大军包围了金谷园。石崇见大势已去，就对绿珠说：我因为你获罪，你准备怎么办？绿珠流着泪说：妾当效死君前！于是从楼上跳下身亡。孙秀因为没有得到绿珠，盛怒之下将石崇斩首。

[评析]

此诗写于洛阳，或许作于唐文宗开成元年（836）春，诗人为监察御史、分司东都，游赏金谷园有感而作。这是一首咏春怀古绝句，讽刺了石崇奢侈荒淫的生活，抒发了世事无常、往事如烟的感慨。起句发人警醒，笔意陡峭，"繁华""香尘"为反差极大的两个对立物，诗人将它们融合，写出无限感慨。次句写流水无情，暗含时光无情流逝，草也不顾及人的感受。这里以无情之物反衬人的多情。第三、四句写鸟鸣声使人感到惆怅，而"落花"又让人联想到绿珠，纵然落花是不会想到这一层意思。诗歌以凄楚的景象、对比反衬的手法，抒写思古之幽情。

隋宫春

龙舟东下事成空①,蔓草萋萋满故宫②。亡国亡家为颜色③,露桃犹自恨春风④。

[注释]

①龙舟东下:隋炀帝即位后曾几次顺江而下游江都。②蔓草:生有长蔓能攀爬的野草。《诗经·郑风·野有蔓草》:"野有蔓草,零露漙兮。"萋萋:茂盛的样子。《诗经·周南·葛覃》:"葛之覃兮,施于中谷,维叶萋萋。"故宫:隋炀帝在东都洛阳建造的宫殿。③颜色:美色,姿色。《墨子·尚贤中》:"不论贵富,不嬖颜色。"④露桃:桃树,桃花。《乐府诗集·相和歌辞三·鸡鸣》:"桃生露井上,李树生桃旁。虫来啮桃根,李树代桃僵。树木身相代,兄弟还相忘?"后来就用"露桃"指桃树或桃花。

[评析]

这是一首怀古咏史诗。诗人追忆隋炀帝乘坐龙舟下江南的场面,讽刺了隋炀帝荒淫误国,虽然当年骄奢淫逸、华丽豪奢到荒唐地步,可是如今万事成空,只有芳草萋萋,桃花依旧在风中绽放。诗人对君王的评价直言直语,毫不避讳,又用无情景物作衬托,暗寓讽刺。

杜 鹃

杜宇竟何冤①,年年叫蜀门②?至今衔积恨③,终古吊残魂④。芳草迷肠结⑤,红花染血痕⑥。山川尽春色,鸣咽复谁论?

[注释]

①杜宇:杜鹃。杜宇是传说中古蜀国的国王,号望帝。蜀地洪水泛滥,杜宇亲自治理不见效,于是就让鳖灵来负责这件事。鳖灵仔细地考察了地形和水势,采用疏导宣泄等方法,消除了水患,杜宇觉得自己的德行不如鳖灵,就把帝位让给了他,自己到西山去隐居。传说后来他心里又有了委屈,死后化作杜鹃。每年春耕的时候,蜀人听到杜鹃的鸣叫,就说:这是我们望帝的灵魂。②蜀门:剑门,山名,是蜀地重要的戍守之地。③衔积恨:怀着深深的怨恨。积恨,深恨,久恨。唐王勃《秋日游莲池序》:"秋者愁也,酌浊酒以荡幽襟,志之所之,用清文而销积恨。"④残魂:孤魂。⑤肠结:弯弯曲曲的小路。⑥红花染血痕:杜鹃的嘴巴是红色的,春天花开的时候它就不停鸣叫,听起来很哀切,所以古人以为杜鹃通宵达旦地鸣叫,嘴上流的血把花都染红了。

[评析]

这是一首咏物怀古诗。杜鹃的嘴巴呈红色,古人传说是因为古蜀王望帝杜宇心中有恨,死后化为杜鹃,鸣冤出血而致。诗人借用这一历史传说,从望帝心中的怨恨入手,想追寻杜鹃年年哀啼的原因。然而尽管人们都说是杜鹃的嘴上流的血染红了鲜花,足以证明其恨之深,但是历史已经逝去久远，就算杜鹃在不停啼叫，还有谁会去探究其中的原因，能把望帝的冤情查个究竟呢？作者托物言志，表达了自身对历史的困惑和迷茫。

闻　蝉

火云初似灭①，晓角欲微清②。故国行千里，新蝉忽数声。时行仍仿佛③，度日更分明④。不敢频倾耳，唯忧白发生。

[注释]

① 火云：日出时的红云。灭：散去。② 晓角：军中报晓的号角。唐沈佺期《关山月》："将军听晓角，战马欲南归。"③ 仿佛：隐隐约约的样子。《淮南子·俶真训》："天含和而未降，地怀气而未扬，虚无寂寞，萧条霄霁，无有仿佛，气遂而大通冥冥者也。"④ 度日：过了一天。

[评析]

此诗抒发的是由蝉鸣引发的浓郁离乡之愁。一天清晨，在远赴他乡的路途中，诗人忽然听见了数声蝉的叫声，一路上隐隐约约，不时就能听见，过了一天，蝉的叫声更加分明了，他在感觉上更加确定，自己离目的地越来越近，而离故乡越来越远了，由此产生的伤感使得诗人不敢仔细去听蝉鸣，唯恐乡愁不可抑制，催生白发。这首诗妙在伴随蝉鸣的愈益清晰而产生的细微情感变化，"时行仍仿佛，度日更分明"句，准确而细致地描绘出随着所在越来越向南，天气越来越热，蝉鸣越来越盛的情景。诗人的内心则随蝉鸣经历了从迷惑到清醒的过程，最终陷入了无限的忧愁和焦虑中。用笔之妙，愁绪之浓，使读者不能不为之感染。

酬许十三秀才兼依来韵①

多为裁诗步竹轩②,有时凝思过朝昏。篇成敢道怀金璞③,吟苦唯应似岭猿④。迷兴每惭花月夕⑤,寄愁长在别离魂。烦君把卷侵寒烛⑥,丽句时传画戟门⑦。

[注释]

①依来韵:按照许秀才寄来的诗篇的韵脚作诗,即和诗。②裁诗:作诗,推敲诗作。唐杜甫《江亭》:"故林归未得,排闷强裁诗。"③金璞:金玉般的美好品质和思想。北齐魏收《枕中篇》:"远于厥德不常,丧其金璞。驰骛人世,鼓动流俗。"④岭猿:山岭上的猿猴。猿的叫声哀苦,所以用来形容诗人的苦吟。⑤迷兴:没有作诗的兴致。花月夕:花好月圆的夜晚。⑥寒烛:清冷的烛光。⑦丽句:华美的诗句。画戟门:唐代三品以上的官员都列画戟于家门,作为仪饰,泛称显贵之家。唐白居易《夜归》:"归来未放笙歌散,画戟门开蜡烛红。"

[评析]

这是一首和诗。前半部分写的都是诗人刻苦吟诗的情景。为了写出佳句或推敲某一个字眼,诗人在竹轩里不停地踱来踱去,凝眸苦想,或从朝至夕,或通宵达旦,苦吟低唱,好似山岭之猿。但是诗人还是心怀疑虑,不满足自己的成果,不敢妄自夸口写得出色。接下来是解释为什么自己的诗没有写好。因为思乡之情时常困扰着他,所以即使在花好月圆的夜晚也常常失去作诗的兴致,故所作不如人意。表面是申述理由,实则是在自谦。最后一句是对朋友的客套话,希望两人经常诗篇往来。全诗逻辑清晰,语言流畅易晓,没有太多的典故,但仍渗透着典雅之风。

江楼晚望

湖山翠欲结蒙笼①,汗漫谁游夕照中②?初语燕雏知社日③,习飞鹰隼识秋风④。波摇珠树千寻拔⑤,山凿金陵万仞空⑥。不欲登楼更怀古,斜阳江上正飞鸿。

[注释]

①蒙笼:草木茂盛的样子。卢照邻《五悲·悲昔游》:"奇峰合沓半隐天,绿萝蒙笼水潺湲。"②汗漫:广大无边的样子,形容漫游之远。唐陈陶《谪仙吟赠赵道士》:"汗漫东游黄鹤雏,缙云仙子住清都。"③社日:古代祭祀土神的日子,一般在立春、立秋后第五个戊日,有停针线、饮酒等习俗。唐张籍《吴楚歌》:"今朝社日停针线,起向朱樱树下行。"④鹰隼:鹰和雕,泛指凶猛的禽鸟。南朝梁刘勰《文心雕龙·风骨》:"鹰隼乏采而翰飞戾天,骨劲而气猛也。"⑤珠树:神话中的仙树,这里是对树的美称。唐李白《送贺监归四明应制》:"借问欲栖珠树鹤,何年却向帝城飞。"千寻:形容极高或极长。古代一寻相当于八尺。唐刘禹锡《西塞山怀古》:"千寻铁索沉江底,一片降幡出石头。"⑥万仞:形容极高极深。仞,古时八尺或七尺叫作一仞。

[评析]

此诗叙写傍晚时分在江楼上眺见的湖山景色及由此产生的情感。因为身居高处，所以景物的宏观描写较多，气势也比较宏大。开篇写映照在夕阳下的一片碧绿的湖山。然后写动态的飞鸟，即秋风将至，新成长起来的雏燕和雏鹰在努力练习飞翔。然后又写湖波之阔、湖水之深，湖边山峰耸立，高插入云。"千寻"与"万仞"的对仗使用，烘托了湖与山的壮观气势。最后为怀古，却没有直言自己的情感，而是以江上飞鸿作结，欲说还休，颇给人以"此中有真意，欲辩已忘言"之感，使诗歌的意境显得更为深邃。

即　事

小院无人雨长苔，满庭修竹间疏槐①。春愁兀兀成幽梦②，又被流莺唤醒来③。

[注释]

①修竹：细而高的竹子。唐杜甫《佳人》："天寒翠袖薄，日暮倚修竹。"②兀兀：昏昏沉沉的样子。唐韩愈《答张彻》："觩秋纵兀兀，猎旦驰駉駉。"幽梦：忧愁的梦。③流莺：鸣声婉转的莺儿。唐李白《待酒不至》："晚酌东窗下，流莺复在兹。春风与醉客，今日乃相宜。"

[评析]

此诗叙写闲愁。在别致寂静的小院里，雨点轻轻地落下来，落在翠绿的苔藓上,以及庭院里茂密的竹林和槐树叶上,沙沙作响。多愁善感的诗人在这漫漫春日里不由得产生了种种思虑,因为天气阴沉,诗人一边想着心事一边不自觉地睡着了。突然,灵巧的莺儿飞来,在窗外快乐婉转地鸣叫,惊扰了诗人带着愁思的梦。诗的前两句写庭院景色,给人静谧而优雅之感。后两句写诗人由睡到醒的情态,展现了诗人生活之悠闲,又蕴含了淡淡的哀愁色调。末句被流莺唤醒的情节,富有生活趣味,给诗歌带来了灵动的色彩。

七 夕

云阶月地一相过①,未抵经年别恨多②。最恨明朝洗车雨③,不教回脚渡天河④。

[注释]

① 云阶月地:以云为梯,以月为地,指天上、仙境。唐牛僧孺《周秦行纪》:"香风引到大罗天,月地云阶拜洞仙。"一相过:见了一面。② 经年:一年。③ 洗车雨:旧称七夕前后下的雨,一说专指七月初六日下的雨,初七下的雨叫洒泪雨。④ 回脚:返回。《三朝北盟会编》卷三十:"城下之战,固不可轻议。待其回脚,数路要之。前不得还,后以重兵拥之,可一举而歼之。"天河:银河。

[评析]

这首诗以民间流传久远的牛郎织女七夕相会的爱情故事为选题,既传统又经典。以七夕为吟咏对象的诗歌颇多,但此诗能够别出新意,对牛郎织女的爱情历程没有提及,也没有把他们在七夕相会的经过作为重点,只是以"一相过"三个字简单带过。而妙在写牛郎和织女的心理活动,一夕相会难以除去积压了一年的刻骨相思,但是王母的旨意又不能违背,万般无奈之下,他们把心中的恨意转向了迫使他们分离的洗车雨,构思可谓新巧细腻。

南楼夜

玉管金樽夜不休①,如悲昼短惜年流。歌声袅袅彻清夜,月色娟娟当翠楼②。枕上暗惊垂钓梦③,灯前偏起别家愁。思量今日英雄事④,身到簪裾已白头⑤。

[注释]

①玉管:玉制的乐器,泛指管乐。唐白居易《与牛家妓乐雨夜合宴》:"玉管清弦声绮旎,翠钗红袖坐参差。"金樽:酒樽的美称。唐李白《将进酒》:"金樽美酒斗十千,玉盘珍羞值万钱。"②娟娟:美好的样子。翠楼:酒楼。唐皎然《长安少年行》:"翠楼春酒虾蟆陵,长安少年皆共矜。"③垂钓梦:梦见自己过着闲居垂钓的生活。④思量:考虑,忖度。⑤簪裾:古代地位显贵的人穿着的服饰,借指显贵的地位。《南史·张裕传》:"而茂陵之彦,望冠盖而长怀;渭川之叟,伫簪裾而竦叹。"

[评析]

　　这首诗主要抒发了两种感情：一种是对酒伤怀，感慨流年易逝，年岁已长；一种是思乡之情难以抑制，从梦中惊醒，于是燃灯静坐，回想自己的从宦经历。诗人领悟到，即使地位显赫又有什么值得高兴的呢？毕竟青春已经逝去，头发都变白了。从用语上来看，诗写得比较华丽，用了"玉管""金樽""翠楼"这些具有富贵之气的词汇，描写了乘着美好的夜色，彻夜笙歌、宴宴夜饮的贵族宴饮场面。全诗虽然表达的都是抑郁和伤感之情，但语言雍容典雅，不失中和之美。

主要参考文献

吴在庆. 杜牧集系年校注 [M]. 北京：中华书局，2008.

缪钺. 杜牧传 [M]. 北京：人民文学出版社，1977.

缪钺. 杜牧年谱 [M]. 北京：人民文学出版社，1980.

张金海. 杜牧资料汇编 [M]. 北京：中华书局，2006.

王西平，张田. 杜牧评传 [M]. 西安：陕西人民出版社，1987.

曹中孚. 晚唐诗人杜牧 [M]. 西安：陕西人民出版社，1985.

胡可先. 杜牧研究丛稿 [M]. 北京：人民文学出版社，1993.

陶瑞芝. 杜甫杜牧诗论丛 [M]. 上海：学林出版社，2005.

吴在庆. 杜牧论稿 [M]. 厦门：厦门大学出版社，1991.

胡可先. 杜牧诗选 [M]. 北京：中华书局，2009.